KB121452

황태자는
은퇴가 하고
싶습니다

황태자는 은퇴가 하고 싶습니다 2

2022년 7월 12일 초판 1쇄 인쇄
2022년 7월 15일 초판 1쇄 발행

지은이 로튼애플
발행인 김정수 강준규

기획 이기헌 왕소현 박경무 강민구 조익현
책임편집 금선정
마케팅지원 이원선

발행처 (주)로크미디어
출판등록 2003년 3월 24일
주소 서울시 마포구 성암로 330 DMC첨단산업센터 318호
Tel (02)3273-5135 **편집** (070)7860-2726 **Fax** (02)3273-5134
홈페이지 rokmedia.com **E-mail** rokmedia@empas.com

ⓒ 로튼애플, 2022

값 8,000원

ISBN 979-11-354-8008-9 (2권)
ISBN 979-11-354-8005-8 04810 (세트)

ROK
MEDIA
로크미디어

황태자는 은퇴가 하고 싶습니다

로튼애플 퓨전 판타지 장편소설 ②

Contents

황태자의 친위대? (2)   7

황궁의 비밀   35

대공가의 수도 복귀!   75

다시 만난 최강의 기사   115

은퇴 각을 잡는 카리엘   155

즐거운 시간?   181

마무리를 지어 봅시다!   207

카리엘의 비장의 수   235

배신자를 처단하라!   273

화산에서의 혈전 (1)   299

황태자의 친위대? (2)

황태자 습격 사건.

이것은 결코 그냥 넘어갈 수 없는 대사건이었다.

모두가 황태자가 습격당했다는 소식에 패닉에 빠졌고, 황제 역시 황태자를 기다리고 있었다.

공작들 같은 경우 초조한 마음으로 황궁에서 야밤까지 기다리고 있을 정도였다.

향후 황태자가 될 기회를 날리는 것은 물론이고, 황실이 귀족파까지 치고 들어올 수 있는 명분이 되기 때문이다.

그런 상황에서 황태자의 부서진 마차가 먼저 수도에 돌아오자 혼란은 가중되었다.

'큰 부상은 아니기를······.'

'살아만 있으시오!'

두 공작이 이렇게 생각하면서 대전에서 황태자의 소식을 기다렸다.

그건 다른 귀족들 역시 마찬가지였다.

황태자에게 문제가 생기지 않기를 간절히 바랐다.

이미 최악인 상황에서 사경을 헤매기라도 한다면 황실은 칼을 뽑아 들 것이다.

그렇게 모두가 한마음 한뜻으로 대전과 광장에 모여 있을 때였다.

마침내 기다리고 있던 황태자가 모습을 드러냈다.

"저, 저게 뭐야?"

황태자의 뒤로 죄인처럼 끌려오는 귀족들과 사람들.

싸움이 꽤 격렬했는지 황궁 기사들 역시 갑옷 여기저기에 피가 묻어 있었는데, 그런 그들보다 더 압도적인 존재감을 보이는 자들이 있었다.

바로 온몸에 피 칠갑을 한 채 황태자의 곁에서 이동하는 이들이었다.

"그…… 괴짜들 아니야?"

"그러게?"

몇몇 소식이 빠른 자들은 카리엘이 모은 괴짜들임을 단번에 알아보았다.

그런데 온몸에 피 칠갑을 하고 와서 그런지 보고 있는 것만으로도 몸이 부르르 떨릴 정도로 흉악한 기세가 느껴졌다.

대체 밖에서 어떤 일이 있었는지 궁금할 정도로 살벌한 표정으로 걸어가는 이들.

살벌한 기운이 광장을 휘감으며 지나가 모두가 놀란 표정으로 말 한마디 없다가 그제야 긴 숨을 토해 냈다.

"어, 엄청나네."

"그러게."

살벌한 기운에 부르르 떠는 사람들이 오랫동안 방금의 일에 대해 수군거렸다.

그들은 감찰부에 도착하는 즉시 황태자가 검을 뽑아 들고 피의 숙청 작업을 시작할 거라 예상했다.

그러나 예상과 다르게 황태자는 감찰부에 습격과 범죄에 관련된 자들을 전부 넘기고, 조용히 자신의 궁으로 돌아갔다.

황제에게 곧장 달려가 습격자들을 처벌해야 한다고 주장할 줄 알았던 황태자가 조용히 궁으로 들어가자 미치는 건 귀족들이었다.

차라리 관련된 자들을 모조리 색출해 벌을 주어야 한다고 말했다면 마음이 편했을 것이다.

하지만 황태자는 조용히 궁에 박혀 있을 뿐이었다.

그리고 다음 날.

해가 떠오르자 다시금 귀족들이 황궁으로 몰려들었다.

모두가 황태자가 어떻게 나올지 궁금하다는 표정으로 새벽부터 기다리고 있었고, 황제 역시 그러했기에 더 이상 참지 못하고 카리엘을 호출했다.

"대전 회의에 참석하시라는 폐하의 명이옵니다."

"준비하고 바로 나가지."

시종장의 명에 카리엘이 고개를 끄덕이고는 씻고 정복으로 갈아입었다.

대전 회의에 갈 준비를 마치자 타리온을 바라보며 말했다.

"괴짜들을 불러와."

"같이 가시는 것입니까?"

"그들이 증인이 되어 줄 테니까. 잡것들을 잡은 것도 그들이고."

카리엘의 말에 타리온이 고개를 숙이며 괴짜들을 불러왔다.

"귀찮더라도 대전 회의장 앞에서 대기하고 있어. 증인이 필요할 수도 있으니까."

카리엘의 말에 토토를 제외한 다른 이들의 얼굴에 귀찮음이 드러났다.

"아르슈나, 브리온, 예산 삭감할까?"

"소신! 기쁜 마음으로 전하의 명을 따르옵니다."

"언제든 불러만 주시어요!"

무릎이라도 꿇을 기세로 말하는 둘을 보면서 혀를 차고는 이리스를 바라보았다.

"용병왕의 고서, 갖고 싶냐?"

"전하께서 가시는 곳이 어디든 옆에 있겠습니다."

마지막까지 뚱한 표정을 짓고 있던 이리스마저 처리한 카리엘은 토토를 슬쩍 바라보다 마차에 올라탔다.

그러자 토토가 눈치 빠르게 웃는 표정으로 바꿨다.

카리엘은 그 모습을 보며 피식 웃고는 타리온에게 명했다.

"가자."

"예!"

황제의 명에 의해 대전 회의장으로 가는 길.

본래는 빠르게 이동해야 했지만, 카리엘은 일부러 천천히 움직였다.

지금 급한 건 자신이 아닌 그들이었다.

초조함 속에서 기다리며 애가 탈 그들을 생각하며 머릿속을 정리하는 카리엘.

어느 선까지 조지고 어디로 방향을 잡아야 할지 마지막까지 점검했다.

그러는 사이 대전에 도착한 카리엘은 천천히 마차에서 내렸다.

"전하를 뵙습니다."

"알리게."

카리엘이 도착했다는 시종의 외침과 함께 거대한 대전 회의장의 문이 열렸다.

완전히 문이 열리기까지 기다린 카리엘이 천천히 황제의 앞까지 걸어갔으나, 그가 걸음을 멈추기까지 누구도 입을 열지 못했다.

"습격을 당했다 들었다. 몸은 괜찮은 것이냐?"

"예, 폐하."

카리엘이 그렇게 말하며 싸늘한 표정으로 귀족들을 한번 훑었다.

그러자 몇몇 귀족들이 흠칫하면서 황급히 고개를 숙였다.

반면에 재상을 비롯한 황제파의 고위 귀족들은 담담했다.

어떤 결과가 나오든지 자신들의 목숨은 끝이기에, 담담할 수 있는 것이다.

"보고는 들었다. 습격자의 배후는 아직 못 찾았다지?"

"그렇습니다."

황제의 물음에 대답만 하는 카리엘을 보며 모두 미간을 찌푸렸다.

자세한 설명을 해 주기를 바랐지만 카리엘은 싸늘한 표정으로 단답형으로 답할 뿐이었다.

그러자 답답한 황제가 먼저 물었다.

"습격자들이 빛의 마법을 사용했다 들었다. 그것이 사실이냐?"

"그렇습니다."

"그럼…… 신관일 가능성이 높겠구나."

황제가 그렇게 말하며 침음성을 삼켰다.

"태자는…… 배후를 성국으로 생각하는 것이냐?"

황제의 말에 대전이 쥐 죽은 듯 조용해졌다.

카리엘의 말 한마디에 지금 당장 성국과의 전쟁을 시작해야 할지도 모를 일이기 때문이다.

"아직 잘 모르겠사옵니다."

카리엘의 말에 모두가 고개를 갸웃거렸다.

모두가 카리엘의 입만 쳐다보며 추가적인 설명을 요구하자 그의 입이 천천히 다시 열렸다.

"의심스러운 정황들이 너무 많사옵니다."

"의심스러운 정황?"

"그렇습니다."

카리엘이 그렇게 대답하고는 자신이 의심스럽다고 생각하는 정황들을 설명했다.

1. 자신이 나가는 것을 어떻게 알고 매복해 있었을까?
2. 그들이 그곳에 매복하도록 도운 이는 누구일까?
3. 시체 폭발 마법은 대체 어떻게 사용했을까?

총 세 가지의 의문점.

이에 대한 의문이 풀리지 않는 이상 성국과의 전쟁은 시기 상조였다.

"그렇다면 신관들이 태자를 습격한 게 아닐지도 모른다는 것이냐?"

"그 역시 알 수 없습니다. 어쩌면 몇몇 신관들이 부정한 세력과 결탁했을지도 모를 일이지요."

카리엘이 그렇게 말하면서 귀족들을 바라보았다.

"여기서 중요한 점은 제 동선이 알려졌다는 것과 그들이 중앙 지역에 자리 잡도록 도운 이가 있다는 것입니다."

"그건……."

"신관과 흑마법사의 연관성은 추후 신전과 성국을 조사하면 될 일입니다. 하지만 제국에 숨은 쥐새끼들은 다릅니다. 이건 제국 내의 문제이니 가장 먼저 처리해야 할 일로 생각되옵니다."

카리엘의 말에 대전에 싸늘한 적막이 내려앉았다.

싸늘한 한기가 느껴지는 착각이 들 정도로 무거운 침묵이 계속되자 참다못한 황제가 입을 열었다.

"태자의 부하들이 추가적인 증거를 발견했다 들었다."

"핵심적인 것은 아니오나 추적할 단서 정도는 발견했사옵니다."

카리엘이 그렇게 말하며 타리온을 불러 괴짜들이 습격자들을 조지며 발견한 증거들을 황제 앞에 내려놨다.

그러자 황제는 카리엘의 부하들이 궁금하다며 괴짜들까지 대전 회의장으로 불러들였다.

그러고는 그때 당시에 있었던 일을 자세히 들었다.

"허, 그럼 그대들이 정말로 전원 기사단장급이라는 얘기인가?"

황제가 감탄한 표정으로 괴짜들을 바라보다 카리엘에게로 시선을 돌렸다.

그를 보좌하는 타리온도 제국에서 수위를 다투는 강자인데, 카리엘이 불러 모은 자들마저 강자들이었다.

괴짜들에게 자세한 설명을 듣자 모두가 사태의 심각성을 다시금 인식했다.

"흑마법사라……."

황제가 심각한 표정으로 황좌를 손가락으로 톡톡 치면서 고민에 빠졌다.

그런 그에게 카리엘은 담담히 말했다.

"만약 신관들이 흑마법사와 결탁한 게 사실이라면……."

"사실이라면?"

황제의 물음에 모두가 침을 꿀꺽 삼키면서 카리엘을 바라보았다.

"제국 내의 신전들을 폐쇄시켜야 하옵니다."

카리엘의 말에 모든 귀족들의 눈이 커다랗게 떠졌다.

"저, 전하! 그건 너무 과격한 처사가 아닐는지요."

한 귀족의 말에 카리엘이 싸늘하게 그를 바라보았다.

딱 봐도 '나 신자요!'라고 말하는 듯한 차림을 한 귀족에게 카리엘은 담담히 물었다.

"그대는 어느 신전이 흑마법사와 결탁했는지 특정할 수 있는가?"

"그건……."

"어쩌면 특정 신전만이 아니라 성국 자체가 오염되었을 수도 있다. 그렇다면 제국은 성국과의 전쟁도 감수해야 할 터."

그렇게 말하며 카리엘은 자신의 말에 반발한 귀족을 향해 천천히 걸어갔다.

그러자 태양신을 섬기는 귀족이 자신도 모르게 뒷걸음질을 쳤다.

"제국 내에 쥐새끼를 두고 전쟁할 수는 없는 법 아니겠나?"

"그, 그렇사옵니다."

"이번에 나를 습격한 건 신관과 흑마법사들의 소행만이 아닐지도 모른다. 분명 제국의 귀족들 중에 그들의 뒤를 봐준 자들이 있을 터. 그대라고 오해받기 싫으면 말을 가려 하는 게 어떻겠나?"

카리엘의 협박에 황급히 무릎을 꿇으며 머리를 박는 귀족.

"소, 송구하옵니다. 소신이 아둔해 말이 헛나왔사옵니다."

"조심하도록. 그대 같은 자가 말을 잘못해 괜한 오해를 사는 것을 염려해서 하는 말이다."

"전하의 은혜에 감읍, 또 감읍하옵니다!"

귀족 하나를 골로 보내 버린 카리엘이 천천히 제자리로 돌아와서 황제에게 말했다.

"지금 당장 조사를 시작하여야 하옵니다. 이는 저만의 문제가 아니라 타국의 세력과 결탁하여 제국을 좀먹는 쓰레기들을 치우기 위함이며, 향후 전쟁할지도 모르는 상황에 대비하기 위함이옵니다!"

카리엘의 외침에 황제의 표정이 찡그려졌다.

그가 그토록 중요시하는 균형은 이미 박살 난 지 오래였다.

그렇다면 사태를 줄여 보기라도 해야 하는데 그것 역시 방금 황태자의 말로 물 건너가 버렸다.

"소신 역시 전하의 말이 맞다고 생각하옵니다!"

"감히 제국의 귀하디귀한 보물을 건드린 바! 이와 관련된 모든 자들을 뿌리 뽑아야 하옵니다."

두 공작이 무릎을 꿇으며 청하자 모든 귀족들이 황급히 무릎을 꿇으며 재청했다.

여기서 괜히 어기적거리다가 자신이 표적이 될 수 있기에 황급히 재청하는 귀족들을 보며 카리엘이 슬쩍 미소를 지었다.

"사안이 심각한바, 태자와 친위대를 중심으로 이 사건을 조사토록 하겠다. 성국에는 이 사건에 대해 해명할 수 있는 자를 부르도록."

황제가 그렇게 말하면서 자리에서 일어났다.

그러자 '친위대?'라고 중얼거리며 고개를 갸웃거리던 카리엘이 황급히 입을 열었다.

"폐하."

"아직 할 말이 남았느냐?"

성국과의 전쟁을 주장이라도 할까 봐 흠칫 놀라는 황제에게 카리엘이 고개를 숙이며 말했다.

"이번 일에서는 제 동생들에게도 기회를 주는 것이 어떠실는지요?"

"황자들 말이냐?"

"그렇습니다. 아직 어리오나 경험하는 차원에서 동생들을 이번 사건의 조사에 참여시키고 싶사옵니다."

황태자의 말에 귀족들의 표정이 굳어졌다.

'차기 황태자를 선별하고자 하시는구나!'

황태자의 의도를 알아챈 모든 귀족파의 귀족들이 침을 꼴깍 삼켰다.

"2황자는 흑마법사와 신관의 연관성을 조사토록 하옵시고, 3황자는 쥐새끼들이 어디 숨어 있는지 알아보도록 하시는 것이 좋을 것 같사옵니다."

"……그럼 습격받은 당사자인 태자는 무얼 할 것이냐?"

그렇게 권한을 나눠 주면 당사자인 카리엘이 할 일이 없어진다.

지금 이 시기에 황태자 경합 싸움을 벌인다면 혼란이 가중될 것을 염려한 황제가 당사자가 직접 조사하는 것이 좋겠다는 말을 돌려 말할 것이다.

그런 황제의 말에 카리엘이 미소를 지으며 말했다.

"소자는 그동안 해 왔던 일을 마무리하고자 하옵니다."

카리엘이 그렇게 말하면서 고개를 숙였다.

그러자 잠시 숨 좀 돌릴 수 있겠다 생각했던 황제파 귀족들의 표정이 다시금 썩어 들어갔다.

'뭘 하든 너희는 끝장내고 해야지.'

그렇게 생각하며 재상을 본 카리엘은 환하게 웃었다.

아주 잠깐 희망을 보았던 재상과 황제파를 다시금 절망의 구렁텅이로 빠뜨린 카리엘을 향해 황제가 표정을 찡그리며 말했다.

"후, 태자, 습격받은 당사자가 아닌 다른 이가 이 일을 맡는 것이 옳다고 보느냐?"

"물론 소자의 일을 아우들이 맡는다는 것은 이치에 맞지 않사옵니다."

황제의 말에 카리엘이 솔직하게 인정했다.

무려 황태자가 습격받은 일이다. 당사자가 직접 움직이거나 황제가 이 일을 진두지휘해야만 했다.

"하오나 맡을 사람이 없사옵니다."

"뭐?"

황제의 되물음에 카리엘이 담담히 말했다.

"폐하는 황좌를 굳건히 지키시어 혼란을 잠재워야 하옵고, 타국과 성국을 견제하셔야 하옵니다."

"으음……."

"소자 역시 지금 맡고 있는 일이 있으니 또 다른 일을 맡기는 어렵사옵니다."

"이 일을 먼저 하면 될 일이다."

황제가 분노를 억누른 음성으로 말하자 카리엘이 고개를 숙이며 말했다.

"폐하께옵서 처음으로 맡기신 일이옵니다. 부족하오나 처음으로 맡기신 일을 온 힘을 다해 이루고 황태자 자리에서 물러나고 싶사옵니다. 부디 불민한 소자의 청을 받아들여 주시옵소서."

카리엘의 간청에 황제의 말문이 막혔다.

'어딜 물타기 하려고?'

카리엘이 그렇게 생각하며 속으로 웃었다.

은근슬쩍 황제파를 존속시키고자 하는 황제의 시도를 막았다.

자신이 습격자들에게 집중하는 사이 은근슬쩍 황제파의 고위 귀족들에 관한 수사를 뒤로 미뤄 버리고, 증거들을 빼돌릴지도 모를 일이다.

그것을 사전에 막아 버린 카리엘은 단호한 표정으로 다짐했다.

'내가 확실히 끝낸다.'

속으로 다시 한번 다짐한 카리엘은 황제의 대답을 기다렸다.

그러자 불편한 침묵 속에서 망설이던 황제가 입을 열었다.

"……아직 황자들은 어리다."

황제의 말에 카리엘이 피식 웃었다. 한참을 고민해서 내놓은 이유가 고작 황자들이 어리다는 것이었기 때문이다.

"소자도 어리옵니다. 하오나 감찰부는 훌륭히 맡은 바 임무를 다하고 있고, 제국의 썩은 부분을 많이 도려냈다고 생각되옵니다."

카리엘의 말에 황제가 미간을 찌푸렸다.

자화자찬을 하는 자신을 보는 황제의 표정이 안 좋아지자 카리엘이 곧바로 입을 열었다.

"솔직히 소자가 한 일은 제 권한을 빌려주어 일이 원만하게 처리될 수 있도록 한 것과, 권력을 이용해 감찰부의 일을 어렵게 하는 자들을 직접 데려온 것이 전부이옵니다."

지금 하는 말은 아부성 말이 아니었다.

실제로 카리엘이 한 일이 그게 전부였다.

전문적인 일은 전부 밑에 있는 부하들이 다 한 것이나 다름없기 때문이다.

정보를 가져오는 것도, 범죄자들을 처리하는 것도, 혼란스러운 과정 속에서 치안을 안정시키는 것도 다 관료들이 한 것이다.

카리엘이 한 일은 그들이 일을 잘할 수 있도록 환경을 조성한 것뿐.

"폐하께서 아직 어린 저에게 중책을 맡기신 이유는 권한을 적재적소에 쥐여 주고 잘 쓰이는지 감시하는 단순한 일이기 때문인 것으로 생각되옵니다."

카리엘이 그렇게 말하며 황제를 존경한다는 듯 올려다보았다.

"폐하께오선 균형을 지키느라 직접 움직이기 힘드니 소자에게 권한을 부여하여 뜻한 바를 이루신 것 아니옵니까?"

"크흠!"

"동생들은 소자보다 영민하니 더 잘할 것이옵니다. 믿어 주십시오."

황제의 얼굴에 금칠해 주자 호통치며 어떻게든 황자들에게 일을 맡기려는 것을 막으려던 것이 애매해져 버렸다.

1. 아직 어린 나조차 할 수 있을 정도로 적재적소에 힘을 빌려주고 감시하는 것쯤은 어려운 일이 아니다.
2. 넌 같잖은 균형을 지키느라 바쁘니 황자들에게 맡겨라. 난 슬슬 황태자 자리를 물려줄 준비를 해야겠다.

3. 어차피 일은 공작들이 할 거니까 영민한 황자들에게 감투만 씌워 줘.

이런 속뜻을 품은 말에 황제가 미간을 찌푸렸다.

"후, 황자들에게 맡기는 건 그렇다 치고……. 태자는 습격 받은 지 얼마 되지 않았는데 무리하게 움직이는 것 아닌가?"

"다행스럽게도 큰 부상을 입지는 않았사옵니다."

"그래도 심적으로 충격이 컸을 터. 조금 쉬는 게 어떻겠느냐?"

황제의 물음에 카리엘이 너무나도 당연하다는 듯 바로 답했다.

"사안이 시급하기에 바로 움직여야 할 것 같사옵니다. 습격자들에 관한 것도 다급하니 지금 당장 동생들을 불러들여 일을 맡기시지요."

"너무 다급히 움직이는 것 아니냐? 급할수록 마음을 냉정히 해야 하느니라. 자칫 일을 그르칠 수도 있느니라."

걱정된다는 듯한 어투로 말하는 황제의 음성에 카리엘이 고개를 숙이며 말했다.

"쥐새끼들이 도망칠까 염려되옵니다. 다소 문제가 생기더라도 더 큰 문제를 예방하기 위해선 어쩔 수 없다 생각되옵니다."

카리엘이 단호하게 말하자 황제의 미간이 찌푸려졌다.

명분을 쥐고 있는 카리엘이 이리 단호하게 나오자 여간 까다로운 게 아니었다.

"황태자를 습격했사옵니다. 다음은 누가 될지 알 수가 없는 일. 누구라도 죽일 수 있다는 쥐새끼들의 오만함을 짓밟고 황족의 명예와 제국의 안전을 위해서라도 빠르게 움직여야 될 줄 아뢰옵니다."

"폐하, 통촉하여 주시옵소서!"

카리엘의 말에 눈치 빠른 공작들과 감찰총장이 후창했고, 다른 귀족들이 재창하면서 황제를 압박했다.

습격을 받은 당사자가 저렇게 주장하고, 그 주장을 귀족파와 중립파가 도와주고 있으니 황제의 입장에선 더 버틸 재간이 없었다.

그래도 미련이 남는지 마지막으로 카리엘에게 물었다.

"두 개를 동시에 진행할 수 있겠느냐? 일단 너의 습격에 관여한 자들부터 찾는 것이……."

"그건 동생들이 할 것이옵니다."

"제국의 힘이 두 개로 나뉘는 것이기에 문제라는 것이다! 하나에 집중해도 모자랄 일이다! 일을 그르치고자 하는 것이냐!"

"감찰부와 치안대만 넘겨주십시오. 그들만으로 남은 쥐새끼들을 잡아들이겠습니다."

카리엘의 말에 황제가 눈을 가늘게 뜨며 재상을 힐끔 보다가 한숨을 쉬었다.

그 모습에 카리엘은 뭔가 심상찮은 것이 숨겨져 있다는 사실을 깨달았다.

'재상과 폐하 사이에 뭔가 있군.'

같이해 온 세월이 있으니 재상이 황제의 비밀을 상당수 알고 있을 것이다.

그것에 무엇인지 정확히 알 수 없으나 한 가지 확실한 건 재상을 절대 살려 둬선 안 된다는 것이었다.

이번에 빠져나가면 황제의 비밀을 쥐고 있는 재상을 절대 잡을 수 없을 것이라는 예감이 왔다.

"폐하, 성국과 전쟁을 할지도 모르는 상황에서 쥐새끼들을 남겨 둘 수는 없사옵니다."

"후, 길어지면 혼란은 걷잡을 수없이 커질 것이다."

"혼란이 오기 전에 끝내겠습니다."

한마디도 지지 않는 카리엘이 눈을 살벌하게 뜨며 황제를 바라보았다.

"쥐새끼들이 다른 곳으로 빠져나가기 전에 전부 불태워 죽이겠습니다. 지금껏 그래 왔듯 소자를 믿어 주십시오."

카리엘이 살기 어린 눈빛으로 말하자 황제가 질렸다는 표정을 지었다.

명분을 쥔 황태자.

게다가 귀족파와 중립파가 밀어주고 있었다.

틈이 보여 마지막으로 재상만큼은 구해 보려 했던 황제가
결국 포기했다.

"마음대로 하거라. 단! 신관들은 죽여선 아니 된다. 성국
을 건드리는 건 모든 일이 명명백백히 밝혀진 이후에나 가능
할 것이다."

"그리하겠사옵니다."

황제의 말에 순순히 고개를 숙인 카리엘이 곧바로 대전 밖
으로 빠져나갔다.

그런 그의 뒷모습을 보던 귀족파와 중립파의 귀족들은 고
개를 숙였고, 황제파는 망연자실한 표정을 지었다.

황제가 자신들의 편을 들어 주었을 때는 혹시나 싶었다.

하지만 카리엘이 자신들이 살아날 수 있는 동아줄을 내려
오는 족족 잘라 내 버렸다.

결국 그들은 이변이 없는 한 황제파의 미래에는 죽음뿐이
라는 사실만을 다시 한번 확인할 수밖에 없었다.

***

한편, 카리엘이 곧바로 동생들이 있을 만한 곳으로 향했다.

"가자."

"예!"

마차에 타자마자 빠르게 이동하라고 명령한 카리엘은 미

소를 지었다.

'정말 머지않았다.'

카리엘이 그렇게 생각하며 이번 일을 완벽하게 끝내고자 다짐했다.

'동생들을 보낸 후에 빠르게 움직여야겠군.'

이번 일은 시간이 생명이었다.

그렇기에 카리엘은 어느 때보다 빠르게 마차를 움직여 미리엘의 궁으로 향했다.

"여기에 있을 줄 알았지."

이윽고 미리엘의 궁에 도착한 카리엘은 궁 앞에 있는 두 대의 호화스러운 마차를 보며 미소를 지었다.

그는 그럴 줄 알았다는 고개를 주억거리면서 황급히 미리엘과 두 동생이 있을 만한 곳으로 들어갔다.

그리고 순식간에 동생들을 찾아낸 뒤 사악하게 웃었다.

그런 그를 보며 두 황자는 괴상한 느낌에 몸을 부르르 떨었다.

"일할 시간이다."

카리엘의 갑작스러운 말에 두 황자는 의아한 표정을 지었다.

"예?"

"갑자기 무슨……."

갑작스럽게 와선 일하라는 말에 황당한 표정을 짓는 두 황자.

그런 그 둘에게 타리온이 헛기침하고선 대전에서 있었던 일을 설명해 주었다.

"얼마 전에 약속했잖아."

카리엘의 말에 두 황자의 머릿속에 황태자궁에 있었던 일이 떠올랐다.

2황자는 마법으로, 3황자는 군권을 쥐여 주며 대결시키겠다던 말이 떠올랐다.

"누가 황태자에 걸맞은지 증명해라."

카리엘의 말에 루피엘이 황당한 표정으로 말했다.

"이렇게 갑작스럽게 말입니까?"

"원래 모든 일이 갑작스럽게 찾아오는 법이야. 하다 보면 익숙해질 거다."

"하지만 형님, 이건 아닙니다! 최소한의 준비 시간도 없이 무슨 일을 합니까!"

이번엔 3황자 세리엘이 반항해 보았지만 카리엘에겐 씨알도 먹히지 않았다.

"어차피 너희 외가에서 도와줄 거고, 실제 일은 밑의 애들이 다 할 거 아냐."

"그, 그건……."

"물론 그렇긴 하지만……."

"날 습격한 놈들이 너희들도 노릴 수 있어. 이번에 놓치면

답이 없다. 무조건 잡아야 해."

카리엘이 진중한 표정으로 말하자 두 황자도 사태의 심각함을 아는지 말없이 고개를 숙였다.

"폐하께서 찾으시니 얼른 대전에 가 봐라."

카리엘의 말에 두 황자가 시무룩한 표정으로 미리엘을 바라보다 어쩔 수 없이 발걸음을 옮겼다.

그런 두 황자를 향해 사악하게 웃은 카리엘은 미리엘을 향해 다가갔다.

"오라비 왔다."

"으으……."

"전하, 미리엘 황녀님과는 소신이 놀아 드리겠습니다."

카리엘이 다가가자마자 울상을 짓는 미리엘을 보며 타리온이 말했다.

"아니, 나도 놀아 주고 싶은데……."

"우우……."

그러나 좀 더 다가가자 한층 더 울먹거리는 미리엘의 모습에, 카리엘은 발걸음을 멈출 수밖에 없었다.

자주 보면서 익숙해지긴 했지만 그럴 때마다 두 황자가 옆에 있었다.

그런데 지금은 두 황자가 떠나고 카리엘만 남은 상황이니 미리엘이 무서워할 수밖에 없는 것이다.

"흠흠! 천천히 친해지시지요."

타리온이 안타까운 표정을 지으며 카리엘을 위로했으나, 그의 표정은 전혀 풀리지 않았다.

그럴수록 더욱더 타리온의 품으로 파고드는 미리엘.

"일단 일을 다 끝내고 차분하게 친해져야겠네. 쯧! 이게 다 쥐새끼들 때문이야."

카리엘이 분노한 표정으로 말했다.

만약 두 황자처럼 시간이 많았다면 미리엘과 진즉에 친해 졌을 것이다.

분노 어린 음성으로 귀족들을 향해 욕하던 카리엘은 미리 엘에게 웃으며 인사하고는 밖으로 나갔다.

"쥐새끼들! 다 죽여 버리겠어!"

밖에서 들려오는 분노의 음성을 들으며 타리온은 한숨을 쉬었다.

"친해지실 수 있을까?"

맑은 눈동자로 자신을 올려다보는 미리엘을 본 타리온은 정반대로 온갖 것에 찌든 듯한 눈을 하고 있는 카리엘과는 맞지 않음을 깨달았다.

카리엘이 알면 환장할 만한 사실.

하지만 그것을 애써 외면한 타리온은 얼마간 미리엘과 더 놀아 주다가 잠든 것을 확인한 후, 조용히 빠져나왔다.

방금 전까지 상냥한 아빠 같은 모습이었다면, 지금은 냉철 한 사신과도 같은 기세를 뿜어냈다.

"전하께오선?"

"감찰부에 계십니다."

타리온의 물음에 시종 중 하나가 조용히 다가와 말했다.

"얼른 가자."

"예!"

❈

감찰부로 황급히 움직인 타리온은 곧장 카리엘을 찾아갔다.

그곳에선 카리엘이 피투성이가 된 상태로 끌려온 귀족들을 싸늘하게 바라보고 있었다.

그 곁에는 피가 묻어 있는 괴짜들이 나란히 서 있었다.

"뭘…… 하신 것이옵니까?"

"잡아 온 놈들을 고문 좀 했어."

"직접 하신 것이옵니까?"

타리온이 기함을 토하며 묻자 카리엘이 고개를 저었다.

"설마. 내 손에 저 잡것들의 피를 묻히겠어?"

"후……."

다행이라는 표정으로 안도의 한숨을 쉬는 타리온에게 카리엘이 말했다.

"그래도 직접 참관은 했지. 미끼 좀 주었더니 줄줄 뱉더라고."

그렇게 말하며 카리엘은 자리에서 일어났다.

"이제 자백도 받았으니 본격적으로 움직여야지?"

그리고 지금껏 보인 어떤 미소보다 무서워 보이는 미소를 입가에 가득 머금고는 본격적으로 움직이기 시작했다.

자백받을 것을 토대로 황제파의 비밀 기지들을 하나둘 털기 시작한 것이다.

그 과정에서 어떻게든 비리가 될 증거들을 갖고 튀려는 놈들이 있었는데, 그럴 때마다 괴짜들과 타리온이 직접 나서서 처리했다.

그 때문에 매번 피가 묻어 흉악한 모습으로 변하자 카리엘이 직접 새빨간 제복을 선물해 주었다.

그 덕분인지 피가 튀어도 크게 티가 나지 않아 흉악한 모습은 다소 지워졌지만, 애초에 피 묻은 티가 덜 난다고 사라질 악명이 아니었다.

빠르게 쌓여 가는 악명에 괴짜들이 반항해 보았지만.

"예산 늘려 줄게."

단 한마디로 괴짜들의 반항을 정리한 카리엘은 거칠 것 없다는 듯 빠르게 황제파를 털어 갔고, 그럴수록 카리엘과 괴짜들의 명성은 커져 갔다.

절차에 따라 움직이는 치안대와 감찰부와는 다르게 카리엘은 황명을 들먹이며 황제파를 족쳤기 때문에 엄청난 속도로 황제파의 숨겨진 세력을 털어 버렸다.

그 덕분인지 한동안 수도의 범죄율이 바닥을 길 정도로 줄어들 정도였다.

그런데 그 과정이 워낙 빠르고 잔인해 수도의 사람들이 황태자와 괴짜들에게 별명을 하나 붙여 주었다.

"혈태자와 붉은 친위대?"

카리엘은 신문에 난 자신의 별명이 재미있다는 듯, 괴짜들과 타리온을 바라보았다.

오늘도 앞에서 열심히 황제파의 비밀 기지 하나를 털고 있는 그들.

모두가 붉은 제복을 입고서 열심히 일하고 있는 모습에 만족스럽게 웃으며 고개를 끄덕였다.

"어울리긴 하네."

붉은 친위대란 별명이 어울린다는 듯 고개를 주억거린 카리엘.

처음엔 괴짜들에게만 선물했던 붉은 제복을 매번 부럽다는 듯 바라보는 타리온의 모습에, 그에게도 선물해 주었다.

그리고 그건 어느새 카리엘의 친위대를 상징하는 제복이 되어 버렸다.

카리엘과 항상 붙어 다니는 타리온과 네 명의 괴짜들.

그들은 어느새 제국에서 가장 유명한 존재들이 되어 갔다.

황궁의 비밀

카리엘이 혈태자라 불리며 황제파 귀족들을 때려잡는 동안, 두 황자 역시 바쁘게 움직이기 시작했다.

가장 먼저 2황자가 마탑과 제국의 마법 관련 기관들을 모두 컨트롤하며 흑마법사와 신관에 관련된 조사를 시작했다.

그리고 얼마 지나지 않아 3황자가 군권을 이용해 첩자들을 색출해 내고, 습격자들을 도운 귀족들을 찾기 위해 움직였다.

제국 최강이라 불리는 제국 특수 정보기관과 데이비어 공작의 정보기관 둘을 동시에 운용해 첩자 색출에 들어간 것이다.

그 때문인지 제국의 분위기는 어느 때보다 흉흉해졌다.

신기한 건 분위기는 흉흉해졌지만 반대로 치안은 더욱 안정화되었다는 점이다.

"섣부르게 움직이지 마. 잘못 걸리면 죽어."

"한동안은 일용직이라도 알아봐야겠어."

"후, 그럼 난 용병으로 뛰어야 하나?"

각 지역에 있는 범죄 조직들은 전부 활동을 멈추고 다른 일을 찾기 시작했다.

지금 잘못 걸렸다간 곧바로 목이 뎅겅 잘릴 판국이니 사태가 진정될 때까진 다른 일이라도 해서 입에 풀칠해야 했기 때문이다.

조직원들이 살기 위해 일반적인 일을 구하게 된 원흉인 카리엘은 오늘도 황제파의 비밀 거점 하나를 박살 내는 중이었다.

"많기도 하네."

카리엘이 그렇게 중얼거리며 한숨을 폭 쉬었다.

수도의 거점들을 대부분 박살 냈을 때만 하더라도 금방 끝날 줄 알았다.

하지만 그건 오만이었다.

3대에 걸쳐 해 먹은 황제파의 저력은 엄청났다.

하나를 박살 내면 또 다른 곳에서 튀어나오고, 또 찾아내서 박살 내면 또 다른 곳이 튀어나왔다.

결국 네가 이기나 내가 이기나 해보자며 중앙 지역 전체를

이 잡듯 뒤지는 중이었다.

"전하, 편안하시옵니까?"

오늘도 열심히 구슬땀을 흘리고 돌아온 타리온의 물음에 카리엘은 만족스러운 미소를 지었다.

"좋네."

"그러시옵니까?"

타리온이 불만이 가득한 표정으로 묻자 그와 시선을 마주하며 카리엘이 뚱한 표정을 지었다.

"내가 쉬는 게 불만이냐?"

표정이 썩어 있는 타리온을 보면서 카리엘이 입술을 쭉 내밀었다.

그러자 뒤이어 온 괴짜들 역시 썩은 표정으로 카리엘을 바라보았다.

카리엘이 안 보는 사이 불만 어린 표정을 짓는 괴짜들을 본 카리엘은 혀를 찼다.

"쯧! 그거 좀 했다고 투덜거리기는……."

카리엘이 그렇게 말하면서 괴짜들을 다독이기 위해 말을 이었다.

"직접 움직이는 건 오늘로 끝이야."

그의 말에 타리온과 괴짜들의 눈이 동그랗게 떠졌다.

"정말입니까?"

"그럼 이런 걸로 거짓을 말할까?"

타리온의 물음에 카리엘이 뚱한 표정으로 대답하고는 주변을 돌아보았다.

저택을 박살 내다시피 하며 기어코 비밀 거점을 찾아내 그 안에 든 재물들을 죄다 빼고 있는 광경이 보였다.

그동안 중앙 지역을 돌아다니면서 황제파의 거점을 죄다 박살 내서 그런지, 적어도 수도 근방에는 흔한 잡범들조차 눈에 보이지 않을 정도였다.

"얻을 건 진즉에 다 얻었잖아."

카리엘의 말에 타리온이 의아함을 가득 담아 바라보았다.

그럼 지금까지 자신과 괴짜들은 왜 고생한 것이냐고 묻는 듯한 표정.

감찰부와 치안대는 서로 교대로 움직였고, 카리엘을 호위하는 황궁 기사마저 며칠에 한 번씩은 바뀌었다.

반면 타리온과 괴짜들은 주야장천 카리엘과 함께했다.

게다가 황제파를 직접적으로 조지는 것도 그들이 했다.

즉, 황제파의 비밀 거점을 터는 과정에서 가장 고생한 게 붉은 친위대라 불리는 자신들이었던 것이다.

"헛고생한 거 아니니까 표정들 풀어."

카리엘이 그렇게 말하면서 의아함이 가득 담긴 친위대의 궁금증을 풀어 주었다.

사실 수도의 비밀 거점을 털면서 황제파 소속의 고위 귀족들의 비리 증거들은 전부 확보했다.

그런데 왜 중앙 지역 전체를 털러 다녔느냐?

저들의 반응을 보기 위함이었다.

"타국과 붙어먹은 새끼들 혹은 수면 아래에 있는 조직과 연관된 놈들을 걸러 내기 위함이었다."

카리엘은 그렇게 말하면서 아쉽다는 듯 혀를 찼다.

가장 유력한 후보로 봤던 재상은 끝내 걸려들지 않았기 때문이다.

"예상대로 황제파 귀족들 중에 타국과 붙어먹은 놈들이 몰래 출국하려고 하더군."

"……예?"

타리온이 '왜 나는 몰랐지?'라는 표정으로 뒤에 시종들을 돌아보았다.

"그렇게 볼 거 없어. 내가 너한테 보고하지 말라고 했으니까."

카리엘의 말에 타리온이 고개를 갸웃거렸다.

그런 그에게 카리엘은 한숨을 쉬며 말했다.

"네가 그거 입는다며."

"이거…… 말입니까?"

"어. 내가 친위대를 부려 귀족들을 족치는 데 집중한다고 하는데 핵심인 네가 사라지면 저들이 의심할 거 아니야."

"아……."

카리엘의 말에 타리온이 납득했다는 듯 고개를 끄덕였다.

"그래도 미리 알려 주시지……."

"너 표정 연기 못 하잖아."

"연기 하면 소신이……."

"아, 됐어. 어쨌든 일은 끝났으니 이제 수도로 가서 잡아 족치는 것만 남았어. 운 좋게도 황제파 귀족들 일부가 흑마법사에 연관된 신전과 엮여 있더라고."

카리엘이 그렇게 말하면서 오늘 보고받은 따끈따끈한 쪽지를 타리온에게 보여 주었다.

"황제파는 끝났군요."

한 놈이 걸렸을 뿐이지만, 그에게 뇌물을 받은 자들은 다수였다. 황제파 귀족들 중에 그에게 뇌물을 안 받은 자를 찾기가 어려울 정도였다.

"폐하가 더 이상 미적거리시지 못할 정도의 명분을 찾았으니 청소해야지."

'그리고 은퇴다!'

마지막 말은 속으로 삼킨 카리엘은 환한 웃음을 지으며 친위대와 함께 황궁으로 복귀했다.

⁂

황궁으로 향하는 길.

은퇴의 순간이 목적으로 다가왔다는 사실에 내심 들떠 있던 카리엘은 신기한 광경을 보았다.

황궁으로 가면서 도적이나 좀 잡으려고 했는데, 그 흔한 도적 떼가 단 한 명도 보이지가 않았던 것이다.

"도적이 원래 이렇게 없었냐?"

"한동안 수도 근방에서는 안 보일 겁니다."

카리엘의 물음에 함께 마차에 탄 타리온이 '네가 다 잡았잖아요!'라는 표정으로 답했다.

"흠, 심심한데."

"안전이 최우선이옵니다. 정 심심하시면 잠시 멈춰서 운동이라도…….."

"……얼른 가자."

카리엘이 그렇게 말하며 창밖을 바라보았다.

그 모습을 보고 피식 웃은 타리온은 시종들에게 주기적으로 보고받은 것 중에서 중요한 점만을 간추려 카리엘에게 전했다.

그렇게 심심한 복귀 길을 거쳐 수도로 입성한 카리엘.

"와아아아아!"

카리엘의 마차를 보자마자 환호하는 이들을 보면서 의아한 표정을 지었다.

"왜들 저래? 축제라도 한대?"

"전하를 보고 환호하는 것이옵니다."

타리온의 말에 카리엘에 어이없다는 표정을 지었다.

"혈태자라고 할 땐 언제고?"

"좋은 뜻으로 붙인 것이지 않습니까?"

"혈태자가? 귀족들을 닥치는 대로 죽인다고 하는데?"

"흠흠! 그것도 다 좋은 뜻으로……."

포장해 보려는 타리온을 향해 손을 내저어 입을 다물게 한 카리엘은 창틀에 팔을 올려 턱을 괴었다.

창밖으로 보이는 사람들의 모습은 생각보다 활기차 보였다.

전생에 자신들을 욕하던 자들이라고는 생각할 수 없을 정도로 환한 웃음을 짓고 있었기에 마음속 한편이 간질거렸지만 애써 무시했다.

'난 이제 위정자가 아니다.'

은퇴할 자신이 가져야 할 마음이 아니었다.

하지만 자꾸만 마음 한구석이 간질거리는 기분에 미간을 찌푸렸다.

ㅡ널 좋아하는 것 같네.

카리엘에게만 보이게끔 반투명하게 나타난 수르트가 창밖의 어린아이들에게 눈길을 주며 말했다.

그러자 카리엘도 수르트의 시선이 향한 어린아이들을 바라보았다.

뚱한 표정을 지으면서도 자신을 향해 환호하는 아이들에게 잠깐이나마 손을 흔들어 준 카리엘은 작게 한숨을 쉬었다.

순간 전생에 자신을 향해 절규한 한 어린아이와, 환하게 웃는 아이들이 겹쳐 보였기 때문이다.

"······조금 더 서둘러 가 줘."

"예."

평소의 카리엘답지 않은 모습에 타리온이 잠시 그를 걱정스레 바라보았지만 이내 창밖으로 속력을 높이라는 명을 전했다.

※

명을 받은 마부가 빠른 속도로 광장을 가로질러 황궁 안의 황태자의 궁에 들어섰다.

그러자 카리엘이 복귀했다는 소식을 들은 궁 내부의 사람들이 덜덜 떨기 시작했다.

그토록 오지 않기를 바랐던 순간이 다가온 것이나 다름없었기 때문이다.

"······끝인가?"

재상부의 집무실에 앉아 있던 재상은 카리엘의 복귀 소식을 들으며 담담한 표정을 지었다.

사실 수도의 모든 비밀 거점이 털릴 때부터 황제파는 끝장난 상태였다.

그런데 카리엘은 거기서 멈추지 않았다.

타국으로 튀려는 자들까지 함정을 파 모조리 잡아들였고, 마지막엔 지방에 있는 주요 거점까지 파악한 것이다.

중앙 지역에 집중한 것처럼 이목을 속이고는 황제파 소속의 귀족들을 예의 주시하며 그들의 행선지를 파악했다.

일부러 수도에서 빠져나가는 것을 놔두고는 그들이 향하는 지역으로 가서 비밀 거점을 찾아낸 것이다.

이로써 황제파는 잔당조차 남기지 못하고 소멸할 것이다.

"오셨는가?"

재상이 문을 열고 들어오는 포돌스키 감찰총장을 바라보았다.

마치 기다리고 있었다는 듯 일어서는 재상을 보며 포돌스키는 말없이 체포 영장을 뒤에 있는 부관에게 전했다.

"재상이 범죄와 연관되었다는 증거가 발견되었습니다."

"긴말이 필요하겠는가? 가세. 죗값을 받으러 가겠네."

담담하게 말하는 재상을 향해 다가가는 감찰부원들을 손으로 제지한 포돌스키는 옆으로 비켜서며 그를 안내했다.

그러자 재상이 의아한 표정을 지었다.

"전하의 명이셨습니다."

"전하께오서?"

"마지막 가는 길, 명예만큼은 지켜 주겠다 하셨습니다."

포돌스키의 말에 잠시 멈춰 서서 의아한 표정을 짓던 재상은 미친 듯이 웃기 시작했다.

"큭큭큭! 이거 참, 전하께 또 한 번 얻어맞았군."

재상이 카리엘이 왜 이런 말을 했는지 단번에 이해하며 한참을 웃다가 포돌스키에게 말했다.

"이제 와서 명예를 지켜보았자 뭐 하겠냐마는……. 아쉽게도 전하께서 의도하신 바는 이뤄 드릴 수 없을 것 같네."

재상의 말에 포돌스키의 미간이 찌푸려졌다.

그러자 재상은 오해 말라는 듯 말했다.

"같잖은 자존심이 아닐세."

재상의 말에 포돌스키가 의아함을 담은 표정으로 고개를 갸웃거렸다.

"내가 감히 입을 열 수 없을 만큼 중요한 분의 비밀이 있다고 해 두지."

재상의 말에 잠깐 고개를 갸웃하던 포돌스키의 눈이 커다랗게 떠졌다.

"설마!"

"알아들었으면 이만 가세."

그 말을 끝으로 재상은 양팔을 감찰부원에게 맡기고 끌려갔다.

그 모습을 보면서 포돌스키가 입술을 깨물더니 황급히 부하를 통해 황태자궁으로 서신을 보냈다.

재상이 감찰부로 끌려갔다는 소식이 들리고 한참 후, 포돌스키에게서 온 서신 하나가 카리엘의 손에 들렸다.

"중요한 분이라⋯⋯. 역시 폐하와 관련된 뭔가가 있는 건가?"

카리엘이 그렇게 말하면서 표정이 굳어졌다.

순간 그의 머리에 최악의 가정이 스쳐 지나갔다.

애써 부정해 보았지만 이성은 그가 생각한 것이 맞을 거라며 압박해 왔다.

"타리온!"

"예."

카리엘의 다급한 부름에 타리온이 다급히 문을 열고 들어왔다.

"재상을 좀 더 캐 봐."

"어떤 부분을⋯⋯."

"폐하와 어떤 연관성이 있는지 알아야겠다."

카리엘의 말에 타리온의 몸이 굳어졌다.

그런 그를 향해 포돌스키가 보낸 서신을 보여 주었다.

"최대한 자세하게 조사해. 그래야 이걸 덮어야 할지 말아야 할지 판단할 수 있을 테니까."

"⋯⋯예."

타리온에게 명령을 내린 카리엘은 심각한 표정으로 생각에 잠겼다.

"내가 알지 못하는 비밀이라……."

전생의 자신은 이 시기에 골골대면서 목숨만 부지하고 있었기에 자세한 건 알 수 없었다.

큰 줄기만은 기억하고 있었다고 생각했는데, 내면에 뭔가 심각한 문제가 있음을 직감적으로 느낄 수 있었다.

"내가 놓친 것이 뭐지?"

카리엘은 찜찜한 기분에, 표정을 한껏 일그러뜨리면서 생각했다.

그는 큰 줄기의 흐름을 파악하기 위해 회귀한 이후 줄곧 적어 왔던 노트를 뒤적거렸다.

"정계에 참여한 시기가 너무 늦었어."

몸이 회복된 후에 참여했던 전생을 생각하며 혀를 찼다.

이 시기에 어떤 일이 일어났는지, 또 무슨 비밀을 간직하고 있는지를 전혀 모르니 추측조차 쉽지 않았다.

그래도 파벌을 가리지 않고 박살 낸 덕분에 공작가들과 변경백들의 드러난 전력 정도는 확실히 알 수 있었다.

범죄 조직들을 박살 내면서 이어진 끈들도 전부 확인을 끝냈다.

물론 끝내 알 수 없었던 조직들도 있었는데, 타국이 끊어 낸 것이라고만 생각했다.

"단순하게 생각할 게 아니란 건가?"

-복잡해졌군.

어느새 나타난 수르트가 생각하는 것만으로도 짜증 나는 듯 고개를 절레절레 흔들었다.

"왔냐?"

-그래.

"오늘은 닦달 안 하네?"

평소처럼 수련하라고 말하지 않는 수르트를, 카리엘은 이상하게 바라보았다.

-보는 것만으로도 네가 수련할 때가 아니란 것쯤은 알겠다.

수르트의 불길이 부르르 떨리는 걸 본 카리엘은 피식 웃었다.

옆에서 지켜보기만 한 수르트가 질색할 정도로 카리엘이 안고 있는 문제는 심각했다.

적이 누군지도 알 수 없는데, 황제를 비롯한 많은 이들이 연관되어 있는 상황.

어쩌면 제국의 중심부가 무너질 수 있는 이 상황에서 카리엘이 할 수 있는 건 극히 제한되어 있었다.

문제는 골치 아프다고 이걸 그냥 덮어 버릴 수는 없다는 것이다.

'나중에 반드시 문제가 된다.'

황제로 있으면서 숱한 위기를 넘긴 카리엘의 감이 그것을 말해 주고 있었다.

지금 이걸 억지로 덮고 은퇴하면 카리엘의 욜로 라이프는 얼마 못 가서 끝장날 것이란 걸 직감적으로 느꼈다.

어쩌면 귀족파의 반란이나 인접 국가의 침공, 흑마법사들의 난 같은 큼직한 것들이 연결되어 있을지도 모를 일이다.

"해결하고 가야 하나……."

카리엘이 보기에 적어도 셋 중 하나에 연관되어 있을 가능성이 높다고 보았다.

-……해결할 수 있겠냐?

수르트의 매서운 질문에 카리엘이 입을 다물었다.

아무리 봐도 이걸 잘못 건들었다간 감당되지 않을 것 같은 기분이 들었다.

그렇다고 피할 수도 없었다.

"대충 매듭짓고 동생들한테 넘기는 게 제일 좋은데……."

카리엘이 그렇게 말하면서 한숨을 쉬었다.

동생들은 지금 자신의 습격 사건만으로도 멘탈이 터져 나갈 것이 분명했다.

여기서 더 일을 얹어 줬다간 감당이 안 될 것이 뻔하므로 자신이 해야만 했다.

-황제라도 도움이 되었으면 좋겠는데……. 상태가 메롱한 놈이라 도움은 안 되겠군.

수르트의 신랄한 말에 카리엘이 미간을 찌푸렸다.

그러나 틀린 말도 아니었다.

암군들 때문에 제국의 국력이 끝도 없이 추락했는데, 현 황제의 대에서도 멈추는 것 없이 계속해서 추락시키고 있었기 때문이다.

"일단 타리온이 준 자료들을 봐야 뭐라도 추측해 볼 수 있겠어. 지금 상황에선 답이 없네."

카리엘이 그렇게 말하면서 머리 굴리는 것을 포기하고 수련을 시작했다.

머리가 복잡할 땐 운동하는 것이 최고였기에 토토와 이리스를 불러서 수련을 시작했다.

물론 그 생각을 후회하기까지는 고작 10분도 걸리지 않았다.

분명 머리를 식히려고 단순한 패턴의 운동을 하려고 했건만, 어느새 자신의 몸이 고통에 신음하고 있었기 때문이다.

"살살 좀 해!"

―좋아! 좋아! 더 시켜!

강도 높은 강체술 수련 때문인지 온몸에 흡수되는 화기의 양이 확 늘어났다.

수르트는 만족스러운 표정을 지으면서 연신 고개를 끄덕였다.

―저 처자는 굉장히 마음에 드는군.

"닥쳐."

수르트가 이리스를 칭찬하며 만족스럽게 웃자 카리엘이 표정을 구기고는 바닥에 주저앉았다.

"후…… 좀만 쉬자."

"예."

카리엘이 땀에 흠뻑 젖은 채로 생각에 잠기자 이리스가 눈치껏 자리를 피해 주었다.

바닥에 앉아서 한참 동안 생각에 잠겨 있던 그에게 타리온이 조용히 다가왔다.

"결과는?"

"여기 있습니다."

생각보다 얇은 뭉치에 카리엘이 고개를 갸웃거렸다.

"추가로 발견된 것이 많지 않습니다."

이미 재상과 연관된 것 대부분은 감찰부에서 털어 갔기에, 카리엘이 이미 직접 확인한 상태였다.

가뜩이나 청렴한 이미지를 구축했던 재상이라 범죄 조직과 연관된 것조차 몇 단계를 건너서 비밀리에 진행했다.

그마저도 극소수에 불과했으니 추가로 발견되었다고 해 봐야 얼마 되지 않을 것이 당연했다.

"별거 없네."

카리엘이 짜증 어린 표정으로 말하자, 다시 한번 훑어본 타리온이 작게 고개를 끄덕이며 동의했다.

"그런데 이건 뭐야?"

익숙한 이름을 본 카리엘은 손가락으로 그 글자를 가리키며 물었다.

"재상이 그와 정기적으로 만났다고 합니다."

"마약쟁이를?"

카리엘이 고개를 갸웃거렸다.

자신이 이름조차 기억하지 못하는 하위 귀족에 불과한 이를 재상이 만난 것으로도 신기할진대, 권력 서열에서도 밀려나 마약에 빠져든 패배자를 정기적으로 만났다?

"냄새가 나네."

"저도 수상해서 더 파 보았습니다만 나온 건 없었습니다."

"찾기 어렵겠지."

여우 같은 재상이 증거를 남겨 놨을 리가 없다.

"마약쟁이들 위주로 찾아봐. 한미한 귀족들이나 평민도 상관없어."

"예."

카리엘의 명령에 타리온이 고개를 숙이고 다급히 사라졌다.

"마약이라……."

자신이 보기에 재상이 직접 마약을 할 타입은 아니었다.

마약쟁이들이라면 전생에 수도 없이 보아 왔다.

망해 가는 나라와 연이어서 몰려오는 전란 속에서 마약에 기대는 귀족들이 한둘이 아니었기 때문이다.

그런데 재상은 그런 느낌이 안 들었다.

그렇다는 건 재상이 아닌 다른 누군가를 위해 마약쟁이와 접선할 터.

"폐하인가?"

카리엘이 그렇게 중얼거리면서 한숨을 쉬었다.

가지가지 한다는 생각과 함께 미간을 찌푸렸다.

"그래 봤자 마약에 불과한데⋯⋯. 재상이 감추고 있는 비밀치고는 너무 약해."

황제가 마약을 한다?

그건 분명 문제가 되긴 할 테지만 그래 봤자 잠시 말만 나오고 끝날 하찮은 문제다.

재상이 황제의 명예를 생각하는 타입은 아닐 게 분명하니 좀 더 내밀한 문제가 있을 가능성이 높았다.

─재상을 떠보지그래?

"대답해 주겠냐?"

지켜보는 것만으로도 답답했는지 수르트가 말했지만 어림도 없는 일이었다.

─그래도 이러고 있는 것보단 나을 것 같은데?

"가서 묻더라도 뭔가 떠볼 수 있는 무기 하나쯤은 들고 가야지."

카리엘이 그렇게 말하면서 자리에서 일어났다.

─뭘 하려고?

갑작스러운 카리엘의 행동에 수르트가 고개를 갸웃거리면서 물었다.

딱히 더 수련할 것 같지도 않은데 뭐 하러 일어났는지 궁금했다.

"재상에게 떠보라며?"

-진짜 갈 생각이냐?

"일단 사전 작업 좀 해 놔야지."

카리엘이 그렇게 답한 후 빠르게 몸을 씻고 나갈 채비를 했다.

재상이 답할 확률은 한없이 낮겠지만 그 낮은 확률을 쥐꼬리만큼이라도 높이려면 사전 작업이 필요했다.

그러기 위해 그가 찾은 곳은 바로 감찰부.

"재상과 연관된 모든 정보들을 가져와."

"예!"

카리엘의 명령에 가뜩이나 바쁜 감찰부원들이 재상과 관련된 정보들을 찾기 시작했다.

다크서클로 가득한 그들을 보면 안쓰러웠지만 어쩔 수가 없었다.

"역시 별게 없네."

이미 다 알고 있는 사실들이었다.

하지만 별거 없는 정보들이라도 이용하기에 따라 무기가 될 수 있었다.

"총장."

"예, 전하."

"이거 가지고 파 봐."

카리엘이 던져 준 종이 뭉치를 받아 든 포돌스키가 훑어보더니 눈을 크게 떴다.

"전하, 이것은……."

"폐하와 연관된 것 같다."

"너무 위험합니다."

"알아. 폐하의 흠을 찾자는 게 아니야."

포돌스키의 말에 카리엘이 미간을 찌푸리며 말했다.

"그럼……."

"재상이 감추고 있는 비밀, 그게 뭔지 알아야겠다."

카리엘은 그렇게 말하면서 재상을 압박할 작업을 시작했다.

***

카리엘은 타리온이 가져온 정보들을 바탕으로 감찰부를 통해 공개적으로 수사하기 시작했다.

공개적인 수사와 비공식적인 조사가 함께 이루어지기 시작하자 수면 밑에서 꽁꽁 숨겨 두었던 진실들이 조금이지만 밖으로 모습을 드러냈다.

"마약쟁이들을 많이도 만났군."

"그런 듯싶습니다."

타리온이 그렇게 말하면서 표정을 구길 때였다.

포돌스키가 다급하게 안으로 들어왔다.

"전하."

"왜? 뭐 건진 것이라도 있어?"

"새롭게 건진 것은 없사옵니다. 다만 수상한 점 하나는 발견했습니다."

명확한 증거를 공개적인 수사로 발견할 수 있을 리는 없었다.

다만 포돌스키는 그동안 타리온이 가져온 정보들을 면밀히 분석한 보고서를 내밀었다.

"이건?"

"전부는 아니오나 마약쟁이들 중에 신관들과 연관된 자들이 있사옵니다."

"마약쟁이가 신전과 친하다라……. 혹시?"

카리엘이 '혹시?' 하는 표정으로 포돌스키를 바라보자 그가 무겁게 고개를 끄덕였다.

"전부 흑마법사와 연관됐다고 추정되는 신전들입니다."

포돌스키의 말에 카리엘의 표정이 일그러졌다.

"일이 커지겠어."

"……그럴 것 같사옵니다."

카리엘의 말에 포돌스키가 한숨을 쉬며 말했다.

타리온 역시 사태의 심각성을 생각하며 고개를 절레절레 흔들었다. 이번 사건은 황태자의 습격 사건만큼 충격적인 사건이 될 것 같았기 때문이다.

"일단 타리온은 언론에 재상이 마약했다고 흘려. 마약상이랑 연이 있는 것처럼 꾸미고."

"예."

"감찰총장은 언론이 물어뜯으면 공개적으로 발표하고."

"그리하겠습니다."

카리엘은 자신의 명령을 받고 황급히 나가는 둘을 보면서 다시 머리를 굴렸다.

모아 온 정보들을 보면 재상은 마약쟁이들을 여럿이나 만나 왔고, 그들이 흑마법사와 연관성이 있을 가능성은 상당히 높았다.

"신전이라……."

어쩌면 성국과도 연관되었을지 모르는 상황이라 카리엘의 고심은 더 깊어져 갔다.

내부와 외부 모두 연관된 상황이라 자칫 양쪽과 전쟁해야 할지도 모르는 상황이 만들어질 수도 있었기 때문이다.

게다가 이것이 단순하게 황제파와 성국만 연관되었을지, 아니면 다른 파벌도 연관되었을지 알 수가 없는 상황이라 더욱 문제였다.

"포돌스키를 보면 중립파는 큰 관련은 없는 듯하기도 하고……."

카리엘은 그렇게 중얼거리면서 턱을 괴었다.

어디서 어디까지가 적인지 명확하지 않은 지금이 제일 답답했다.

그러다 문득 뭔가가 카리엘의 머리를 스쳐 지나갔다.

"잠깐……."

멈칫거린 카리엘이 황급히 마약쟁이들과 연관된 신전들을 살펴보았다.

"중앙…… 동남부…… 남부…… 중앙……."

지도가 펼쳐져 있는 곳에 압정을 하나씩 꽂으면서 표시했다.

"이상하군."

서부만 텅 비어 있는 것처럼 깨끗했다.

북부도 없었지만 애초에 북쪽은 마약에 관해선 칼 같은 곳이라 깨끗할 수밖에 없었다.

과거 마약으로 북부 전체가 붕괴될 뻔한 이후로 마약에 관해선 법이 굉장히 엄해졌기 때문이다.

"서부만 깨끗하다라……."

서부가 마약과 연관될 여지가 아주 없냐 하면 그것도 아니었다.

대륙에서 1, 2위를 다투는 항구 밀집 지역이라 엄청난 양의 마약들이 밀수되는 곳이었기 때문이다.

비록 신전과 연관된 마약쟁이들이 없는 상황이라 명확하다 보긴 어려웠지만, 확실히 이상했다.

궁금한 건 못 참는 성격인 카리엘은 곧바로 감찰부원을 불러 마약쟁이들의 출신지와 활동 지역에 대한 자료를 가져오라 명했고, 얼마 후 가져온 자료들을 토대로 지도에 압정을 박았다.

"확실히 이상해."

서부가 지나치게 깨끗했다.

카리엘이 이상함을 느끼며 타리온과 포돌스키를 급히 불러들여 자세한 조사를 시작했다.

"확실히 서부가 수상합니다."

"그래."

서부가 수상하다 느끼면서 면밀히 조사한 결과, 이상한 결과가 나왔다.

유명한 마약쟁이나 마약상은 죄다 남부와 동남부를 중심으로 활동했다.

그런데 그들의 출신지는 서부와 남부 경계선 출신이 많았다.

"서부 끝자락 출신이 활동은 동남부와 남부 접경 지역에서만 한다라⋯⋯."

"특이한 건 그것뿐만이 아닙니다. 흑마법사와 연관된 신전들 전체를 조사해 보았는데 서부만 깨끗합니다."

포돌스키의 말에 카리엘이 심각한 표정을 지었다.

"서부에 유명한 가문이……."

"대공가, 변경백, 벨푸르스 백작가가 있습니다."

타리온의 말에 카리엘이 생각에 잠겼다.

'대공가의 문제가 단순 반란으로 인한 것이 아닐지도 모르 겠군.'

예상치 못한 가능성에 카리엘은 혀를 찼다.

'전생의 황궁 기사단장을 빨리 볼지도 모르겠어.'

머릿속을 정리한 카리엘은 자리에서 일어났다.

"재상을 만나러 가야겠다."

❊

카리엘이 재상을 만나기 위해 마차에 오르자, 타리온이 뒤 따랐다.

─자꾸 일이 터지는군.

"그러게. 미치겠네."

카리엘이 그렇게 말하면서 표정을 일그러뜨렸다.

─미래를 아는 너도 모르는 건가?

"전생의 난 이 시기에 아파서 골골댄 게 전부야."

몇 년만 뒤였어도 어느 정도의 흐름은 파악할 수 있을 텐데, 하필 지금 시기여서 아는 게 없었다.

─큰일이군.

수르트가 빨리 다른 녀석들을 찾으러 가거나 수련에 집중해야 하는데 쓸데없는 것에 시간을 뺏어 먹는다고 툴툴거렸다.

그런 수르트를 보면서 카리엘이 말했다.

"그래도 의심되는 점은 있어."

카리엘의 말에 수르트가 뽀르르 날아왔다.

한껏 궁금하다는 표정을 짓는 수르트에게 카리엘이 작게 한숨을 쉬며 말했다.

"전생에 있었던 대공가 내의 반란 사건. 어쩌면 그것과 관련이 있을지도 모르겠다는 생각이 드네."

카리엘이 그렇게 말하면서 전생에 자신의 목숨을 몇 번이나 살려 주었던 자를 생각했다.

전생에 박살 난 제국이 형체나마 유지할 수 있었던 가장 큰 이유가 바로 그자였었기에 이번 생에선 나름대로 도움을 줄 생각이었다.

그런데 이렇게 엮이게 될 줄은 전혀 예상치 못했기에 당혹스러운 마음이 컸다.

─흠, 궁금하긴 하네.

수르트가 카리엘에게 몇 번이나 들었던 자에 대해 호기심을 가득 담은 표정으로 공중을 빙빙 돌았다.

－서부에는 언제 가냐?

"당장은 못 가지."

무슨 위험이 기다리고 있을지 알 수 없는데 서부에 갈 수는 없다.

당장에 중앙 지역에만 나가도 습격받는 상황인데 서부에 갔다간 목숨을 장담할 수 없을 것이기 때문이다.

－아쉽네.

한껏 아쉬워하는 수르트에게 카리엘이 말했다.

"꼭 서부로 가야만 볼 수 있는 건 아니지."

－응?

"중앙으로 부르면 돼."

카리엘이 그렇게 말하고는 입을 다물자, 수르트가 더 말해 달라고 앙증맞은 팔로 톡톡 치면서 말해 보았지만 굳게 다물린 입은 더는 열리지 않았다.

재상과의 수 싸움에 대비해 생각을 정리하느라 바빴던 것이다.

그리고 얼마 뒤.

"삐졌나?"

카리엘은 수르트를 돌아보았다.

입을 꾹 다물고 생각을 정리해서 그런지 수르트는 한껏 삐진 표정으로 빵빵한 더욱 볼을 부풀리고 있었다.

"재상이랑 대화가 끝나면 말해 줄게."

카리엘의 말에 수르트는 이번 사안의 심각성을 인지하고 있는지라 작게 고개를 끄덕였다.

✦

"전하를 뵙습니다."

"재상이 있는 곳으로 안내해라."

"예!"

카리엘의 명령에 고개를 숙이는 황궁 기사.

황금빛 갑주를 입은 기사의 뒤를 따라 감옥으로 들어가자 감옥치고는 나름 괜찮은 방들이 몇 개 지나갔다.

그렇게 가장 안쪽에 위치한 감옥에 도착하자 바닥에 앉아서 책을 읽고 있는 재상이 보였다.

"전하를 뵙습니다."

카리엘을 본 재상이 곧장 일어나서 허리를 굽혔다.

"물러나라."

"위험합니다."

타리온이 걱정스러운 표정을 지으며 자신은 남겠다 했지만 단호하게 거절했다.

수르트가 있는 이상 한 번은 살 수 있었고, 그것이면 충분했다.

카리엘의 단호한 명령에 모두가 멀리 떨어졌다.

"늦어서 미안하군. 알아볼 게 있어서 말이야."

자신이 올 줄 알았다는 듯한 표정을 짓고 있는 재상을 보며 카리엘은 미소를 지었다.

기세에 지지 않겠다는 듯 한껏 여유로움을 담아 웃었지만, 재상은 상관없다는 듯 무표정하게 고개만 숙였다.

"쯧! 물어볼 게 있어 왔다."

"저에 관해 조사하셨다면 소신이 어째서 입을 열지 못하는지도 잘 아실 텐데요."

"폐하와 관련된 일이라서 입을 다물겠다? 자네가 언제부터 폐하께 그렇게 충성했다고?"

카리엘이 비아냥거리듯 말하고는 창살을 움켜쥐었다.

"단도직입적으로 묻지. 서부와 관련 있나?"

카리엘의 물음에 재상의 눈동자가 살짝 흔들렸다.

그런 재상을 보면서 카리엘이 혀를 차며 말했다.

"쯧! 맞군. 대공가 아니면 벨푸르스 가문일 텐데. 내가 보기엔 벨푸르스가 의심스럽단 말이야."

카리엘이 혼잣말을 하듯 중얼거리면서 자신이 이때까지 생각한 것들을 재상 앞에서 풀어놓았다.

"최근 대공가에 심상치 않은 조짐이 일어나고 있지. 그 뒷배에 벨푸르스가 있는 건가?"

"……."

"벨푸르스가 흑마법사와 손잡은 건가?"

"……."

끝내 대답하지 않는 재상을 보면서 카리엘이 마음속 한구석에 품고 있는 것을 꺼내 놓았다.

"폐하께 들어가는 마약. 그거, 일반적인 마약이 아니지?"

카리엘의 말에 재상의 표정이 잠깐이지만 떨렸다.

그것을 캐치한 카리엘이 곧바로 입을 열었다.

"조사해 보니 자네가 만난 마약쟁이들 중 일부가 흑마법사와 관련된 자들이더군. 다른 마약쟁이들은 눈속임일 테고…… 진짜는 그들인가?"

카리엘의 말에 이번에는 실수하지 않겠다는 듯 표정을 완벽하게 컨트롤했다.

하지만 눈빛만은 어쩌지 못했는지 살짝 떨리는 게 보였다.

그것을 본 카리엘이 한숨을 쉬었다.

"흑마법사가 조제한 마약이라……. 근데 공교롭게도 그들이 서부와 남부 접경 지역 출신이란 말이지?"

카리엘은 싸늘한 음성으로 말했다.

"지금 말하면 가족들 목숨만큼은 살려 주지."

카리엘의 말에 재상이 작게 고개를 저었다.

"말하지 않으면 네 가문은 멸문이다. 왜 못 할 것 같나?"

살기 어린 목소리로 말하는 카리엘을 보며 재상이 담담히 말했다.

"전하께서 제 가문을 살릴 수 있다 보십니까?"

"못할 것 같나?"

"전하께선 아직 황좌에 오르지 못하셨습니다."

재상의 말에 카리엘의 미간이 찌푸려졌다.

마치 황제가 되었다 해도 자신의 가문을 살리는 것은 힘들 거라고 얘기하는 듯했다.

"벨푸르스가 맞군. 작은아버지가 관련되어 있어. 맞지?"

벨푸르스 가문의 장녀와 결혼해 그 가문을 이어받은 황족.

카리엘의 작은아버지를 생각하며 말하자 재상이 단호하게 고개를 저었다.

"……아닙니다."

재상의 대답에 카리엘이 눈을 가늘게 떴다.

"……아니라고?"

"더 위입니다."

재상의 말에 잠깐 멈칫한 카리엘이 눈을 동그랗게 떴다.

"설마…… 고모할머니가 관련되어 있다고?"

카리엘의 말에 재상은 침묵했다.

하지만 그의 눈빛이 긍정을 뜻하고 있음을 알아챈 카리엘은 표정을 일그러뜨렸다.

"얌전히 지내다 죽을 날만 기다리고 계신 걸로 알고 있는데?"

"서부의 절반을 장악하셨을 겁니다."

"절반? 그럴 리가……. 그러면 모를 리가……."

헛웃음을 터뜨리던 카리엘은 재상이 말한 것이 진짜 '절반'을 뜻하는 게 아님을 깨달았다.

"암상인과 범죄 집단의 모임. 그곳의 주인이 고모할머니였다고?"

어린 시절 황족치고 유약했던 그녀는 일찍부터 백작가로 시집갔다.

그리고 그곳에서 쥐 죽은 듯 살며 죽을 날만 기다리고 있는 줄 알았는데, 그게 아니었다.

"그곳의 주인이 그분인 줄은 아무도 모를 겁니다."

재상이 그렇게 말하면서 자신의 가문의 멸문은 확정되었으니 더 묻지 말라는 듯 표정을 굳혔다.

그러자 카리엘이 잠시 입을 다물고 생각을 정리했다.

재상에게 자신이 가진 정보를 털어놓고 추가로 정보를 받는 게 좋을지 고민했다.

여기서 재상에게 정보를 일부 주는 순간 어떤 자가 찾아와서 재상에게서 그 정보를 받아 갈지 알 수 없었기에 리스크가 컸다.

그럼에도 불구하고 카리엘은 입을 열었다.

"멸문은 막을 거다."

"불가능합니다."

"대공가를 불러들일 거다."

카리엘의 말에 재상이 피식 웃었다.

"불가능합니다."

한때 황족과 가장 친했던 가문이지만 암군의 시절을 겪으며 밀려나 버린 비운의 가문.

제국의 가장 큰 기둥이었던 대공가는 지금 몰락하고 있었다.

마스터를 배출하지 못한 지 100년 가까이 지나면서 대공가의 가치는 변경백보다 못한 처지가 되었다.

"한 가지 말해 주지."

카리엘이 그렇게 말하면서 재상에게 가까이 다가오라 손짓했다.

그러자 그가 멈칫했다가 천천히 카리엘에게 귀를 가져다 댔다.

"벨푸르스가 대공가를 치면 그들은 멸문당한다."

"불가능……."

"지난 수십 년간 대공가가 가문이 쇠락해 가는 것을 지켜보기만 했을까?"

카리엘의 말에 재상의 눈이 커졌다.

전생에 듣기만 했던 대공가 내의 반란.

그 반란으로 가주가 죽고 식솔들 대부분이 죽음을 맞이했다.

그러나, 대공가를 지탱하는 기사단마저 전멸했음에도 불구하고 결국 대공가는 살아남았다.

'홀로 칼을 든 자'.

전생의 황궁 기사단장이었던 그의 이명.

"대공가는 무너지지 않아. 내가 그리 만들 거다."

홀로 검을 들고 무쌍을 찍는 그에게 더 큰 무기를 쥐어 줄 생각이다.

그렇기에 대공가는 무너지지 않는다.

오히려 제국을 더욱 굳건하게 지탱해 줄 것이다.

"……정말입니까?"

"맹세하지. 방금 내가 한 말에 절대 거짓은 없어."

떨리는 눈동자로 카리엘의 눈을 마주한 재상이 한참을 시선을 떼지 못하다가 고개를 푹 숙였다.

자신과 함께 죽을 줄로만 알았던 가족들이 살 수도 있다는 말에 흔들리기 시작했다.

"말해."

마지막으로 묻는 카리엘을 보면서 잠시 고민하던 재상은 천천히 입을 열었다.

이야기는 그가 처음 중앙 관료 사회에 발을 내디딘 순간부터 시작되었다.

남다른 재능을 가진 그였지만 인맥 중심의 관료 체계는 절망을 안겨다 주었다.

그런 그에게 어떤 세력이 접근했다.

그때부터 그의 세상이 달라졌다.

"청렴했던 이유가 그건가?"

뒤에서 돈을 대주니 굳이 나서서 비리를 저지를 필요가 없었다.

뒷배가 배가 터지도록 돈을 지원해 주니 정쟁에 집중할 수 있었고, 빠르게 황제파를 양대 세력에 밀어 넣을 수 있었다.

"폐하한테 마약을 준 것도 너인가?"

"아닙니다. 제가 폐하께 접근했을 때는 이미…….""

재상의 말에 카리엘의 표정이 굳어졌다.

"그 이전부터 손쓰고 있었다고? 그런데 어째서 아무도 암중 세력을 견제하지 않지?"

"관료 중에 암중 세력과 연관 있는 건 소신뿐이니까요. 그 이전에도 마찬가집니다."

재상의 말에 카리엘의 표정이 일그러졌다.

"철저하군."

재상 혹은 그에 준하는 대신급 존재 딱 한 명에게만 연을 만들어 놓는다.

"사실 그분의 존재를 안 지도 얼마 안 되었습니다. 전하께서 황제파를 털기 시작했을 때, 딱 그때 한 번뿐이었습니다. 황궁으로 직접 찾아오시더군요."

카리엘이 적아를 가리지 않고 마구잡이로 잡아들이면서 한순간에 수도의 범죄 조직들이 붕괴되었고, 암상인들이 붕 떠 버린 것이다.

그리고 그것이 삽시간에 중앙 지역을 넘어서 남부로 확장되자 서부까지 그 불길이 번질까 봐 재상에게 접근한 것이다.

"내가 조금만 미적거렸어도 잡아먹히는 건 나였겠어."

카리엘의 말에 재상은 말없이 쓴웃음을 지었다.

"그런데 황궁으로 직접 찾아왔다라……."

"이젠 불가능할 겁니다."

몇 번에 걸쳐서 청소한 덕분에 황궁은 외부의 첩자가 들어오기 까다로워졌다.

한동안은 황궁에 쥐새끼를 집어넣는 건 어렵다는 뜻이었다.

카리엘의 궁에서 첩자를 잡고 한번 털어 낸 다음 미리엘 사건이 지나고 대대적인 청소까지 감행했으니 그럴 만도 했다.

"후, 개판이군. 이리될 때까지 대체……."

카리엘이 짜증스러운 표정으로 중얼거리자 재상이 씁쓸한 표정으로 말했다.

"폐하께선 암군이라는 세간의 평가와 달리 영민하십니다."

"……."

이리될 때까지 손 놓고 있는 양반을 칭찬하는 재상의 말에 말없이 침묵했다.

그런 카리엘의 반응에 재상이 말했다.

"폐하께선 배신을 많이 당하셨습니다. 전대 황제께서 승하하신 후, 아무런 파벌도 없이 지금까지 오신 겁니다."

황제 위에 올라 수많은 배신을 당하며 지금에 이르렀다.

그 결과 균형에 집착하며 많은 이들을 수없이 의심하는 지경에 이르렀다.

"세상에 사연 없는 사람은 없어. 결론은 의심병 말기에 균형에 집착하는 양반일 뿐."

카리엘이 냉정하게 현 황제에 대해 평가를 내린 후 몸을 돌렸다.

들을 것은 다 들었다는 듯 나가려는 카리엘에게 재상이 입을 열었다.

"부디 약속을 지켜 주시길……."

재상의 말에 몸을 돌리지 않은 카리엘이 작게 고개를 끄덕이며 감옥을 나섰다.

그런 카리엘에게 재상이 작게 말했다.

"은퇴를 바라시는 듯하나 쉽지 않을 것 같군요."

재상이 그렇게 말하면서 늙어 버린 자신의 손을 바라보았다.

어느새 주름이 늘어 버린 자신의 손.

자신이 조금만 더 젊었더라면.

아니, 자신이 좀만 더 늦게 관료 체제에 들어섰더라

면……

　카리엘의 진가를 더 일찍 알았다면 결과가 달라지지 않았을까, 후회했지만 이미 늦었다.

　지금 자신에게 남은 바람은 그저 멸문을 막는 것뿐.

대공가의 수도 복귀!

　　재상과의 이야기를 끝내고 궁으로 돌아온 카리엘은 타리
온에게 방금 들은 따끈따끈한 정보들을 알려 주었다.

　　대부분의 이야기는 황제파에 관한 이야기였지만 황제와
벨푸르스에 관한 이야기는 양이 적었어도 알짜배기였다.

　　"……심각하군요."

　　타리온 역시 내부가 썩었을 줄은 알고 있었는데, 이 정도
일 줄은 예상치 못했다.

　　카리엘이 나름대로 정화했다고 생각했는데 어림도 없었
다.

　　"당장 서부에 정보 요원을 파견하겠습니다."

　　"아니, 서부를 지금 당장 자극하지는 마."

카리엘의 명령에 타리온이 고개를 갸웃거렸다.

그동안 보인 성정을 감안하면 단기간에 끝낼 생각으로 밀어붙일 줄 알았기 때문이다.

"서부를 자극하기 전에 해야 할 일이 있어."

"예?"

타리온이 의아한 표정을 지으며 바로 보자 카리엘이 자리에서 일어나며 말했다.

"대공가를 수도로 불러들이는 것."

"……가능하겠습니까?"

"해 봐야지."

카리엘의 대답에 타리온이 걱정스레 바라보았다.

"차라리 감찰부와 군부를 움직이는 게……."

"그것도 폐하가 중간에 멈추게 만든다면 답이 없어져. 오히려 더 위험해질 수도 있지."

카리엘이 그렇게 말하면서 미간을 찌푸렸다.

전생에서 예상치 못한 천재에게 박살 났지만, 그들의 모든 세력이 와해되었다고 보긴 어려웠다.

제국이 큼지막한 전쟁을 치르는 동안 어둠 속으로 숨어들었을 가능성이 높았다.

'생각해 보니 서부에 갑자기 해적이 출몰했지.'

그 당시엔 여러 사건들로 정신없어서 크게 신경을 쓰지 못했다.

서부 변경백이 바다를 잘 장악하고 있었기에 다른 곳을 중점적으로 살폈기 때문이다.

하지만 모인 정보를 토대로 생각해 보니 충분히 의심이 갔다.

'아이사 군도 쪽에서 넘어온 게 아닐지도 모르겠네.'

남쪽의 아이사 군도 연합의 해적들이 세력 확장을 한 것이거나 암상인들이나 범죄 집단이 해적으로 변모했다고 생각했는데, 그게 아닐지도 모르겠다는 생각이 들었다.

한 가지 확실한 건 완전히 박멸하지 않으면 문제를 일으킬지도 모른다는 것이다.

전생에 귀족들이 가끔씩 기어오르거나 범죄 조직을 만들어 댄 것도 모두 살아남은 벨푸르스의 잔당이 계획한 것인지도 몰랐다.

카리엘이 은퇴하고 편안한 삶을 살려면 최소한 벨푸르스 정도는 청소하고 가야 했다.

"폐하의 심기를 건드려 전하께서 화를 입으실까 걱정되옵니다."

"그래도 어쩔 수 없지. 이 문제는 폐하를 설득하지 않으면 답이 없어."

카리엘이 그렇게 말하면서 곧바로 황제의 궁으로 향하기 위해 마차에 올랐다.

황제궁에 도착하자 시종장이 곧장 황제에게 안내했다.

과거와 같은 건방진 모습은 찾아볼 수도 없었다.

오랜 시간 황궁에서 일한 만큼 현재 황궁의 실세가 누군지 파악하고 알아서 기는 것이다.

"······무슨 일로 왔느냐?"

카리엘의 얼굴을 보자마자 피곤한 표정을 짓는 황제.

'마약인가?'

시종이 마약으로 보이는 물건들을 전부 치우고 환기를 시켰지만 아직 잔향은 남아 있었다.

예전의 황제였다면 겉으로나마 멀쩡한 척 연기했겠지만, 지금은 그럴 정신도 없는지 초췌한 표정으로 카리엘을 바라보았다.

'지가 뭘 했다고 피곤해하지?'

카리엘은 이렇게 생각했지만 겉으로는 한껏 고개를 숙이며 말했다.

"상의드릴 일이 있어서 찾아왔사옵니다."

카리엘의 말에 황제의 표정이 찡그려졌다.

"또 무슨 일을 벌이려는 것이냐?"

최소한의 연기조차 하지 않으며 말하는 황제의 모습이 색다르게 다가왔으나 그걸로 끝이었다.

겉으로 멀쩡한 척 연기하던 것조차 사라지니 암군 그 자체가 되어 버린 황제.

그런 그를 향해 속으로 혀를 차며 말했다.

"재상을 조사하는 과정에서 그가 개인적으로 마약상과 접촉한 것을 알아냈습니다."

"……."

카리엘의 말에 황제가 입을 다물고 노려보았다.

제법 영민했다던 재상의 말처럼 카리엘이 무슨 말을 하려는지 단번에 파악한 듯싶었다.

"……그래서? 무엇을 원하느냐?"

마치 '이 황제 자리라도 넘겨주랴?'와 같은 뉘앙스로 말하자 카리엘이 재빨리 입을 열었다.

"재상의 뒤에 심상찮은 조직이 있었습니다."

"뭐?"

예상치 못한 카리엘의 대답에 황제가 고개를 갸웃거렸다.

"무슨 말이냐?"

자신을 압박하러 온 것으로 생각했던 황제는 카리엘의 눈을 빤히 바라보았다.

그러자 카리엘은 황제의 생각이 틀렸다는 것을 보여 주기 위해 최상의 예우를 갖춰서 허리를 숙였다.

"시종을 물려 주십시오."

카리엘의 말에 피곤한 기색으로 가득하던 황제의 눈동자에 호기심이 어리기 시작했다.

손짓 한 번에 모든 시종들을 물려 버린 황제는 그림자들을 통해 방 안에 어떤 이도 침입하지 못하게끔 하고 물었다.

"그래, 재상의 뒤에 어떤 세력이 있다고?"

"그렇습니다."

"누구냐?"

"서부였습니다."

카리엘의 답에 황제의 눈이 흔들리기 시작했다.

"······대공가가 뒷배인 것이냐?"

황제가 제일 무서워하는 것.

그것이 바로 대공가의 부활이다.

자신이 이룩한 균형을 단번에 무너뜨릴 만한 존재들.

영웅의 후손으로 수많은 마스터들을 배출하고 한때 황가 이상의 존재감을 보여 주었던 존재들.

비록 지금은 수십 년에 걸쳐서 한없이 낮아져 버렸다지만 언제든 마스터만 배출하면 다시 비상할 수 있는 가문이 대공가였다.

암군들의 특징이 대개 그러하듯 자신의 자리를 위협할 이들을 수없이 의심하고 배척하려 한다.

그들이 충신이더라도 쓴소리를 하면 내치려고 한다.

그렇기에 3대에 걸친 암군들은 대공가를 지속적으로 멀리했고, 현재에 이른 것이다.

"아니옵니다."

"······아니라고?"

가장 의심스럽던 대공가가 아니라는 말에 황제의 표정이 굳어졌다.

"설마 변경……백?"

황제의 말에 카리엘이 속으로 한숨을 쉬었다.

자신의 부족함을 알기에 매번 의심한다.

역대 암군들이 그러하듯 자신들의 자리를 위협할까 봐 가장 부족한 자를 황태자에 올리고 결국 그가 황제가 되어 왔다.

지금의 황제 역시 그것을 알기에 혹시 누군가가 반란을 일으킬까 봐 항상 불안감을 안고 산다.

'그렇기에 균형에 집착한 것이겠지.'

어느 한 세력이 치고 나가 자신의 자리를 위협할 수 없도록 균형을 이루는 것에 집착한 것이다.

"……벨푸르스로 의심됩니다."

카리엘의 말에 황제의 두 눈이 부릅떠졌다.

"뭐라 했느냐?"

"재상의 뒤를 캐 본 결과 벨푸르스가 의심되옵니다, 폐하."

확언하듯, 다시 한번 말해 주는 카리엘을 보며 황제가 고개를 저었다.

믿을 수 없다는 표정이었다.

"그럴 리가 없다. 짐이 수도 없이 확인했느니라."

의심병 말기인 황제가 자신의 동생을 가만둘 리가 없었다.

매번 그림자를 보내 벨푸르스가 무엇을 하는지 확인해 왔다.

그렇기에 벨푸르스만큼은 아니라고 확신할 수 있었다.

그런 황제를 보며 카리엘이 말했다.

"고모할머님도 확인하셨습니까?"

"뭐?"

전혀 예상치 못한 인물이 카리엘의 입에서 들려오자 황제가 멈칫했다.

뇌가 정지한 것처럼 잠시 멈춰 있던 황제가 떨리는 입술로 물었다.

"고모할머님? 짐의 고모를 말한 것이냐?"

"그렇사옵니다."

"그분이 왜……."

수십 년간 얌전히 살면서 죽음만 기다리는 처지에 있는 비운의 여인.

그것이 황제의 고모이자 선대 황제의 동생이었다.

오히려 자신의 동생이 한때 야심을 품었기에 지독하게 감시해 왔다.

"벨푸르스 전대 백작 부인께서 서부 암상인 연합의 주인으로 추정되고 있습니다."

카리엘의 말에 황제가 심각한 표정을 지었다.

"확실한 것이냐?"

"재상이 직접 자백했습니다. 소자가 황궁을 뒤집어엎으며 황제파를 솎아 낼 때 황궁으로 찾아왔다고 하옵니다."

재상이 자백했다는 것까지 말하자 황제의 표정이 굳어졌다.

"소자가 의심된다면 직접 확인해 보셔도 괜찮습니다."

카리엘의 말에 황제가 눈짓하자 누군가가 사라졌다.

그림자가 돌아오길 기다리는 내내 이어지는 불편한 침묵 속에서 황제는 불안한 표정을 지으며 계속 손톱을 깨물었다.

그리고 얼마 후, 그림자가 조용히 나타나며 황제의 귓가에 속삭이듯 말했다.

"……맞구나."

어느새 재상에게 다녀온 그림자의 말을 전부 들은 황제는 미간을 찌푸렸다.

'제대로 말했나 보군.'

카리엘이 그렇게 생각하며 살짝 미소를 지었다.

그에게 협조하기로 한 이상 뒤가 없다는 것을 알았는지 재상이 그림자에게 순순히 자백한 듯 보였다.

"벨푸르스를 칠 것이냐?"

"그보다 확실한 방법이 있습니다."

카리엘의 말에 황제가 고개를 갸웃거렸다.

"대공가를 수도로 불러들이는 것입니다."

"뭐?"

"동시에 대공가에게 가해졌던 각종 제재를 풀어 주십시오."

"그건……."

카리엘의 답에 황제가 망설였다.

"그건 아니 된다. 대공가는…… 위험해."

"벨푸르스보다 위험하겠습니까? 서부 변경백은 아이론 연맹을 견제하기도 버겁고, 대공가는 무너졌습니다. 서부에는 벨푸르스의 암중 세력을 견제할 존재가 없습니다."

이유를 전부 들은 황제는 침음성을 내뱉었다.

상인들이 만든 국가인 아이론 연맹은 마스터를 보유한 강국임으로 서부 변경백이 전력을 다해도 견제하기 어려울 정도였다. 그런데 대공가까지 무너졌으니 벨푸르스 견제가 어려울 수밖에 없었다.

"꼭 대공가가 필요한 것이냐? 그냥 짐의 군대로 벨푸르스를 쓸어 버리면 될 것을……."

"물론 그것도 필요하옵니다. 하지만 암중 세력을 휘어잡고 있는 녀석들을 지속적으로 견제하기 위해선 대공가가 필요합니다."

벨푸르스를 완전히 쓸어 버리기 위해선 확실하게 끝을 봐야 했다.

감찰부와 군부를 이용해 드러나 있는 부분을 압박하고, 대공가를 키워 서부의 영향력을 줄인다.

동시에 암중 세력을 끌어내기 위한 움직임도 필요했다.

그걸 위해선 서부에 있는 암상인과 범죄 조직들을 수도처럼 한번 소탕할 필요성이 있었다.

"감히 황궁에 첩자를 심어 자유롭게 드나들었습니다. 저들의 암중 세력이 얼마나 클지 짐작되지 않는바, 한 번에 몰아쳐야 하옵니다."

카리엘의 말에 황제의 눈동자가 흔들렸다.

황제는 뭔가를 말하려는 듯 몇 번이나 입술을 달싹였다.

"……짐이 이 꼴이 된 것이…… 그들 때문인 것이냐?"

황제의 물음에 카리엘은 답하지 않았다.

애초에 현 황제의 재능은 황좌에 앉기엔 많이 부족했기에 꼭 마약과 그들의 암수에 의해 이렇게 된 것이라 보긴 어려웠다.

하지만 적어도 제국이 이 꼴로 아작 나지는 않았을 것이라고 확신할 순 있었다.

"대공가라……."

카리엘의 침묵이 긍정임을 알기에 황제가 지끈거리는 머리를 손가락으로 누르며 고민에 빠졌다.

그토록 견제해 왔던 대공가를 다시 키우는 것.

이 결정이 과연 옳은 것인지 몇 번이나 고민하는 듯싶었다.

"……대공을 황궁으로 부르거라."

결국 황제의 허락을 끌어낸 카리엘이 만족스러운 미소와 함께 말했다.

"그들이 움직일 수 있습니다. 군부의 도움이 필요합니다."

"서부 변경백과 중앙군 일부를 움직일 수 있는 권한을 주마."

황제의 말에 카리엘은 얻을 건 다 얻었다는 듯 허리를 숙이며 감사의 인사를 올리고 황제의 방을 빠져나왔다.

곧장 궁을 나가려던 카리엘이 걸음을 멈추며 시종장을 바라보았다.

"시종장."

"예, 전하."

"폐하께서 사용하시는 그것."

카리엘의 말에 시종장의 눈동자가 떨렸다.

그런 그를 보며 카리엘이 싸늘한 음성으로 말했다.

"양을 줄이거나 더 약한 것으로 바꿔. 적어도 지금 사용하는 것은 절대 아니 된다."

"하오나……."

"흑마법사가 무슨 짓을 했을지 알 수 없다. 지금은 괜찮으나 만약 폐하의 옥체에 문제가 생긴다면 너뿐만 아니라 너의 삼족은 필히 멸할 것이야."

카리엘의 말에 시종장은 표정이 굳어지면서 식은땀을 흘

리기 시작했다.

"폐하께 말씀드려도 좋다. 그러니 무슨 일이 있더라도 바꿔."

카리엘이 그렇게 말하고는 곧장 마차로 향했다.

현 황제가 마음에 들진 않았지만 일단 살아 있어야 했다.

흑마법사의 농간이라는 게 밝혀지고 저들이 위기감을 느끼다면 어떤 수를 쓸지 알 수 없다.

어쩌면 전생보다 더 빠르게 황제를 죽이려 할지 모르기에 최소한 흑마법사들에 의해 조제된 마약만큼은 반드시 바꿔야 했다.

"후, 진짜 이거 끝나면 은퇴다."

❋

황제와 담판을 짓고 나온 후, 카리엘은 조금도 지체하지 않고 곧바로 움직였다.

가장 먼저 향한 것은 내무부였다.

"저, 전하, 이것은……."

"방금 폐하께 허락받고 오는 길이다. 귀족 회의에 알리고, 대공가에게 나의 서신을 정식으로 전해라."

카리엘의 말에 내무부의 관료들이 침을 꿀꺽 삼키며 카리엘이 내민 것을 내려다보았다.

대공가를 수도로 초청한다는 황태자의 초청장.

물론 내무부에서 서신을 작성한다고 곧바로 대공가로 향하는 것은 아니었다.

귀족회에 알리고 황제에게 정식으로 상신하여 윤허받고, 옥새를 찍어야 하는 과정이 남아 있다.

그 과정에서 귀족회가 반발하여 대전 회의에 안건으로 올린다면 서신은 내무부에 보관되어 결과가 나올 때까지 움직이지 못한다.

"최대한 빨리 폐하께 상신하도록."

"귀족회에서 검토하기까지 시일이 걸릴 것이옵니다."

"상관없으니 명령한 거나 잘 처리해."

카리엘은 그렇게 말한 후, 그 자리에서 두 장의 서신을 작성했다.

"서부 변경백과 중앙군에게 전해."

카리엘이 내관에게 두 개의 서신을 추가로 전하며 명령을 내리고, 곧바로 외무부로 향했다.

"전하를 뵙습니다!"

"지금부터 내가 하는 말을 그대로 아이론 연맹에 전해."

카리엘의 말에 외무부 관료가 침을 삼키면서 황급히 수첩을 꺼내 들었다.

"아군의 부대가 대규모로 움직이는 것은 제국 내에 불미스러운 일을 처리하기 위함이니 양해를 바란다."

"이, 이대로 보내면 되겠습니까?"

"추가로 나 카리엘 프레드리히 폰 블레이저가 직접 양해를 바란다는 말을 적고, 이는 폐하의 뜻임을 명확히 알려 주도록."

카리엘이 그렇게 말하자 외무부의 고위 관료는 땀을 뻘뻘 흘리면서 말했다.

"양해를 구한다 하여도 후에 분쟁이 일어날 수 있습니다."

"시간을 벌기 위함이니 나중에 분쟁이 일어나든 말든 상관없다. 그대들이 할 일은 이 일이 다 끝날 때까지 시간을 끄는 것."

카리엘의 말에 외무부 관료들이 혼란스러운 표정을 지었다.

"깊게 생각하지 마라, 그대들은 할 일만 하면 되는 것이니⋯⋯."

"어느 정도까지 시간을 끌어야 하는 것이옵니까?"

관료의 물음에 카리엘이 곧바로 대답했다.

"넉넉잡아 두 달. 가능하겠나?"

"그 정도라면 가능할 것 같사옵니다."

"좋아. 믿어 보지."

그렇게 말한 카리엘은 고위 관료의 어깨를 두드리고는 외무부를 나섰다.

그러자 외무부가 부산스럽게 움직이기 시작했다.

명령은 간단했으나, 처리 과정은 간단치 않았기에 바쁠 수밖에 없는 것이다.

대규모 군사 이동은 국경에 불필요한 긴장감을 가져오기에 항의해도 할 말이 없으나, 카리엘이 직접 황태자의 이름으로 양해를 바란다고 부탁했으니 화내기에도 애매했다.

황제의 뜻임을 알렸다는 건 사실상 황제의 대리인으로서 황태자가 직접 양해를 구한 것이니 잘못 항의했다간 상황이 악화될 수도 있었다.

그렇기에 아이론 연맹 입장에선 기다릴 수밖에 없었다.

설령 내부에 과격파가 있다 한들 서로 엇갈린 의견을 가지고 회의하느라 시간이 걸릴 수밖에 없었다.

결국 최악의 상황이 와도 카리엘이 의도한 바는 이뤄지는 셈.

"이걸…… 스스로 생각하신 걸까?"

한 외무부 관료의 말에 젊은 관료가 고개를 갸웃거렸다.

황태자의 이름을 사용해서 상대로 하여금 항의하기 애매하게 만들었다.

물론 후에 대규모 군사 이동에 대해서 해명해야 하겠지만, 그것은 나중 일이다.

일이 다 끝난 후에 해명하면 그만이니, 적어도 지금 당장은 아이론 입장에서 격렬하게 항의하기가 애매해져 버린 것이다.

그야말로 황태자가 자신의 명예를 희생해서 외교적으로 시간을 번 상황.

귀족 입장에서야 눈살을 찌푸릴 수도 있겠지만 외교관 입장에선 현명한 대처였다.

"옆에서 도운 이가 있겠지."

"그런데 그런 것치고는 최근 태자 전하의 행보가……."

"확실히 태자 전하를 행보를 보면 스스로 생각한 것일 수도……."

관료들이 카리엘이 나간 곳을 빤히 바라보았다.

마법에 재능 있는 2황자, 검에 재능 있는 3황자와 달리 유약하다고만 알려진 황태자.

그런데 최근 행보와 방금의 일 처리를 보면 어쩌면 황태자 역시 두 황자 못지않은 천재일지도 모르겠다는 생각이 들었다.

"황족의 황금 세대인가?"

한 젊은 관료의 중얼거림에 다른 이들이 자신들도 모르게 고개를 끄덕였다.

암군의 시대에 태어난 황족의 황금 세대.

어쩌면 이 혼란한 시대를 진정시키며 제국을 다시금 위대하게 만들지도 모르겠다고 생각하며 관료들은 자신들도 모르게 주먹을 불끈 쥐었다.

비록 수대에 걸쳐 썩어 버린 황궁에서 자신들 역시 오염되었지만 가슴속 한구석에는 '위대한 제국'이라는 자부심이 남아 있었다.

그런 자부심이 황태자의 시원한 행보를 보면서 조금씩 깨어나고 있었다.

"어쩌면 제국은 변화할지도 모르겠어."

"그랬으면 좋겠네."

관료들은 그렇게 중얼거리다 황급히 정신을 차리고는 황태자가 명한 일을 처리하기 위해 바삐 움직였다.

그렇게 외무부와 내무부가 황태자의 명을 이행하기 위해 바쁘게 움직일 때, 카리엘은 또 한 곳을 방문했다.

황궁을 빠르게 가로질러 감찰부로 향한 카리엘은 곧장 감찰총장이 있는 곳까지 올라갔다.

"서부 암상인 연합과 벨푸르스를 쳐야 한다."

문을 열고 들어오자마자 명을 내리는 카리엘을 보며 포돌스키가 당황한 표정을 지었다.

"예? 지금 말입니까?"

"방금 폐하와 담판을 짓고 왔다. 시간이 생명이야. 서부 암중 조직들이 움직이기 전에 우리가 먼저 쳐야 한다."

카리엘의 말에 포돌스키가 다급하게 말했다.

"이렇게 갑자기 말입니까?"

포돌스키가 당황스럽다는 표정으로 말하자 카리엘이 재상에게서 알아낸 정보들을 토대로 앞으로 계획한 것들을 간략하게 알려 주었다.

모든 설명을 듣자 이해했다는 듯, 포돌스키가 곧바로 고개를 숙이며 답했다.

"준비하겠습니다."

"총장이 할 일은 서부의 암상인 연합이 마약 사건과 관련 있다고 발표하는 것. 덤으로 흑마법사와 연관된 신전의 자금이 서부로 흘러들어 가고 있다고 발표해."

"아직 증거가 부족합니다."

곤란한 표정을 짓는 포돌스키에게 카리엘이 피식 웃으면서 말했다.

"조작은 저들만 할 수 있는 게 아니야."

"후에 문제가 될 수 있습니다."

"하는 척만 해. 그것만으로도 압박은 충분하니까."

카리엘의 말에 포돌스키는 작게 고개를 끄덕였다.

그 정도라면 크게 문제 될 건 없었다.

감찰부 입장에서는 문제가 될 정황이 발견되었으니 조사하는 게 당연했다.

후에 문제가 생기더라도 감찰부 입장에선 조사할 수밖에 없다는 식으로 넘길 수 있었다.

"상대가 증거를 없애고 조작한다? 그럼 우리도 그에 맞게 대응하면 그만이야. 공권력을 쥔 자들이 힘을 사용하면 어떻게 되는지 보여 줘."

"예."

카리엘의 명령에 포돌스키는 고개를 숙이며 답했다.

"이 작전의 핵심은 대공가를 부활시키는 것. 대공가가 수도에서 정식으로 모든 제재를 해제하고 과거의 영광을 찾을 기반을 닦을 때까지 시간을 끄는 거야. 굳이 적들을 잡을 필요 없으니까 압박만 해."

"예."

"하온데 정말 폐하께서 허락하신 것입니까?"

포돌스키가 아직도 믿을 수 없다는 표정으로 물었다.

"그래, 어렵게 허락받았으니 실수하지 마. 대공가가 수도로 올 때까지 서부에 어떤 움직임도 용납하지 마라."

"반드시 그리하겠습니다."

포돌스키의 대답에 만족한 표정으로 고개를 끄덕인 카리엘은 타리온과 포돌스키를 쳐다보며 말했다.

"대공가를 제대로 복권시키고 암중 세력을 먹은 벨푸르스를 무너뜨린다. 그것이 내가 황태자로서 할 마지막 일이야. 그러니 완벽하게 처리하자."

그의 말에 포돌스키와 타리온이 살짝 아쉬운 표정을 지었다.

카리엘이 본격적으로 움직이면서 제국은 그동안 움츠려 있던 것을 멈추고 기지개를 켜기 시작했다.

　썩은 부분을 잘라 내고 치유하며 다시금 일어서려 하고 있었다.

　그런데 정작 본인은 황태자의 자리에서 자꾸만 물러나고 싶어 했다.

　"착각하지 마. 지금 나를 따르는 귀족파는 내 편이 아니야."

　아쉬워하는 둘을 보면서 카리엘이 현실을 일깨워졌다.

　현재 귀족파가 카리엘의 명에 움직이는 것은 순전히 두 황자를 위한 것이었다.

　미래를 위한 투자에 불과한 것이다.

　여기서 카리엘이 황제가 되겠다고 욕심을 부리면 다시금 귀족파는 한데 뭉치려 할 것이다.

　"내가 할 일은 여기까지."

　확언하듯 말하자 타리온과 포돌스키가 무겁게 고개를 끄덕였다.

　"명예롭게 은퇴하실 수 있도록 최선을 다하겠습니다."

　포돌스키의 말에 만족스럽게 고개를 끄덕인 카리엘은 타리온에게 말했다.

　"타리온, 넌 벨푸르스 가문을 엮어 봐."

　"어느 선까지 말입니까?"

"살짝만. 작은아버지가 과거 황좌에 대한 야망이 있었다
는 것과 때마침 서부의 벨푸르스 근방의 암상인들이 감찰부
의 타깃이 되었다는 것만 흘려."

"약만 치는 것이군요."

타리온은 단번에 알아들으며 고개를 끄덕였다.

"한번 꾸며 보겠습니다."

"좋아."

그럴듯하게 증거를 조작해 정말로 벨푸르스와 엮인 것인
양 여론을 만들겠다는 타리온.

그동안 카리엘 밑에서 일한 시간이 헛된 것은 아니었는지
이제는 개똥같이 말해도 찰떡같이 알아들었다.

그런 그를 만족스럽게 바라보던 카리엘은 손뼉을 쳤다.

"자! 시간 싸움이야. 움직여."

"예!"

"예!"

카리엘의 명령에 바삐 움직이기 시작한 타리온과 포돌스
키.

가장 먼저 움직인 건 포돌스키였다.

-황제파 쪽 귀족들의 비리 자금이 서부로 흘러들어 갔다는 정황이 나왔다.

처음 발표했을 때만 하더라도 귀족들은 큰 반응을 하지 않았다.

그것보단 대공가에 대한 일이 더 중요했기 때문이다.

하지만 감찰부는 마치 귀족들의 관심을 구걸하는 것처럼 계속해서 발표했다.

-흑마법사와 관련된 신전의 비리 자금의 일부가 서부로 흘러갔다는 정황이……

-이번 황태자 습격 사건을 도운 상단 일부가 서부 출신이라는 정황이……

연이어서 감찰부의 조사 과정이 공개되었지만 확실한 증거는 하나도 없었다.

발표하는 내용을 보면 죄다 정황뿐이었다.

하지만 귀족들과 제국민이 보기엔 아직 확실한 증거를 찾지 못했을 뿐, 서부의 암상인과 범죄 집단은 관련이 있는 것이나 다름없었다.

그런 상황에서 타리온이 움직였다.

-과거 황좌에 대한 야심을 드러냈던 벨푸르스 백작.

-공교롭게도 감찰부가 발표한 정황들이 전부 벨푸르스 영지 근방에서 발생하다?

조작된 정황증거를 마치 사실인 것인 양 만들어 여론전을 펼치는 타리온과, 그렇게 형성된 여론의 힘을 바탕으로 귀족들을 압박하는 감찰부.

그렇게 카리엘이 원하는 그림이 나오자 귀족들도 더 이상 대공가의 복권을 물고 늘어지진 못했다.

결국 황제의 재가를 받았고, 그 순간부터는 일사천리로 진행되었다.

가장 먼저 중앙군이 움직이고, 서부 변경백의 병력 일부가 대공가를 호위했다.

"일차적인 안전장치는 만들어졌군."

그렇게 중얼거리며 카리엘은 한숨을 쉬었다.

대공가의 반란 같은 장난질을 할 수 없도록 안전장치를 만들었으니 가장 큰 건 지나간 셈이었다.

이제 남은 건 대공가가 수도에 오는 것을 기다리는 일과 적들의 반응을 보는 것뿐이었다.

"전하, 대공가에서 답이 왔습니다."

내무부에서 전해 온 서신을 읽은 카리엘이 미소를 지었다.

"온다고 합니까?"

"그래, 온다는군."

그동안 핍박받았던 대공가였기에 거절할 수도 있겠다는 생각은 했다.

만약 그럴 경우 강제로라도 제재를 풀어 주고 지원금을 대공가에 쏟아 넣어 줄 생각이었다.

그런데 그럴 필요가 없어졌다.

"내가 할 수 있는 건 다 끝났군."

대공가의 확답까지 받았으니 사실상 카리엘이 할 수 있는 일은 전부 끝난 셈이다.

"고생하셨습니다."

"후, 타리온도 고생했어. 이제 좀 쉬어."

카리엘이 물러가라고 손짓하자 고개를 숙인 타리온이 조심스레 물러났다.

혼자가 된 카리엘은 한참을 천장을 멍하니 보다가 테이블로 시선을 돌렸다.

그곳엔 흑마법사, 성국, 귀족파, 중립파 등이 적혀 있는 모형 깃발들이 어지러이 놓여 있었다.

"개판이네."

중앙의 황궁을 중심으로 어지러이 놓인 세력판을 보던 카리엘은 손을 들어 귀족파와 중립파를 황궁에 두고 그 위로 새로운 모형 깃발을 올려 두었다.

대공가라고 적힌 작은 깃발이 황궁에 놓였고, 반대로 벨푸르스는 깃발은 서부에 옮겨졌다.

북쪽에는 성국.

서쪽에는 벨푸르스와 아이론.

동쪽에는 로만.

남쪽에는 남부 연합.

사방으로 포위된 형태에 제국의 내부에는 흑마법사의 깃발까지 꽂혀 있었다.

온통 적밖에 없는 상황에서 하나로 힘이 결집된 제국.

"이제 좀 해볼 만하겠네."

강대했던 제국답게 사방에 적이 있음에도 불구하고 해 볼 만하겠다고 생각했다.

한없이 추락했음에도 아직은 여력이 남아 있었다.

대공가 하나가 추가되었을 뿐인데도 예전과는 다른 안정감이 생겼다.

전생에 최강의 검으로 군림했던 자가 이끄는 대공가라면 어떤 상황에서도 제국을 지탱할 것이다.

"그 녀석만 잘 꼬드기면 은퇴 각이 잡히겠어."

카리엘이 그렇게 말하며 미소를 지었다.

　　　　　　　　※※※

자신의 은퇴를 확정 지을 수 있는 귀한 손님이 곧 오기 때문일까?

그동안 미적거렸던 작업들을 빠르게 진행했다.

가장 먼저 방문한 곳은 내무부였다.

"대공가의 모든 제재를 해제하겠다고 말했을 텐데?"

"그, 그것이……."

"폐하께 허락도 받았거늘…… 나를 무시하는가? 아니면 폐하를?"

"아니옵니다!"

카리엘이 도끼눈을 뜨고 노려보자 황급히 바닥에 꿇어앉아 허리를 굽히는 이들.

"대공가가 오기 전에 처리해. 괜히 미적거려서 도착할 때까지 해결되지 않으면…… 앞으로 생활이 고달파질 거야."

협박성 멘트를 내뱉고 떠나는 카리엘의 모습에 내무부 관료들의 몸이 식은땀으로 축축하게 젖었다.

그 모습이 너무나도 안쓰러웠던 타리온은 카리엘의 뒤를 따르다 말고 잠시 고개를 돌려 안쓰러운 표정으로 그들을 힐끔 보았다.

대공가의 복권은 결정되었지만 제재를 완전히 풀어 주는 것과 지원에 관해서는 의견이 엇갈렸다.

그렇기에 내무부가 황태자의 명을 받았음에도 미적거릴 수밖에 없었던 것이다.

물론 내무부 자체적으로 황제한테 상신해 결재를 받을 수 있지만 결국 귀족회에서 반발해 대전 회의 안건으로 올라간다면 고달파지는 건 내무부였다.

그걸 알고 있기에 타리온도 잠시 안쓰럽게 바라보았지만 그뿐이었다.

그동안 권력에 기생한 이들이었기에 크게 불쌍하지는 않았기 때문이다.

비록 환경 때문에 어쩔 수 없이 권력에 충성했다지만 내무부 관료들 역시 썩은 부분이라는 것은 변함없었다.

지금이야 어쩔 수 없어 계속 남겨 둔다지만 시간이 지나면 전부 갈려 나갈 존재들에 불과했다.

'꼴좋군.'

그렇게 생각하며 타리온은 황급히 카리엘을 뒤따라 다음 목적지로 이동했다.

"저, 전하, 예까지 어인 일로……."

"내가 못 올 곳에 왔나?"

카리엘의 다음 목적지는 바로 중앙 귀족회가 있는 곳이었다.

큰 이슈가 있을 때마다 모여 회의하는 귀족들의 최고 회의장.

그렇기에 황족들조차 웬만하면 오지 않는 곳이기도 했다.

귀족들 사이에서 성지로 취급하기에 황족들뿐만 아니라 황제 역시 귀족회를 존중하며 방문하지 않는 것이다.

그런데 그 불문율을 카리엘이 화끈하게 깨 버렸다.

"그것이 아니오라······."

"깽판 치러 온 것이 아니다."

"······예?"

"귀족들에게 할 말이 있어서 찾아왔다. 때마침 여기서 주요 귀족들이 모여 있다길래 찾아온 것이니 오해 말라."

카리엘의 말에 정복을 입은 귀족들은 자신도 모르게 고개를 끄덕이며 문을 열어 주었다.

"타리온은 여기에 있도록."

"전하!"

"귀족들의 성지에 입장하는 것인데 이 정도 예는 갖춰야지."

카리엘의 말에 근방에 있는 귀족들의 눈이 동그랗게 떠졌다.

황제파, 귀족파 할 것 없이 쥐 잡듯 잡아넣고 있는 카리엘의 입에서 나온 말이라고는 도무지 상상도 할 수 없다는 표정이었다.

모두가 놀란 표정으로 카리엘을 바라보았지만 정작 당사자는 심드렁한 얼굴로 중앙 귀족 회의 건물 안으로 들어가 버렸다.

"전하를 뵙습니다."

안에서 황급히 나와 인사하는 데이비어 공작.

뒤이어 다른 귀족들까지 카리엘에게 인사를 올렸다.

"미안하오. 본래 이리 갑자기 찾아올 생각은 아니었네만 모두 모여 있다길래 다급한 마음에 이리 찾아오게 되었소."

"아니옵니다. 하온데 무슨 연유로 찾아오신 것인지요?"

"대공가에 관한 일로 찾아왔소."

카리엘의 말에 주변 귀족들의 표정이 굳어졌다.

그것을 느낀 데이비어 공작이 카리엘에게 굳은 표정으로 말했다.

"전하, 저희에게도 시간을 주시지요. 사안이 사안인지라 차분하게 논할 시간이 필요하옵니다."

데이비어 공작의 말에 몇몇 귀족들이 헛기침했다.

귀족파는 크게 두 공작의 파벌로 나뉘어 있었고, 두 공작 모두 카리엘의 부탁을 들어주는 형국이었기에 결국은 대공가의 제재를 해제하는 데 힘써 줄 것이다.

그렇지만 몇몇 지방 귀족들은 이를 불편하게 생각했기에 형식적으로나마 '설득'의 시간을 갖는 것이다.

그런데 카리엘이 이렇게 갑작스럽게 찾아오자 데이비어 공작 역시 불편한 심기를 드러낼 수밖에 없었다.

"공작을 불편하게 하려는 것은 아니었소. 만약 그렇게 느꼈다면 사과하겠소."

카리엘의 사과에 데이비어 공작의 눈이 잠시나마 크게 떠졌다.

하지만 그는 곧바로 표정을 갈무리하고는 말했다.

"전하께서 오시는데 불편할 리가 있겠습니까. 다만 귀족들 중 그리 생각하는 자들이 있을 수 있으니 시간을 좀 주시는 게 어떨까 하는 생각에서 우러난 충언이었습니다."

돌려서 돌아가 주기를 요청하는 데이비어 공작의 말에 미소를 지은 카리엘이 곧장 입을 열었다.

"단도직입적으로 말하겠소. 대공가를 받아들이는 것에 불만을 가진 귀족들이 있다는 것을 알고 있소. 오늘은 직접 그들을 설득하고자 왔소."

"설득……."

"설득 맞소. 그러니 믿어 주시오."

불안한 표정을 짓는 데이비어 공작에게, 카리엘이 미소를 지으며 말했다.

"후, 안으로 모시겠습니다."

카리엘이 이렇게까지 말하는데 이 이상 막을 수도 없는 노릇.

결국 데이비어 공작이 직접 안으로 안내하자 귀족들이 길을 터 주었다.

그렇게 귀족 회의장에 들어가자 수많은 눈들이 카리엘만을 바라보았다.

압박감에 부담스러울 수도 있는 상황에서 카리엘은 웃었다.

'귀족회에 다 와 보는군.'

전생에도 이렇게 멀쩡한 중앙 귀족 회의장에는 와 보지 못했기에 지금 이 순간이 나름 재밌었다.

"허……."

한 귀족이 미소를 띤 채 걸어가는 카리엘을 보면서 허탈한 표정을 지었다.

수많은 귀족들이 불편한 심기를 내뱉으며 압박했음에도 도리어 웃으며 걸어가는 카리엘의 모습에 허탈함을 넘어 감탄이 나왔다.

그건 다른 귀족들 역시 마찬가지였다.

"미안하오, 월크셔 공작."

"……아니옵니다."

월크셔 공작이 고개를 숙이며 말했지만 불편한 심기가 표정에서 드러났다.

그렇지만 데이비어 공작이 안으로 들인 것이라면 이유가 있을 것이라 생각하며 순순히 단상에서 비켜 주었다.

그러자 카리엘이 고맙다는 말과 함께 수많은 귀족들을 바라보았다.

"귀족회에 황족이 찾아온 것이 달갑지 않을 것임을 알고 있소."

마도구로 증폭된 음성이 회의장에 퍼져 나가자 귀족들이 가만히 카리엘을 바라보았다.

몇몇 이들은 반발심에 도끼눈을 뜨고 있었으며, 어떤 이는 이 상황이 흥미롭다는 듯한 표정을 짓고 있었다.

　다양한 표정을 짓고 있는 귀족들을 상대로 카리엘은 묵묵히 입을 열었다.

　"대공가를 불러들이는 것, 그것 자체가 불편한 사람들도 있을 것이오. 하지만 한 가지 알아 두실 것이 있소."

　카리엘이 그렇게 말하면서 눈에 힘주고 귀족들을 둘러보았다.

　그런 그의 시선에 귀족들 역시 지지 않고 그를 바라보았다.

　그런 그들을 향해 카리엘이 피식 웃으며 말했다.

　"대공가를 불러들이는 것을 가장 불편해할 분은 폐하일 것이오."

　카리엘의 말에 귀족들의 눈이 부릅떠졌다.

　설마 이렇게 대놓고 말할 줄은 몰랐기 때문이다.

　모두가 놀란 표정을 지을 때 카리엘은 담담한 표정으로 입을 열었다.

　"그런 폐하께서 허락을 하시었소. 그 이유가 무엇이겠소? 현재 제국에서 일어나는 문제가 그만큼 심각하다는 뜻이오."

　카리엘이 그렇게 말하면서 현재 제국에서 일어나는 일들을 숨김없이 말해 주었다.

　흑마법사와 신전과의 유착 관계.

타국과 손잡고 제국에서 비리를 저지르는 자들.

황태자 습격 사건의 배후.

이 사건들을 설명하며, 이것들 중 적어도 하나의 배후로 서부를 지목했다.

"난 이 사건들 중 하나에 벨푸르스 가문이 연관되었을 가능성이 높다고 보고 있소."

카리엘이 직접 벨푸르스를 지목하며 말하자 귀족들이 웅성거리기 시작했다.

마이너한 신문사가 간혹가다 그런 의혹을 제기하고는 했지만 완전히 믿는 귀족들은 없었다.

그런데 그걸 카리엘이 직접 말한 것이다.

"증거가 있사옵니까?"

중립파인 모건 후작이 일어나서 묻자 다들 카리엘을 바라보았다.

대부분 상계 출신의 귀족들이었다.

벨푸르스가 서부에서 가지는 존재감은 상당했고, 특히 상권에 큰 영향력을 갖고 있었기에 그들이 무너진다면 일시적으로나마 서부에 큰 혼란이 일어날 수 있었다.

상인들 입장에선 그 혼란으로 인해 물류에 차질을 빚게 된다면 엄청난 손실을 입어야 했기에 당연히 확인해야 하는 것이었다.

"벨푸르스가 서부의 암상인 연합의 수장일지 모른다는 의혹이 제기되었소."

"그렇다면 해적과도 연관되었을 수 있다는 것이옵니까?"

모건 후작의 물음에 카리엘이 고개를 끄덕였다.

암상인들은 일반적인 상선을 이용하기가 까다로웠다.

서부 변경백이 서부의 주요 항구를 매의 눈으로 감시하기 때문이다.

그렇기에 그들은 해적들과 손잡았다.

남부에서 밀거래를 위해 올라오는 해적들과 거래하는 자들이 암상인들이었고, 그들이 취급하는 거의 대부분이 불법적인 것들이었다.

"물론 내가 하는 말에 의심하는 자들이 있을 것이오. 그런 자들을 위해 이 비밀을 알게 된 경위 역시 밝히겠소."

그렇게 말하며 재상과 했던 대화 일부를 말해 주었다.

"화, 황궁으로 재상을 만나기 위해 서부의 인물 중 하나가 접근해 왔단 말이옵니까!"

한 중립파 귀족이 믿을 수 없다는 표정으로 묻자 카리엘은 고개를 끄덕였다.

"재상은 자신의 가족들이 그들에 의해 죽을 것이라 생각했고, 나에게 가족만큼은 지켜 달라 말하며 이 사실을 밝힌 것이오."

카리엘의 말에 귀족회에 싸늘한 침묵이 감돌았다.

사실 재상의 이야기는 굳이 말하지 않아도 될 일이었다.

그럼에도 불구하고 밝힌 이유는 가장 확실한 설득 방법이 었고, 이 사실을 밝힘으로써 재상의 가족들을 호위할 명분을 손쉽게 가져갈 수 있기 때문이다.

하지만 무엇보다도 가장 큰 이유는 벨푸르스를 공개적으로 압박할 수 있다는 것이었다.

황태자가 직접 의혹을 제기했고, 재상의 증언마저 있었다.

"만약 벨푸르스가 흑마법사와 연관되었다면 이는 후에 재앙으로 다가올 수 있소."

카리엘이 모건 후작을 보면서 말하자 그가 침음성을 흘리며 고개를 숙였다.

그러자 이번엔 두 공작을 바라보며 말했다.

"미래의 제국에 위험 덩어리를 남겨 둘 필요는 없다고 생각하오."

두 공작 역시 침음성을 흘리면서 고개를 끄덕였다.

황태자를 포기하겠다고 밝힌 카리엘이기에 두 황자 중 하나가 이끌 제국을 생각하면 이번 일은 반드시 처리해야 할 일이었다.

"그리고 이건 심증뿐이지만, 만약 타국과의 밀약을 맺은 이의 주체가 벨푸르스라면…… 반란을 일으킬 수도 있다고 생각하오."

카리엘의 말에 두 공작의 눈이 크게 떠졌다.

"망상이라 생각할 수 있겠지만 전혀 가능성이 없는 건 아니오. 황좌에 욕심이 있던 작은아버지라면 내가 물러나고 두 황자가 서로 견제하며 제국이 혼란에 빠져 있는 틈을 이용할 가능성이 있소."

카리엘이 그렇게 말하며 전생에 있었던 인접 국가의 침공을 적절하게 섞어서 설명했다.

흑마법사들의 침공과 인접 국가의 침공, 반란 등을 각색해서 설명하자 그럴듯한 스토리가 만들어졌고, 회의장에 있는 귀족들은 순식간에 심각한 표정이 되었다.

"대공가에게 변경백 수준의 지원을 해 주는 것. 그로 인해 그들이 가진 혈통이 가진 힘을 최대한 끌어내는 것이 제국을 더 안전하고 부강하게 만들 것이라 생각하오."

카리엘이 그렇게 말하면서 작게 숨을 내뱉으며 몸의 긴장을 풀었다.

천하의 카리엘이라도 수많은 귀족들을 설득하는 건 많은 심력을 소모하는 일이었다.

"내가 할 말은 이것이 끝이오. 부디 제국의 미래를 생각해 좋은 결정을 내려 주었으면 좋겠소."

그 말을 끝으로 회의장을 나가는 카리엘.

협박도 없었고, 과한 발언도 없었다.

말하는 내내 귀족들을 존중하며 설득하기 위한 말을 했고, 무엇보다 황태자만 갖고 있던 정보를 풀어 주었다는 게 컸다.

"대공가에 변경백 수준의 지원을 하는 것에 찬성하는 자는 손드시오."

데이비어 공작의 말에 다수의 귀족들이 손들었다.

몇몇 귀족들은 황태자 말만 믿지 말고 좀 더 세심하게 알아봐야 한다고 주장했고, 그것이 맞는 말이었지만 시간이 급했다.

결국 귀족회에서 대공가에 대한 전폭적인 지원안이 가결되었고, 이 소식이 대공가에 들어가는 순간 기다렸다는 듯 대공가의 주요 인사들이 수도로 향했다.

"전하, 대공이 수도에 곧 도착한다 하옵니다."

타리온의 보고에 카리엘이 기대감에 찬 표정으로 말했다.

"드디어 오는군. 준비했던 것을 시작하자."

"하온데 이렇게까지 하실 필요가 있습니까?"

타리온이 이해가 안 간다는 표정으로 말하자 카리엘이 당연하다는 듯 말했다.

"황가에 서운한 점이 많았을 텐데 이 정도는 해 줘야지."

카리엘이 그렇게 말하면서 직접 마차를 타고 수도의 성문으로 나갔다.

그러자 그곳엔 수도 방위군의 기사단과 중앙군의 기사단이 길을 따라 양쪽에 도열해 있었다.

그리고 그 중앙엔 카리엘이 환한 미소를 지으며 서 있었다.

　마치 집을 나갔던 부인이 돌아오기라도 하는 것인 양 설레는 마음으로 기다리는 카리엘.

　모두가 초조한 마음으로 한참을 기다렸을 때였다.

　마침내 기다렸던 대공가의 마차와 기사단이 모습을 드러냈다.

다시 만난 최강의 기사

　수도의 정문에 대공가를 환영하는 현수막이 펼쳐지고 꽃
가루가 떨어져 내렸다.

　그리고 황궁의 음악단이 잔잔한 음악을 깔아 주며 대공이
탄 마차와 대공가의 기사단을 환영해 주었다.

　다소 과하다 싶을 정도 의전이었지만 핵심은 황태자였다.

　제국의 황태자가 성문에 서서 기다리고 있는 모습은 대공
가의 수도 입성을 환영하는 최고의 의전이었다.

　펑! 펑!

　폭죽이 터지고 대공가 일행을 위한 작은 환영식이 끝나자
대공과 소가주가 마차에서 내려 카리엘을 향해 걸어왔다.

　"제국의 작은 태양, 황태자 전하를 뵙습니다."

"듀칼 공의 수도 입성을 환영하오."

카리엘이 환한 웃음을 지으면서 말하자 듀칼이 적응이 안 되는지 헛기침했다.

그건 다른 대공가의 기사들 역시 마찬가지였다.

그들도 귀가 있기에 대공가의 복권에 카리엘이 노력했다는 것쯤은 들어서 알고 있었지만, 자신들을 이 정도로 환영해 줄 줄은 몰랐다.

"이리 환대해 주셔서 감읍하옵니다."

"아니오. 그동안 황가가 대공가를 실망시킨 것에 비하면 이 정도로는 한참 부족하오."

카리엘의 말에 대공의 눈이 크게 떠졌다.

"전하, 누가 들을까 저어되옵니다."

"괜찮소. 황실이 그대들을 실망시킨 건 사실이니까."

"크흠!"

대공이 헛기침하면서 눈치를 봤지만 당사자인 카리엘은 당당했다.

황태자 자리를 보전할 것도 아니기에 거리낄 게 없었다.

"전하를 뵙습니다. 글렌 브리타뉴 디 베네룩스라 하옵니다."

"반갑소. 카리엘이오."

카리엘의 말에 글렌의 눈이 살짝 커지면서 허리를 숙였다.

"말씀 편히 하시옵소서."

"차기 대공에게 그리할 수는 없는 법."

카리엘이 그렇게 말하면서 차기 대공이 될 소가주를 바라보았다.

전생에 다 무너져 가던 제국을 홀로 지탱했던 위대한 검을 다시 본 카리엘은 감회가 새로웠다.

"잠시 마차에 좀 타도 되겠소?"

"아! 물론이옵니다."

대공이 황급히 마차로 가서 문을 열어 주자 자연스럽게 올라탄 카리엘은 맞은편에 앉은 대공과 소공자를 바라보았다.

이미 예상은 하고 있었지만 어떤 말을 하려는 건지는 알지 못했던 부자는 긴장한 표정으로 카리엘이 말하기를 기다렸다.

"어느 정도 예상은 하셨겠지만 대공가의 복권을 대가로 원하는 것이 있소."

카리엘의 말에 대공가아 침음성을 흘렸다.

"전하를 지지하길 원하시옵니까?"

대공의 물음에 카리엘의 눈이 동그랗게 떠졌다.

"아니오."

"전하를 지지하길 원하시는 게 아니옵니까?"

대공이 고개를 갸웃거렸다.

황제파를 박살 낸 시점에서 그 빈자리를 메꾸기 위해 대공가를 원하는 것인 줄 알았다.

사실 대공가 입장에선 그렇게 생각할 법도 한 게, 황제파를 박살 내면서 귀족파와 중립파 역시 조져 버려 카리엘의 편이 없었기 때문이다.

그렇기에 대공가를 복권시키면서 세력을 만들려 한다고 생각할 수도 있었다.

벨푸르스를 밀어내고 대공가와 서부 변경백을 자신의 편으로 끌어들여서 서부를 황태자의 지지 세력으로 만든다.

제법 그럴듯한 생각이었다.

"잘못 생각하셨소."

대공의 말에 카리엘이 정색하며 고개를 저었다.

"……정말 아니옵니까?"

"아니오."

다시 한번 묻는 대공에게, 카리엘은 단호하게 답했다.

'누굴 × 되게 하려고?'

황태자의 표정이 구겨지자 대공과 글렌은 긴장했다.

그러자 카리엘이 황급히 표정을 가다듬었다.

'아차! 좋은 인상을 심어 줘야지.'

정신을 차린 카리엘은 숨을 길게 내뱉으며 분노를 가라앉혔다.

"후, 대공께서 크게 오해하신 것 같소. 곧 황태자 직위를 내려놓을 나한테 세력이 필요할 리 없지 않겠소?"

"으음, 정말 은퇴하시려는 것이옵니까?"

대공의 물음에 카리엘이 주먹을 불끈 쥐며 말했다.

"그렇소. 이왕이면 최대한 빨리 은퇴하고자 하오."

은퇴를 하겠다는 말이 나옴과 동시에 강렬한 의지가 느껴지자 대공이 자신도 모르게 고개를 끄덕였다.

그리고 그 모습을 옆에서 보는 글렌이 재밌다는 듯 슬쩍 미소를 지었다.

마차에서 내릴 때부터 심드렁한 표정을 짓고 있던 글렌이 황태자가 보이는 의외의 모습에 흥미를 느낀 것이다.

"그럼 전하께서 원하시는 것은 무엇이옵니까?"

"두 가지가 있소. 하나는 공적인 것, 다른 하나는 내 개인적인 부탁이오."

카리엘이 그렇게 말하면서 대공에게로 몸을 기울였다.

그러자 대공 역시 몸을 기울여 주며 작게 말해도 들릴 만큼 거리를 좁혔다.

"대공도 알다시피 대공가를 수도로 불러들이는 이유는 벨푸르스를 견제하는 것이 가장 클 것이오."

"……예."

"하지만 단순히 견제하는 것으로 끝나는 게 아니오."

카리엘이 그렇게 말하면서 벨푸르스와 흑마법사와의 관계, 타국과 밀약했을 가능성을 설명하며 단호하게 말했다.

"만약의 사태가 오면 벨푸르스를 서부에 묶어 놔야 하오."

"죄송하오나 현재의 대공가로는 불가능하옵니다."

대공의 말에 카리엘이 피식 웃었다.

"대공가에게 변경백 수준의 지원을 한다는 말은 허언이 아니오."

그동안 황가와 중앙의 귀족들에게 당해 온 대공가 입장에서 변경백 수준의 지원을 한다는 말을 쉬이 믿을 리 없었다.

황태자가 활약하며 중앙이 많이 깨끗해졌다고 생각했지만 암군인 황제가 건재한 이상 실제로 대공가에 지원되는 양은 극히 적을 것으로 본 것이다.

"중앙은 변했소. 적어도 이 위기가 지나갈 때까진 대공가에 지원되는 돈을 중간에서 착복할 수는 없을 것이오."

카리엘의 말에 대공은 여전히 믿기 힘든 표정이었지만, 더 이상은 설득하지 않았다.

직접 수도에 생활하며 변화된 분위기를 겪지 않으면 오랜 세월 쌓인 불신을 걷어 내기는 어렵다고 생각했기 때문이다.

"……다음은 무엇이옵니까?"

대공이 불신을 지우지 못한 채 카리엘의 진짜 목적인 두 번째 부탁을 들으려 했다.

'황제를 암살해 달라는 것일까?'

'대공가를 중심으로 비밀 세력을 만드시려는 걸까?'

듀칼은 물론이고 옆에서 가만히 듣고 있던 글렌마저 궁금하다는 듯 카리엘을 바라보았다.

그런데 곧 그들의 예상과는 전혀 다른 말이 들려왔다.

"어떠한 일이 있어도 중립을 지키는 것."

카리엘의 말에 대공가의 두 눈동자가 떨렸다.

"분명 이건 힘들고 어려운 일이 될 것이오. 그럼에도 불구하고 부탁드리겠소."

고개를 숙이며 말하는 카리엘을 보면서 대공가의 두 부자는 침묵했다.

황가에 의해 중앙에서 밀려났음에도 불구하고 꿋꿋하게 지켜 온 신념.

그것은 바로 초대 황제의 부탁인 중립을 지켜 달라는 부탁이었다.

몇 번의 위기가 있음에도 지켜 온 초대 황제의 명은 대공가의 신념이자 자부심이었다.

"……그것이면 되옵니까?"

"어려울 것이오. 그럼에도 부탁하겠소. 제국의 기둥이 되어 무너지지 않게끔 해 주시오."

"그건……."

"사실상 새로운 변경백이 탄생한 것이나 다름없는 대공가는 앞으로 승승장구할 것이오. 그럼 중앙에 있는 쓰레기들이 오물을 묻히려 들 테지."

"으음……."

카리엘이 걱정하는 바가 무엇인지 알게 된 두 부자가 침음성을 삼켰다.

"신념을 지키는 것은 고된 일일 것이오. 그럼에도 부탁하겠소. 그동안 지켜 왔던 그대들의 신념이 흔들리지 않았으면 좋겠소."

카리엘의 부탁에 두 부자는 작게 고개를 끄덕이는 것으로 답했다.

그동안 대공가가 신념을 지켜 온 것을, 어떤 자는 비웃었고, 어떤 자는 미련하다 욕했다.

그런데 황태자가 알아 준 것이다.

고되고 힘든 길을 걸어온 자신들을 위해 고개를 숙이며 앞으로도 신념을 지켜 주길 부탁했다.

그것을 보면서 두 부자의 마음에 뭔가가 빠르게 차올랐다.

아직은 이것이 무엇인지 모르겠으나 한 가지 확실한 건 눈앞에 있는 황태자는 자신들과 같은 신념을 품고 있는 자라는 점이었다.

'쓰레기들에게 현혹되지 말고 앞으로도 꿋꿋하게 그 자리를 지켜라. 지원은 빵빵하게 해 줄게.'

대공가의 두 부자를 보면서 속으로 부탁한 카리엘이 다시 입을 열었다.

"물론 그냥 해 달라는 것은 아니오. 부탁했다면 대가가 있어야겠지."

"신념을 지키는 것에 대가는 필요 없습니다."

대공의 단호한 말에 카리엘이 고개를 저었다.

"개인적인 부탁인데 대가를 주는 것은 당연하오."

"전하."

카리엘의 말에 대공의 미간이 찌푸려졌다.

자신들이 오랫동안 지켜 온 신념이 자칫 장사치의 거래와 같은 것으로 전락할까 걱정하는 그들에게 카리엘이 말했다.

"그대들이 받아야 할 것을 돌려주는 것. 그것이 내 보답이 될 것이오."

"……예?"

멍청하게 되묻는 대공에게 카리엘이 빙그레 웃으며 말했다.

"초대 대공의 무서."

카리엘의 말에 글렌의 두 눈동자가 사정없이 떨리기 시작했다.

"그대들이 갖고 있던 원본은 수십 년 전 망가졌다 들었소. 어느 정도 복원했겠지만 완벽하진 않겠지."

대공가가 몰락한 기점이라고 볼 수 있는 사건.

바로 대공가의 저택을 습격한 자들이 초대 대공의 무서를 망가뜨린 것이다.

그동안 전해진 것이 있었기에 몰락하진 않았지만 하필 마스터조차 배출하지 못했던 시기에 일어난 일이라 대공가의 몰락이 더욱 가속화되었었다.

"비록 사본이지만 황궁에는 초대 대공의 무서가 남아 있소.”

“……정말이옵니까?”

“물론 완벽하진 않소. 핵심이 되는 것 몇 개는 빠져 있거든. 하지만 그 핵심은 그대들이 가지고 있을 터.”

카리엘의 말에 대공이 자신도 모르게 고개를 끄덕였다.

대공가가 유지되고 있는 것은 초대 대공이 남긴 것의 핵심만큼은 지켜 냈기에 가능했다.

거기에 사본이 더해진다면 초대 대공의 무서가 완벽하게 부활하는 것이 가능했다.

‘전생에 글렌이 완벽하게 복원시키며 그랜드 마스터에 올랐지.’

전생을 기억하는 카리엘은 빙그레 웃으면서 글렌을 바라보았다.

“그대들이 그토록 기다리던 대공가를 부활시킬 존재에 초대 대공의 무서가 더해진다면 제국의 기둥이 다시 세워질 수 있을 터. 이 정도라면 보답이 되겠소?”

카리엘의 말에 듀칼이 무릎을 꿇으며 말했다.

“전하의 은혜에 감읍, 또 감읍하옵니다. 이 은혜는 변하지 않는 충정으로 갚겠습니다.”

“돌려줘야 할 것을 돌려주는 것뿐.”

카리엘이 그렇게 말하며 글렌에게 말했다.

“일정이 끝나거든 황태자궁으로 찾아오시오.”

"……그리하겠습니다."

글렌이 표정을 숨기지 못하고 한껏 설레는 마음으로 고개를 숙였다.

"전하, 황궁에 도착했사옵니다."

"이만 헤어져야겠군. 부디 수도에서 많은 것을 얻어 가시길 바라겠소."

그렇게 말을 남긴 카리엘은 대공의 마차에서 내려 자신의 마차로 갈아탔다.

그리고 근엄한 표정으로 마차에 올라타 황태자궁으로 돌아가고 있으려니, 돌연 같이 올라탄 타리온이 카리엘을 이상하게 바라보았다.

"전하."

"응?"

"크흠! 그…… 웃는 것이 좀…….."

황태자궁으로 돌아가는 내내 히죽거리고 있는 카리엘을 보면서 타리온의 표정이 굳어졌다.

"어차피 아무도 없잖아."

"그렇긴 합니다만…….."

"후! 이제 진짜 얼마 안 남았다. 대공가가 정식으로 복권되면 은퇴해야겠어."

"그렇게나 빨리하시려는 겁니까?"

카리엘의 말에 타리온이 놀란 표정을 지었다.

"그럼. 동생들을 위해서라도 빨리 물러나 주는 것이 옳지. 약속했던 내 할 일도 끝났는데 미적거리면 의심할 수도 있고."

"그렇긴 합니다만……."

타리온이 아쉬운 표정을 지었다.

제국민들의 지지를 받고 있었고, 최근엔 귀족들 중에도 카리엘을 좋게 보는 자들이 늘어 가고 있었다.

하지만 아쉬운 마음을 입 밖으로 내뱉을 순 없었다.

"흐흐~ 은퇴다."

은퇴할 것을 기대하며 입꼬리가 귀에 걸린 카리엘을 보았기 때문이다.

＊＊＊

황태자궁으로 돌아온 카리엘은 은퇴가 코앞으로 다가오자 잠드는 그 순간까지 입가에 미소가 걸려 있었다.

사실 카리엘은 이렇게까지 빠르게 은퇴 각을 잡을 생각이 없었다.

그런데 돌아가는 상황을 보니 미적거리다간 고생길이 훤히 보였기에 마음이 다급해진 것이다.

마침 대공가를 불러들일 기회까지 잡게 되자 더는 미루지 않고 은퇴 각을 잡을 생각을 했다.

-계획보다 빠른데?

"운이 좋았어."

수르트의 말에 카리엘이 입가에 미소를 그리며 말했다.

확실히 지금의 상황은 행운이 겹쳐서 일어난 일이나 다름 없었다.

모든 일이 카리엘의 의도대로 흘러갔기에 예상보다 훨씬 빠르게 은퇴 각이 잡힌 것이다.

-복잡한 상황을 이렇게 풀다니……. 역시 머리 하나는 영악하다니까.

수르트가 듣는 것만으로도 진저리 칠 정도로 복잡했던 상황들.

그것을 해결하는 것을 넘어서 결국 그토록 바라던 은퇴 각을 잡게 되자 감탄할 수밖에 없었다.

"확실히. 머리는 내가 너보단 한 수 위지."

카리엘이 한껏 턱을 치켜들면서 말했다.

분명 얼마 전까지만 하더라도 복잡한 상황을 잘 정리하기만 해도 다행일 거라 생각했는데 그것을 넘어 은퇴 각까지 잡아 버린 자신이 대견했다.

-야, 나도 한때는 거인을 다스리는 왕이었어. 정치라면 나도 어디 가서 꿀리지 않았다고.

"그럼 지금은 왜 그 모양인데?"

카리엘이 수르트를 한심한 표정으로 바라보며 물었다.

조금만 복잡한 상황이 나와도 진저리 치면서 뽀르르 사라지는 수르트.

지금의 모습을 보면 그가 왕이었던 시절이 빤히 보였다.

─흠흠! 오랫동안 봉인되어 있다 보니 격이 낮아져서…….

"머리 굴리는 거랑 격이 뭔 상관이야?"

─영혼이 줄어드니 생각하는 게 좀 어려워져서 그래. 정말이다? 진짜야.

믿지 않는 카리엘을 보면서 수르트가 과거에 무스펠헤임을 다스렸던 당시의 이야기를 해 주었지만 의심스러운 카리엘의 눈빛은 바뀌지 않았다.

"헛소리 말고, 글렌은 어때? 보고 싶다고 징징거렸잖아."

카리엘의 물음에 변명하던 수르트가 잠시 입을 다물더니 앙증맞은 팔로 턱을 문지르며 생각에 잠겼다.

─잘 모르겠다. 직접 싸우는 모습을 보지 않는 이상은 뭔가를 알 순 없겠어.

한때 대륙 최강의 반열에 올랐던 제국의 검, 글렌.

하지만 지금은 그때의 경지는커녕 마스터의 경지에도 오르지 못했기에 애매할 수밖에 없었다.

수르트 역시 격이 한없이 깎여 나가 기생하는 처지이니 지금 단계에선 알 수가 없긴 했다.

─그래도 제법 괜찮긴 했어.

아직 나이가 어렸음에도 불구하고 조금도 흘러나오지 않

는 글렌의 마력을 느끼면서 수르트는 빙그레 미소를 지었다.

─아직 어린 나이에 마력을 갈무리한 수준이 놀랍긴 했지. 그 녀석, 네 동생들과 같은 나이 아냐?

"맞아."

─괴물이긴 하네. 확실히 젊은 나이에 그랜드 마스터가 된 것도 이상하진 않아.

수르트가 인정한다는 듯 고개를 끄덕였다.

"뭐, 그래 봤자 아직 각성하기 전이지만."

카리엘은 아직도 전생에 목격했던 한 광경을 잊지 못했다.

글렌이 초대 대공의 무서를 완벽하게 복원하고 자신에 맞게 변형시키면서 나타난 모습.

깨달음을 보여 준다면서 하늘을 향해 검을 그었을 때 보았던 구름이 갈라졌던 광경은 지금 회상해도 전율이 돋을 정도였다.

"이번엔 더 빨라질지도 모르겠네."

카리엘이 그렇게 중얼거리면서 입가에 미소를 그렸다.

세 명의 마스터가 있는 현 상황에 그랜드 마스터가 된 글렌까지 포함된다면?

장담컨대 흑마법사들의 침공이나 인접 국가의 공격 따위론 제국에 피해를 입히기 어려울 것이다.

─확실히 걱정은 없겠어.

그랜드 마스터와 마스터의 격의 차이를 알고 있는 수르트가 고개를 끄덕이며 말했다.

"오히려 제국을 잘못 건드렸다간 명분을 잡고 영토를 확장시킬 수 있겠지."

카리엘이 그렇게 생각하며 입맛을 다셨다.

만약 자신이 황제일 때 그런 상황이 왔다면 어땠을까 상상하며 미소를 그렸다가 황급히 표정을 굳혔다.

"내가 무슨 생각을……."

황급히 고개를 젓는 카리엘을 향해 수르트가 눈을 가늘게 뜨며 말했다.

-너 사실은 황제가 되고 싶은…….

"역소환되고 싶냐?"

-……생각을 했을 리가 없지.

카리엘이 정색하며 말하자 얼른 말을 바꾼 수르트가 헛기침했다.

-흠흠! 그보다 대공 그 양반도 괜찮아 보이던걸.

"그래?"

카리엘이 의외라는 표정을 지어 보였다.

대공가의 현 가주 역시 선대 대공처럼 검술에 큰 재능은 없다고 알려졌기 때문이다.

-그래. 글렌이란 놈보다 완벽하게 마력을 제어하고 있는 것 같다.

"그럼 타리온이 못 알아챌 리가……."

-그 녀석과 비슷한 경지니 그러겠지.

수르트의 말에 카리엘의 두 눈이 격하게 떨리기 시작했다.

"그게 정말이야?"

-그래. 나도 처음엔 약한 놈인 줄 착각했다니까? 너한테 무릎 꿇을 때 감정이 격해졌는지 잠시 제어가 흔들렸는데 그때 겨우 알아챘지.

수르트의 말에 카리엘의 얼굴에 놀라움이 가득 찼다.

"정말 타리온 수준이야?"

-데이비어인가? 그 공작 놈에 비하면 보잘것없긴 하지만 확실히 다른 놈들과는 다르게 완벽하게 숨기는 걸 보면 네 시종 놈이랑 비슷한 수준은 되어 보이는데?

카리엘의 물음에 수르트가 고개를 갸웃거리면서 말했다.

-그런데 뭔가 이상한 점은 있었지.

"이상한 점?"

-뭔가 어긋났다고 해야 하나? 워낙 순식간에 지나가서 확실하진 않군.

수르트의 말에 카리엘이 미간을 찌푸렸다.

하지만 그의 말처럼 워낙 찰나의 순간이 지나가 버렸으니 확실히 알 순 없었을 것이다.

"뭐, 신경 쓸 필요는 없겠지."

어차피 은퇴할 몸이니 남은 것은 저들이 알아서 해야 할 일이다.

막대한 지원을 약속하고 초대 대공의 무서까지 제공해 줬으니 카리엘이 할 수 있는 건 다 한 셈이었다.

"잠깐, 수르트. 대공가의 다른 기사들의 수준은 어때?"

–같이 따라온 녀석들? 글쎄…… 자세한 건 몰라. 다만 드러난 기세로만 따지면 황궁 기사보다 좀 달리는 정도?

수르트가 그렇게 말하면서 확실하진 않다고 했다.

높은 경지에 이를수록 드러낸 기세의 양을 조절할 수 있기에 대공처럼 일부러 약하게 보일 수도 있는 것이다.

수르트의 말을 듣던 카리엘이 다급하게 타리온을 불러 확인했다.

"음, 확실히 그림자에 비하면 부족하오나 정예 황궁 기사들의 수준과는 엇비슷했던 것 같습니다."

타리온의 말에 카리엘의 표정이 굳어졌다.

'이 정도 전력을 가진 곳을 멸문시켰다고?'

전생에 글렌 하나만 남고 모두 전멸한 대공가.

그렇다는 건 벨푸르스의 저력이 예상보다 훨씬 강할 수도 있다는 생각이 들었다.

만약 카리엘이 예상한 것처럼 벨푸르스의 저력이 강하다면 이렇게 얌전히 있는 게 말이 안 되었다.

아무리 변경백과 중앙군이 포위한다 하더라도 예정된 멸망을 기다리는 건 말이 되지 않았다.

전생에 대공가를 무너뜨릴 때와는 다르게 몇 년 앞당겼다지만 그래도 가진 전력이 있을진대 이렇게 얌전히 있는다?

"느낌이 싸하군."

"뭔가 걸리시는 점이 있사옵니까?"

"벨푸르스가 너무 얌전해."

카리엘이 그렇게 말하면서 생각에 잠겼다.

"포위당한 상황이라 그런 것 아니옵니까?"

타리온의 말에 카리엘은 그랬으면 좋겠다고 생각은 했지만 자신의 감은 아니라고 말하고 있었다.

"아무래도 떠나기 전에 수를 써 놔야겠어."

"방도가 있으십니까?"

타리온이 고개를 갸웃거리면서 물었다.

이미 중앙군과 서부 변경백까지 동원했으니 군사적으로는 더 이상 할 게 없었다.

북부는 성국을 견제하기 바빴고, 남부군은 남부 연합과 인접국들을 감시해야 했다.

동부군 역시 해협을 타고 오는 해적들과 공국을 뚫고 오는 동대륙의 범죄 집단을 잡기 바빴다.

남은 건 귀족파였지만 그들 역시 두 황자를 따라 움직이느라 바빴다.

"벨푸르스를 황궁에 불러야겠어."

"가능하겠습니까?"

"와서 해명하라고 해야지. 자신들이 암상인들과 흑마법사랑은 관련이 없다는 걸 해명하라고 판을 깔아 주는 거야."

"외통수군요."

타리온의 말에 카리엘이 미소를 지었다.

"오지 않는다면 그 즉시 군대를 집결시켜야지."

카리엘의 말에 타리온이 고개를 끄덕였다.

다소 다급함이 느껴졌지만 나쁘지 않은 결정이었다.

"아무리 그들이라도 서부 연합군과 중앙군을 동시에 감당하긴 어렵겠지요."

"무슨 소리야? 두 공작가도 참전시켜야지."

카리엘의 말에 타리온의 눈동자가 커졌다.

"그들까지 말입니까?"

"흑마법사와 암상인이라면 나를 습격한 자들과 연관되었을 수 있으니 두 공작가를 움직일 명분이 되잖아."

"그렇게까지 하실 필요가 있습니까?"

타리온이 너무 과한 것 같다고 말하자 카리엘은 고개를 저었다.

"확실하게 해야지. 괜히 대충 처리하려 했다가 피 볼 수 있어."

전생에 대충 처리했다가 피똥 싼 경험이 있기에 확실하게 처리하고자 했다.

괜히 벨푸르스를 남겨 두었다간 은퇴한 자신도 위험해질 수 있으니 완전히 박살 내야 했다.

게다가 은퇴 각을 잡기 전에 흑마법사들을 공공의 적으로 만들어서, 적어도 이쪽 서대륙에서는 완전히 쫓아내야만 했다.

그래야 자신의 욜로 라이프를 안전하게 즐길 수 있으리라.

"마스터까지 있으니 만약의 사태에도 대비할 수는 있겠지."

데이비어 공작이라는 걸출한 인물이 있으니 뭔 수를 쓰든지 충분히 감당할 수 있을 것이다.

마스터란 그런 존재였기 때문이다.

✳

황태자를 은퇴하기 전에 해야 할 일이 생기자 갑자기 바빠졌다.

1. 황제에게 직접 초대 대공의 무서 사본과 황궁 보고에서 대공가의 무구 하나를 주게끔 설득해 대공가의 힘을 강화한다.

2. 벨푸르스를 황궁으로 불러들인다. 거절할 경우를 대비해서 두 공작가를 서쪽으로 이동시킬 준비를 한다.

3. 흑마법사와의 연관성이 의심된다는 것을 빌미로 성국과 남부 연합을 압박해 제국으로 사신을 보내도록 한다.

4. 대륙 회의를 개최해 흑마법사를 공공의 적으로 규정해 서대륙에서 몰아낸다.

순식간에 할 일을 정리한 카리엘이 곧바로 움직였다.

1번과 2번은 지금 당장 할 수 있는 일이기에 사전 작업에 들어갔다.

3번과 4번 같은 경우 자신이 밑바탕을 만들어 두고 남은 건 동생들에게 떠넘기면 될 일이다.

아마 흑마법사를 어떻게 처리하느냐에 따라 황태자 자리를 손에 쥐느냐 마느냐가 결정될 것이다.

"미래의 일은 동생들에게! 난 내 할 일만 하고 튄다."

그렇게 다짐하며 곧장 황제궁으로 찾아갔다.

"폐하."

"후, 마음대로 하거라."

황제가 질렸다는 듯 카리엘을 향해 손을 내저었다.

그런 황제를 보며 회심의 미소를 지은 카리엘이 절을 올리고는 조심스레 밖으로 나왔다.

"들었지? 황궁 도서관에 전달해 놔."

"예, 전하."

황제궁의 시종장이 공손하게 허리를 굽히고는 황급히 물러났다.

그 모습을 만족스럽게 본 카리엘은 이 소식을 들을 글렌을 생각하며 빙그레 미소를 지었다.

카리엘이 황제의 허락을 받기 위해서 나름대로 노력했기에 결과가 나오자 순수하게 기뻐할 수 있었다.

그가 글렌을 위해 한 일은 매일같이 황제에게 찾아가는 것.

문안 인사를 핑계로 아침부터 찾아가 은근슬쩍 대공가를 지원해야 하는 당위성을 설명했다.

그러고는 저녁쯤 같이 저녁을 먹고 싶다고 찾아갔다.

바쁘다고 안 된다면 다음 날 문안 인사를 드릴 겸 찾아가고, 점심까지 뭉개고 있다가 점심까지 먹고 나왔다.

그러는 동안 은근히 대공가의 지원에 대해 얘기를 꺼내니 나중에는 황제가 질려 버렸다는 듯 질색하며 닥치라고 말할 정도였다.

그 결과 고작 며칠을 못 버티고 황제가 질렸다는 듯 허락을 해 버린 것이다.

"타리온!"

"예, 전하."

카리엘의 부름에 타리온이 황급히 달려왔다.

"법무부에 가서 벨푸르스 백작과 전대 백작 부인을 소환하라고 해. 내무부는 정식으로 폐하의 재가를 청하고. 귀족회에도 알려."

"알겠습니다."

"감찰부에도 알려서 벨푸르스를 조사할 조사단을 꾸리라고 전하고. 법무부 허가 떨어지면 강제집행 하라고 해."

"예!"

타리온이 대답과 동시에 사라지자 카리엘은 만족스레 웃었다.

"이걸로 2번 끝. 남은 건 1번인가?"

카리엘이 그렇게 중얼거리며 황급히 글렌을 찾아갔다.

오늘따라 발걸음이 가벼운 것이 앞으로 좋은 일만 있을 것 같은 느낌이 들었다.

"왠지 느낌이 좋은걸."

＊＊＊

유난히 기분 좋은 오늘, 카리엘의 은퇴를 환영하는 것처럼 일이 착착 진행되고 있었다.

마지막으로 꼬장 부리는 놈들이 나올 거라고 예상한 것과는 다르게 대공가를 밀어주는 것에 귀족들의 반대는 전무했고, 황제의 허락을 받으면서 행정 업무 역시 빠르게 진행되어 갔다.

한껏 텐션이 올라간 카리엘이 환하게 웃는 모습으로 황태자궁으로 오는 글렌과 대공을 맞이했다.

"전하를 뵙습니다."

"일은 잘 마치셨소?"

카리엘의 물음에 듀칼이 감읍하다는 듯 고개를 숙이며 말했다.

"그렇습니다. 이 모든 것이 전하 덕분이옵니다. 다시 한번 대공가를 대표해 감사 인사를 드립니다."

딱딱하게 말하는 듀칼을 보면서 카리엘이 미소를 지었다.

"당연히 받아야 할 보상이오. 공짜로 부려 먹을 수는 없지 않겠소?"

벨푸르스의 견제를 맡게 된 대공가.

앞으로 많은 희생을 겪을 예정인 만큼 지원만은 빵빵하게 해 주어야 했다.

"그래도 감사드리옵니다."

듀칼의 감사 인사에 카리엘이 웃으면서 말했다.

"공적인 보상은 끝났고…… 이제 내 개인적인 보상만 남았소."

카리엘은 가만히 글렌을 바라보았다.

그러자 글렌의 얼굴이 흥분감으로 물들기 시작했다.

그런 그를 웃으면서 본 카리엘이 고개를 돌려 듀칼을 바라보았다.

"그럼 약속했던 보상을 위해 이동하시겠소?"

"……폐하께서 허락하셨습니까?"

"방금 허락 맡고 왔소."

카리엘이 빙그레 웃으면서 말하고는 마차로 향했다.

"반출은 어렵소."

"……보는 것만으로도 충분하옵니다."

듀칼 대신 글렌이 답했다.

'천재의 자신감인가?'

카리엘이 속으로 그렇게 생각하며 미소 지었다.

전생에도 그러했다.

초대 대공의 무서를 몇 시간 동안 반복해서 읽고선 혼자서 수련했다.

천재를 넘어 괴물이라 불리는 재능이니 복원하긴 할 것이다.

문제는 지금의 글렌은 너무 어리다는 것이다.

전생에는 대공가가 멸문에 가까운 타격을 입고 홀로 서부를 돌아다니며 실전을 쌓은 상태였다.

게다가 제국이 위기에 빠지면서 온갖 전쟁까지 겪었기에 무서를 받아들일 준비가 된 것이다.

그런데 지금은 어린 것을 넘어 실전 자체가 없었다.

'흠, 좀 걱정되기는 하네.'

전생의 글렌이 말하기를, 준비되지 않은 상태에서 마스터 급 존재의 심득을 받게 되면 자칫 잘못된 길로 빠질 수도 있다고 했다.

그래도 천재이니 다시금 제 길로 돌아올 것이다.

'뭐, 이번 생엔 대공도 있으니……'

카리엘이 그렇게 생각하며 걱정을 털어 버리고 황궁 도서관으로 향했다.

황제궁의 시종장이 사전에 말해 놨는지 도서관 사서들이 미리 밖으로 나와서 대기하고 있었다.

"전하를 뵙습니다."

"폐하의 명은 들었겠지?"

"예, 전하. 안으로 들어가시면 되옵니다."

사서 하나가 허리를 숙이며 말하자 카리엘이 앞장서서 걸어갔다.

그렇게 문 앞에 도달하자 문 앞에서 대기하고 있던 내관 하나가 조심스레 말했다.

"두 분 중에 어떤 분이 들어가실 예정인지요?"

"무슨 소리지?"

카리엘이 이해가 안 가는 표정으로 내관을 바라보았다.

"황실 법도상 황족을 제외한 한 분만 들어가실 수 있습니다."

그 말에 카리엘이 법도를 들먹이는 내관을 노려보자 그가 식은땀을 흘리면서 황급히 입을 열었다.

"나, 남은 한 분은 황궁 보고에 들어가실 것이옵니다."

내관의 말에 카리엘이 한숨을 쉬었다.

전생에선 없어졌던 법이라 잊어먹고 있었다.

제국이 망가지기 시작하면서 어떻게든 살려 보고자 도서관을 개방하고 황궁 보고도 마구 풀었기에 잠시 잊고 있었다.

본래는 어떤 귀족이라도 황궁 보고와 황궁 도서관을 들어갈 때 까다로운 규율을 지켜야 하기에 머쓱한 표정으로 뒤돌아 대공을 바라보았다.

그러자 대공이 웃으면서 말했다.

"무서는 글렌에게 맡기겠습니다."

듀칼이 그렇게 말하면서 글렌을 바라보았다.

"괜찮으시겠소?"

걱정스러운 마음에 카리엘이 묻자, 듀칼이 차분하게 고개를 끄덕였다. 카리엘은 사서에게 눈짓했다.

"글렌 소가주와 들어가겠다."

카리엘의 말에 거대한 도서관의 문이 열렸다.

"믿겠다."

"예."

듀칼의 말에 고개를 숙이며 말하는 글렌.

그런 아들을 믿음직스럽게 바라본 듀칼은 카리엘에게 다시 한번 인사하고는 내관에게 걸어갔다.

그러자 카리엘은 글렌을 데리고 도서관 안으로 들어섰다.

직계 황족들을 위한 도서관을 지나 강체술을 찾았던 가장 깊숙한 곳까지 도착했다.

"오셨습니까, 전하."

"오랜만이군."

카리엘의 인사에 늙은 사서가 조심히 고서를 들어 올려 책상으로 가져갔다.

"무서는 준비되어 있사옵니다."

늙은 사서가 초대 대공의 무서를 조심스레 책상에 올려놓았다.

그러자 글렌의 눈이 책상에 놓인 고서에 고정되어 떨어지질 못했다.

"편히 읽으시오."

고서를 보고 싶어서 안달 난 글렌에게 편히 읽으라고 말하자 그는 다급히 고개를 숙이며 책상에 앉았다.

초대 대공의 고서는 상당히 두꺼운 책이었는데, 그림과 함께 마나 운용 방법, 육체의 움직임이 자세하게 기술되어 있었다.

주변에서 시끄럽게 굴어도 상관없을 만큼 삽시간에 집중하기 시작한 글렌을 뒤로한 채 주변 책들을 구경하던 카리엘에게 늙은 사서가 다가왔다.

"더럽게 크군."

"그만큼 자세하게 서술되어 있다는 뜻이지요."

늙은 사서가 초대 대공의 고서를 보면서 빙그레 웃었다.

"사서가 보기에 초대 대공의 무서는 어떤가?"

"글쎄요. 소신은 책을 관리할 뿐 자세한 건 알지 못하옵니다."

사서의 말에 카리엘이 눈을 가늘게 떴다.

강체술을 찾으러 왔을 때도 그러했지만 오늘 다시 본 늙은 사서의 모습은 범상치가 않았다.

"그래도 설명해 주겠나?"

카리엘의 말에 늙은 사서가 하는 수 없다는 듯 말했다.

"초대 대공이 창안한 검술의 정수는 없으니 큰 가치는 없을 것이옵니다."

"그래?"

"또한 높은 단계에 이른 무사들 역시 큰 의미를 가지진 못할 것이옵니다. 깨달음의 일부가 담겨 있긴 하오나 철저히 대공가의 직계들만을 위해 풀어서 쓴 내용이기 때문이옵니다."

늙은 사서의 말에 카리엘이 진중한 표정으로 물었다.

"그럼 대공가의 직계한테는 어떻지?"

"더할 나위 없이 훌륭한 무서일 것이옵니다."

그의 말에 카리엘이 빙그레 웃었다.

그러자 유심히 글렌을 바라보던 늙은 사서가 빙그레 웃으며 말했다.

"제국의 새로운 검이 되실 분이군요."

늙은 사서의 말에 카리엘이 고개를 끄덕였다.

"그러겠지. 제국의 새로운 기둥이 될 거다."

카리엘이 그렇게 말하면서 늙은 사서를 가만히 보다 물었다.

"폐하께선 자네의 존재를 알고 있나?"

카리엘의 물음에 늙은 사서의 눈이 크게 떠졌다.

예상하지 못한 질문이라는 듯 놀란 표정을 짓던 늙은 사서는 웃으면서 말했다.

"알고는 계시옵니다."

"전부는 아니군."

카리엘의 말에 늙은 사서는 대답 대신 빙그레 웃을 뿐이었다.

그 모습을 보면서 카리엘이 고개를 갸웃거렸다.

'어째서 전생엔 몰랐던 거지?'

볼수록 범상치 않은 존재였다.

조용히 책을 읽고 있던 글렌 역시 그것을 느낀 것인지 힐끔 늙은 사서를 보았다.

-범상치 않은 자군.

반투명하게 나타난 수르트가 늙은 사서를 보면서 말했다.

그러자 늙은 사서가 갑자기 나타난 수르트를 정확히 응시하며 말했다.

"정령은 아닌 것 같습니다만……."

"수르트다."

남의 눈에 보이지 않을 수르트를 곧바로 알아챈 것에 카리엘은 놀란 표정을 지었지만 곧이어 나온 늙은 사서의 말이 더욱 놀라웠다.

　　"혹 수르트의 파편으로 계약하신 것이옵니까?"

　　늙은 사서의 말에 카리엘이 눈을 동그랗게 뜨며 작게 고개를 끄덕였다.

　　그러자 사서가 감탄한 표정을 지었다.

　　－저자, 최소 네 시종장이랑 동급이군.

　　수르트의 말에 카리엘이 놀란 표정으로 늙은 사서를 바라보았다.

　　"저분이 무슨 말을 했나 보군요."

　　늙은 사서의 말에 카리엘이 진중한 표정으로 물었다.

　　"자네 같은 자들이 황궁에 얼마나 더 있지?"

　　"저와 같은 자는 하나가 더 있으며 저보다 못한 자는 열 명 정도 되옵니다."

　　"그게 전부는 아니겠지."

　　카리엘의 물음에 늙은 사서는 빙그레 웃을 뿐 대답하지 않았다.

　　그런 그를 향해 카리엘이 물었다.

　　"폐하께오선…… 자네의 어디까지 알고 있는 거지?"

　　"그림자 출신이라는 것까진 알고 계십니다."

　　그의 대답에 카리엘이 심각한 표정을 지었다.

'전생에선 어째서 저런 자들이 없었던 것일까?'

황제조차 이들의 존재를 정확히 알 수 없었다.

제국에서 가장 높은 자리에 올라도 자격을 갖추지 못하면 이들의 존재는 죽을 때까지 알 수 없는 것이다.

그러다 문득 뭔가가 생각났다.

"혹시 그대는 이곳에서 초대 황제 폐하의 비밀을 지키고 있는 것인가?"

카리엘의 물음에 사서가 굳은 표정으로 말없이 고개를 숙였다.

도서관 어디엔가 있을 거라고 추정되는 초대 황제의 비밀이 담긴 책.

역대 황제들이 그걸 찾기 위해 이곳을 수없이 뒤졌지만 찾지 못한 그것을, 이자는 알고 있는 듯했다.

여기까지 알게 되자 이들의 정체를 알 수 있었다.

'황가의 비밀 수호대인가?'

오래전에 없어졌다고 들었던 황가의 비밀 수호대가 비밀리에 전승되고 있었다.

오직 황가의 가장 중요한 비밀들을 지키기 위한 단체.

한때 자신의 몸을 고치기 위해서 온갖 고서들을 읽어 봤을 때 보았던 단체.

'시종장도 비밀 수호대였나?'

자신의 임종을 지켜 주었던 늙은 시종장.

각혈하며 뒈질 것 같을 때마다 귀신같이 나타나 목숨을 연명시켜 주었던 자였다.

타리온이 죽은 후 누구도 믿을 수 없을 때 황제의 시종 출신이라며 나타나서 가장 낮은 자리에서부터 묵묵히 일하며 올라와 자신의 존재를 증명했던 늙은 시종이 생각났다.

의원조차 감탄할 정도로 카리엘의 몸에 맞는 음식과 차를 내오던 늙은 시종장은 결국 카리엘의 믿음에 부합하며 임종까지 지켰었다.

그땐 몸이 아팠던 선황의 시종 출신이라 약학에 대한 지식이 많았던 것으로 생각했지만 지금 와서 생각해 보니 이쪽 출신이 아닐까 의심되었다.

"후, 뭐 더 알아봐야 뭐 하겠나."

카리엘이 그렇게 말하면서 늙은 사서에게 눈을 돌렸다.

은퇴를 앞둔 입장에서 비밀 수호대의 비밀을 캐 봐야 의미가 없었다.

괜히 알면 머리만 복잡해지니 이럴 때는 모르는 게 약이었다.

─그래도 대단하긴 하군.

수르트의 말에 카리엘이 작게 고개를 끄덕였다.

오직 제국의 안녕과 비밀을 수호하는 자들.

그렇기에 이들은 황제에게 충성하지 않는다.

'전생에 이들이 있었다면 달랐을까?'

이렇게 생각했지만 어쩌면 비밀을 수호하다 죽었을지도 모를 일이다.

흑마법사, 몬스터, 마족, 반란까지 연이어서 사건이 터졌으니 그 과정에서 전멸했을 거라 추정하는 것도 이상한 일은 아니었다.

'그래도 궁금하긴 하네.'

카리엘의 마음 한구석에서 자꾸만 호기심이란 녀석이 튀어나오려는 것을 꾹꾹 누르며 글렌을 바라보았다.

무아지경으로 고서를 읽고 있는 것을 보니 뭔가를 얻은 것 같았다.

"이곳에 온 목적은 달성했으니 좋긴 한데……."

"지루하시다면 저번에 읽었던 책이라도 읽는 게 어떠신지."

"강체술 말인가?"

"예, 전하."

사서의 말에 카리엘이 그게 괜찮겠다는 듯 고개를 끄덕였다.

얼마 후, 사서는 고대 웨어울프의 강체술이 담긴 고서를 가져다주었다.

그런데 한 권이 아니었다.

"이건?"

"도움이 될까 싶은 책들을 제 나름대로 추려서 가져온 것이옵니다."

늙은 사서의 말에 카리엘이 빙그레 미소를 지었다.

"고맙네."

"아니옵니다."

늙은 사서가 고개를 저으며 미소를 짓고는 조용히 물러났다.

어느새 도서관에는 카리엘과 글렌이 책장을 넘기는 소리만 들려왔다.

마나등에 의지한 채 정신없이 읽어 가던 카리엘이 침침한 눈을 비비며 일어나자 사서가 조용히 다가왔다.

"시간이 얼마나 지났지?"

"반나절은 지났을 것이옵니다."

"음……."

"아쉬우시다면 좀 더 계셔도 되옵니다."

늙은 사서가 그렇게 말하면서 안에 씻을 곳과 쉴 곳도 있으며 음식 반입도 가능하다고 설명해 주었다.

그러자 글렌을 잠깐 바라보던 카리엘은 사서에게 부탁하고는 자신도 강체술에 빠져들었다.

이리스에 의해 강체술의 기초는 만들어졌고, 아르슈나에 의해 화기를 컨트롤하는 방법도 구체화되었다.

그렇다 보니 전과는 다른 점이 보이기 시작했고, 사서가 가져다준 자료들 역시 참고하자 강체술에 대한 이해도가 급격하게 올라갔다.

조금 지지부진하던 강체술이 성과를 보이기 시작하자 카리엘은 쉬는 시간도 없이 강체술에 빠져들었다.

나중에는 늙은 사서가 조금 쉬시라고 만류할 정도까지 되자 카리엘은 그제야 조금 쉬고는 다시금 고서를 탐독했다.

그리고 그렇게 도서관에서 며칠 동안 밤낮없이 강체술을 탐독한 끝에 마침내 만족할 만한 성과를 거둘 수 있었다.

-뼈대는 만들어졌군.

"그래."

수르트의 말에 카리엘이 만족스럽게 웃었다.

강체술을 완전히 개조하진 못했지만 자신의 몸에 맞는 강체술의 뼈대는 구축한 것 같았다.

이제 근육과 살을 붙이는 건 친위대한테 맡기면 될 일이었다.

"끝났소?"

"……예, 전하."

카리엘의 물음에 글렌이 고개를 숙이며 답했다.

미련이 남는 듯 초대 대공의 무서를 힐끔 보았으나, 이미 그의 머릿속에는 모든 내용이 선명하게 각인되어 있었다.

자신과 다르게 홀로 모든 것을 이해하고 머리에 각인시킨 천재를 보면서 카리엘은 쓴웃음을 지었다.

'천재라…….'

전생에도 글렌은 내심 부러웠을 정도로 사기적인 능력을 보였기에 지금의 상황을 납득할 수밖에 없었다.

볼일을 다 봤으니 이제는 나가야 할 때였다.

곧바로 도서관에서 나가기 위해 움직이자 늙은 사서가 문 앞에 서서 배웅했다.

"있는 동안 편안히 있다 가네."

카리엘의 칭찬에 늙은 사서는 말없이 고개만 숙였다.

"많은 도움을 받았습니다."

글렌 역시 늙은 사서로부터 때때로 따뜻한 차와 음식 등을 받았기에 진심으로 고마워했다.

"두 분 모두 이곳에서 뜻하신 바를 이루셨기를 바라옵니다."

사서의 말에 카리엘과 글렌이 빙그레 웃으며 고개를 끄덕이고는 조용히 도서관을 나섰다.

수많은 책들로 이루어진 길을 따라 거대한 문이 있는 곳에 도착하자 저절로 문이 열렸다.

"전하!"

문을 나서자 밖에서 초조하게 기다리고 있던 타리온이 황급히 다가왔다.

그런 그를, 카리엘은 손을 들어 멈추게 했다.

"전하, 이 은혜는 절대 잊지 않겠습니다."

"되었소. 급할 텐데 얼른 가 보시오."

머릿속에 각인된 것을 직접 몸을 움직여 확인하고 수정하는 작업이 필요함을 알기에 카리엘은 글렌에게 가 보라고 말했다.

그러자 다시 한번 허리를 굽혀 감사 인사를 표한 글렌은 황급히 멀리서 기다리는 대공가의 마차를 향해 움직였다.

"생각보다 많이 늦어졌네."

"안에서 무슨 일이 생긴 줄 알았습니다."

"그럴 리가."

타리온의 걱정 어린 시선에 카리엘이 그럴 리 없다며 웃은 후 마차에 올랐다.

"내가 명령한 것은 다 끝났지?"

"그렇습니다."

타리온의 대답에 카리엘이 빙그레 웃었다.

"이제 다 끝났군."

자신이 회귀한 후 계획했던 은퇴 계획이 이제 종착역을 향해 다가섰다.

"궁에 도착하는 대로 폐하께 내 퇴위서를 상신해야겠어."

———————— ✹ ————————

그 말대로 카리엘은 궁에 도착하자마자 퇴위서를 작성하기 위해 곧바로 자신의 방으로 들어갔다.

"전하, 그리 급하게 하시지 않아도……."

"이런 건 바로바로 해야 하는 거야. 미적거리면 무슨 일이 생길지 몰라."

카리엘이 그렇게 말하면서 재빠르게 퇴위서를 적어 내려갔다.

바로 그때, 시종이 찾아왔다.

"전하, 대전에서 내관이 찾아왔사옵니다."

"내관이?"

카리엘이 고개를 갸웃거리면서 방문을 허락하자 내관이 다급하게 황제의 명령을 전달했다.

"지금 당장 대전으로 오시라는 폐하의 명이옵니다."

"지금?"

"그렇사옵니다. 시급을 다투는 일이라고 하셨사옵니다."

내관의 말에 카리엘의 표정이 찡그려졌다.

그의 촉이 뭔가 심상치 않은 일이 일어났음을 알려 왔기 때문이다.

은퇴 각을 잡는 카리엘

황제의 명으로 대전으로 이동하는 내내 찜찜한 기분을 풀 수 없었던 카리엘.

그런 그를, 타리온이 걱정스레 바라보았다.

"큰 문제는 없을 것이옵니다."

"이미 문제야."

타리온의 말에 카리엘은 미간을 찌푸리며 말했다.

이미 그의 감이 대전에 도착하는 순간 엿 될 것이라는 걸 말해 주고 있었기 때문이다.

"할 수 있는 건 전부 하셨잖습니까."

"후, 그래. 근데 일이 터졌잖아."

"전하의 잘못이 아니옵니다. 최선을 다하셨으니 남은 건

신하들이 처리해야 할 일이지요."

타리온의 위로에 카리엘이 머리를 움켜쥐었다.

은퇴가 미뤄질 수도 있는 상황에서 타리온의 위로는 의미가 없었다.

이번에 터진 일은 기억에 없는 일이었다.

거기다 황제가 자신을 부를 정도라면 예삿일이 아니라는 거다.

'흑마법사와 연관되었거나 벨푸르스에 관련된 일일 가능성이 높다.'

대전으로 자신을 부를 정도의 일이라면 그것밖에 없었기에 카리엘의 안색은 더더욱 어두워졌다.

'전생엔 없었던 일일 가능성이 높아.'

전생의 이 시기에 자신이 누워 있었다고 하더라도 큰일이 터졌다면 알고 있었을 것이다.

즉, 자신으로 인해 전생에 겪었던 미래가 변했다는 것이다.

'뭔 일이 생기든지 무조건 은퇴한다!'

카리엘은 혹시나 해서 품속에 챙겨 온 퇴위서를 손으로 두드리면서 다짐했다.

자칫 어영부영하다가는 황궁에 붙잡혀 있을 가능성도 있었기에 무조건 은퇴 각을 잡을 거라고 되뇌며 대전 앞에 멈춘 마차에서 내렸다.

"전하를 뵙습니다."

"고해라."

카리엘의 명령에 시종이 카리엘이 왔음을 고하고 문을 열어 주었다.

대전에는 엄청난 숫자의 귀족들이 모여 있었다.

'변경백을 제외한 주요 귀족들은 다 모였군.'

카리엘이 그렇게 생각하며 천천히 황제에게 걸어갔다.

"카리엘 프레드리히 폰 블레이저, 폐하를 뵙습니다."

카리엘의 인사에 황제가 작게 고개를 끄덕이고는 말했다.

"그래, 도서관에 나온 지 얼마 되지 않았다 들었다만 사안이 급해서 부를 수밖에 없었구나."

카리엘이 피곤한 티를 내자 황제가 그렇게 말하면서 위로하고는 내관에게 턱짓했다.

그러자 내관 하나가 카리엘에게 조심스레 말했다.

"서북부 산맥에서 심상치 않은 움직임이 정찰되었습니다."

"서북부?"

내관의 말에 카리엘이 고개를 갸웃거렸다.

"예, 전하. 현재 서북부 지역의 산맥에서 화산이 터질 위험이 있다고 하옵니다. 문제는 그것으로 인해 몬스터들이 대규모로 남하할 가능성이……."

"이런 미친!"

카리엘이 자신도 모르게 욕설을 내뱉고는 생각에 잠겼다.

'여기서 몬스터 웨이브라고? 게다가 화산 폭발?'

전생에선 없었던 일에 카리엘의 눈동자가 떨리기 시작했다.

"태자는 언동에 주의하라."

"송구합니다."

카리엘이 고개를 숙이며 그렇게 대답하고는 머리를 굴렸다.

한동안 침묵하면서 고개를 숙이고 있는 카리엘을 보며 황제가 헛기침했다.

그럼에도 불구하고 가만히 고개를 숙이고 있는 카리엘.

맹렬히 돌아가는 머리는 지금의 상황을 정리하느라 바빴기에 주변을 신경 쓸 틈이 없었다.

한참을 생각에 잠겼던 카리엘이 고개를 들었다.

"대책은 정해진 것이옵니까?"

"논의 중이었다."

황제의 대답에 카리엘의 표정이 굳어졌다.

"사안이 급하오니 일단 병력부터 보내시옵소서."

"그걸 논의 중이었다."

황제의 말에 카리엘은 고개를 갸웃거렸다.

중앙군 일부를 빼서 지원하면 될 일을 왜 미적거리냐는 표정을 짓자 군부대신이 앞으로 나섰다.

"현재 중앙군의 상당수가 이미 서부로 이동한 상태이옵니다. 여기서 더 빼면 중앙군의 치안이 위험해지옵니다."

군부대신 하워드의 말에 카리엘의 표정이 일그러지기 시작했다.

"지금 그걸 말이라고……."

몬스터 웨이브가 일어날 수도 있는 상황에서 치안을 따지는 하워드를 죽여 버릴 듯 노려보았다.

그러자 그가 헛기침을 했다.

황제파 대부분이 물갈이되면서 밑에 있던 하워드가 군부대신의 자리를 차지했다.

문제는 이 양반도 무능하다는 것이다.

황제파만 아닐 뿐, 줄타기를 통해 중앙 관료 체제에 입성한 인물이었다.

이 무능한 인물이 지금 군부대신 자리를 차지한 이유는 어떤 파벌에도 발을 깊숙하게 담그지 않은 덕이었다.

한마디로 무능하지만 큰 사건들을 해결하고 파벌끼리의 협상이 끝날 때까지 임시로 자리할 존재.

그게 현재의 군부대신이었다.

"후, 폐하, 사안의 심각성은 알겠사오나 어째서 소자가 대전에 와야 했는지 잘 모르겠사옵니다."

아직 어린 황태자가 이 정도 중대한 사안에 참여하는 건 극히 제한적인 상황에서나 가능했다.

그렇기에 카리엘이 이해할 수 없다는 표정으로 황제를 바라보자 턱을 괴고 있는 황제가 말했다.

"태자에게 양해를 구하기 위함이다."

"소자한테 말이옵니까?"

카리엘이 고개를 갸웃거리며 묻자 황제가 작게 고개를 끄덕이고는 말했다.

"군부대신의 의견으로는 서부로 향했던 군 일부를 서북부로 돌리는 것이 좋을 것 같다는구나."

황제의 말에 카리엘이 표정이 일그러지면서 하워드를 노려보았다.

자신이 황제였다면 저 새끼부터 잘라 버리겠다는 강렬한 의지가 담긴 눈빛에 군부대신이 움찔거리면서 한 걸음 뒤로 물러났다.

"다른 귀족들도 똑같은 생각이옵니까?"

"데이비어 공작은 반대하더군."

황제의 말에 카리엘이 데이비어 공작을 바라보다가 황제를 바라보았다.

"소자의 의견에 의미가 있사옵니까?"

카리엘의 물음에 황제가 고개를 끄덕였다.

"이 문제는 태자의 습격 사건과도 연관된바, 짐은 태자의 의견을 중히 생각할 것이다."

황제의 말에 카리엘이 생각에 잠겼다.

방금 황제가 한 말은 자신에게 결정권을 주겠다는 것과 다르지 않았기 때문이다.

마음 같아선 반대하고 중앙군 일부를 서북부로 보내 버리고 싶었다.

문제는 그렇게 했다간 자신의 은퇴 계획에 심각한 문제가 생길 것이라는 점이다.

은퇴냐, 벨푸르스를 조지느냐로 고민하던 카리엘은 한숨을 쉬며 말했다.

"폐하, 소자의 생각은 반대이옵니다. 현재 나오는 벨푸르스에 관한 정황증거들은 미래의 제국에 큰 위협으로 작용할 가능성이 높사옵니다. 지금 뿌리 뽑지 않을 경우 반드시 문제가 생길 것이옵니다."

카리엘의 답에 군부대신이 다급히 말했다.

"전하, 그리되면 중앙군을 서북부로 보낼 수밖에 없사옵니다. 그리되면 치안에 문제가……."

하워드의 말에 카리엘이 결국 참지 못하고 소리쳤다.

"비어 있는 공백은 수도 방위군이 담당하면 될 일이다!"

"그, 그렇게 되면 수도가……."

"그 비어 있는 곳은 황궁의 병력이 일부 지원하면 되지 않나! 잉여 병력을 보내 지원하고, 부족하면 휴가 나가 있는 병력을 불러들여서 임시로 채우면 될 일이다! 강제 복귀한 인원은 나중에 보상해 주면 될 일이고!"

노성을 터뜨리는 카리엘의 말에 한 귀족이 앞으로 나섰다.

"전하, 정체를 알 수 없는 무리가 언제 수도를 습격할지 모르는 일이옵니다."

한 귀족의 말에 카리엘이 어째서 중앙의 치안을 들먹이면서 중앙군을 움직이려고 하지 않았는지 알았다.

불안한 표정을 보이는 몇몇 귀족들.

그들은 흑마법사들이 중앙의 공백을 뚫고 또다시 누군가를 습격하지는 않을지 걱정하는 것이었다.

황태자조차 습격했는데 다른 귀족들이라고 안 할 리가 없는 것이다.

사실 맞는 말이기는 했다.

하지만 지금은 그런 것을 따질 때가 아니었다.

"그래서? 서북부는 버리자는 것인가?"

카리엘의 싸늘한 물음에 앞으로 나섰던 귀족이 고개를 저으며 말했다.

"서부로 향하는 병력 일부만 돌리시고 귀족들의 사병들을……."

"전하, 국가의 위기이옵니다. 일단 서북부를 우선하여……."

"국가 위기 상황에서 중앙군의 치안 공백은 있을 수 없는 일이옵니다."

귀족들이 앞다투어 카리엘을 설득하기 위해서 입을 열었

다.

그 모습을 황제는 가만히 바라보았다.

본래라면 자신이 당했어야 할 일을 카리엘이 대신 감당해주고 있기에 편안한 마음으로 바라보는 것이다.

귀족들이 말하는 것을 가만히 듣고만 있던 카리엘이 싸늘한 눈빛으로 좌중을 둘러보자, 열심히 앞으로 나섰던 귀족들이 하나둘 입을 닫으며 본래의 자리로 돌아갔다.

카리엘의 분위기가 심상치 않음을 느낀 것이다.

"몬스터 웨이브가 일어날 조짐은 분명 국가 위기 상태가 맞소. 거기다 흑마법사나 암중에 숨어 있는 조직의 위협 때문에 중앙군의 치안 공백도 위험한 것은 맞지."

다 인정한다는 듯한 카리엘의 말에 몇몇 귀족들이 슬쩍 미소를 지어 보였다.

마치 자신들이 이겼다는 듯한 미소를, 카리엘이 한심하다는 듯 바라보다가 말했다.

"하지만 그 이상으로 벨푸르스의 위험성은 크오. 다들 잊었나 본데 벨푸르스는 황궁에 끄나풀을 심고 나를 습격했소."

"그러니 더더욱 중앙의 치안을……."

"그럼 병력을 빼서 저들을 놔두면?"

카리엘의 말에 앞으로 나섰던 귀족의 입이 다물렸다.

"지금의 위기를 넘기자고 더 큰 적을 놔둔다고? 지금 제정신으로 하는 말인가?"

카리엘의 신랄한 비판에 앞으로 나섰던 귀족의 표정이 구겨졌다.

"전하, 중앙군 일부가 서북부로 간다 한들 몬스터 웨이브가 발생하면 부족할 것이옵니다."

그래도 군부에서 짬밥도 드셨다고 자신의 식견을 말하는 하워드.

확실히 그의 말처럼 중앙군 좀 더해진다고 대륙 서북부의 몬스터 전체를 상대할 수는 없었다.

"이상하군. 서북부의 일이라면 우리만의 일이 아닐 텐데?"

카리엘의 의문에 몇몇 귀족들이 고개를 갸웃거렸다.

머리 좀 돌아가는 귀족들은 단번에 무슨 의미인지 파악했다.

"서부의 연맹과 성국을 끌어들이시려는 것이옵니까?"

"대륙의 위기는 같이 해결해야 하는 것 아니겠소?"

데이비어 공작의 물음에 카리엘이 말했다.

"혹, 생각하신 바가 있으시옵니까?"

데이비어 공작의 말에 카리엘이 잠시 미간을 찌푸렸지만 입을 열었다.

자신이 몸을 사린다면 판세가 이상하게 돌아갈 가능성이 높았기 때문이다.

"아이론 연맹과 성국에 사신을 보내 이 문제를 같이 해결하고자 논의해야 하지 않겠소? 물론 추가적으로 성국은 흑마법사에 관련된 사안을 논하도록 하면 될 일이고. 아이론 연맹은 제국의 사정을 설명하며 다시 한번 양해를 구하고 서부 연맹군을 구성하는 것도 나쁘지 않을 것 같소."

카리엘의 말에 데이비어 공작이 만족스레 고개를 끄덕였다.

그 역시 같은 생각이었다는 듯한 표정이었다.

옆에 있던 월크셔 공작 역시 그러한 표정을 짓고 있었다.

중립파 귀족 대다수가 카리엘을 보며 흡족한 표정을 지었다.

모두의 표정을 본 카리엘이 '설마?' 하는 표정으로 황제를 바라보았다.

"훌륭하구나."

황제의 말에 카리엘의 표정이 일그러졌다.

'낚였다!'

그렇게 생각한 카리엘이 부들부들 떨었다.

조금만 머리를 굴렸어도 자신을 시험한 것이라는 걸 알 수 있었다.

아무리 하워드가 줄타기로 군부대신이 되었어도 머리는 돌아가는 양반일 텐데 이런 멍청한 짓거리를 할 리가 없었기 때문이다.

황제파였다면 얘기가 달랐을 테지만 하워드는 황제파가

아니었다.

"그 정도 식견이라면 잠시나마 재상의 빈자리를 채울 수 있겠구나."

황제의 말에 카리엘이 재빨리 생각했다.

'미적거리다가는 × 된다!'

생각과 동시에 카리엘의 몸이 움직였다.

황급히 무릎을 꿇고, 고개를 조아리며 황제에게 말했다.

"폐하, 소자 아직 어리고 미진하여 재상의 빈자리를 채울 수 없사옵니다. 부디 통촉하여 주시옵소서!"

카리엘의 말에도 불구하고 귀족들은 아무 말 없이 고개만 숙였다.

황제 역시 말없이 그런 카리엘을 바라보다 입을 열었다.

"아니다. 태자는 훌륭히 해낼 수 있을 것이다."

그 말에 고개를 들어 황제의 표정을 확인한 카리엘은 × 됐다는 것을 알 수 있었다.

이미 황제는 카리엘에게 복잡한 일을 떠넘길 마음의 준비가 끝나 있었다.

지금 이 자리는 그저 그 자질을 확인하기 위한 최종 시험장이나 다름없었다.

황제와 귀족들에게 낚인 카리엘은 잠시 멍한 상태로 지금의 상황을 부정했다.

하지만 결과는 변하지 않았다.

"태자가 재상의 빈자리를 임시로 채우는 것에 다들 찬성하는가?"

"예, 폐하!"

황제의 물음에 대부분의 귀족들이 찬성해 버렸다.

그러자 카리엘의 표정이 구겨지기 시작했다.

'이대로 인생을 조질 수는 없다!'

속으로 그렇게 생각하며 다급하게 입을 열었다.

"폐하!"

"왜 그러느냐?"

다급하게 황제를 불렀지만 입이 떨어지지 않았다.

순간 무슨 말을 해야 할지 모를 정도로 정신이 멍해졌기 때문이다.

하지만 황제는 너그러운 표정으로 카리엘의 정신이 돌아오기를 기다려 주었다.

승자의 여유를 보인 황제를 보며 속으로 이를 갈던 카리엘은 분노를 가라앉히고 차분하게 입을 열었다.

"이리 급하게 결정하는 것은 좋지 않을 것 같사옵니다. 좀 더 심사숙고해 보시는 것이 어떨는지요."

"굳이 그럴 필요가 있겠느냐? 그동안 해 온 것을 생각해 보면 태자의 능력은 충분할 터."

황제의 말에 카리엘이 한발 물러섰다.

이미 함정에 빠진 이상 설득은 어림도 없으니 시간이라도 벌어야 했다.

"소자에게도 마음의 준비가 필요하옵니다."

카리엘의 말에 황제가 빙그레 웃었다.

승자의 미소를 보인 황제가 고개를 끄덕이며 말했다.

"흠, 그래. 당혹스러울 수 있지."

황제가 이해한다는 듯 말하면서 일어나 카리엘에게 다가왔다.

"그래도 짐과 귀족들이 찬성했으니 태자가 재상의 직위를 겸하는 것은 가결된 것으로 하자꾸나."

"현명하신 결정이시옵니다!"

황제가 카리엘의 어깨를 두드리면서 말하자 모든 귀족들이 고개를 숙이며 말했다.

결국 카리엘이 비어 있는 재상의 자리를 임시로 채우는 것이 '임시'로 가결되어 버리면서 사실상 황태자 신분으로 재상까지 되어 버렸다.

대전 회의에서 가결되었으니 후에 정식으로 칙령만 내린다면 카리엘은 재상이 되는 것이다.

'시간은 벌었다.'

칙령은 나중에 받는 것으로 재상직에 오르는 것을 유예한 카리엘은 재빠르게 머리를 굴렸다.

'여기선 답이 없다. 일단 궁으로 가자.'

철저하게 함정을 파고 기다리고 있었기에 여기서 반박해

봤자 자신에게 불리할 뿐이었다.

　그렇기에 카리엘은 고개를 조아리고는 입을 다물고 있다가 대전 회의가 끝나자 조용히 대전을 빠져나왔다.

　"전하, 괜찮으시옵니까?"

　"궁으로 가자."

　카리엘이 심각한 표정으로 말하자 타리온이 황급히 뒤따랐다.

✳

　궁으로 돌아온 카리엘이 품속에 가지고 있던 퇴위서를 거칠게 던져 버렸다.

　"전하."

　타리온의 걱정스러운 표정에 카리엘이 분노를 참아 냈다.

　강체술을 통해 화기를 많이 다스렸지만 아직 완벽한 건 아니었다.

　뼈대를 구축한 강체술에 근육과 살이 붙고 그것을 익혀 나갈 때까진 조심해야 했다.

　"은퇴 계획이 박살 나게 생겼어."

　카리엘의 말에 타리온이 헛기침했다.

　내심 기뻐하는 그였지만 열받은 카리엘 앞에서는 티를 낼 수 없었다.

그러나 이미 그런 타리온의 속내를 눈치챈 카리엘은 혀를 찼다.

'내 편은 아무도 없네.'

카리엘은 툴툴거리면서 은퇴 계획을 수정했다.

황제파가 박살 난 이후 황제궁에서 박혀 있던 황제가 이리 나서는 걸 보면 카리엘의 은퇴를 순순히 들어줄 가능성이 낮았다.

이런 카리엘의 예상처럼 현재 황제에게는 상당히 만족스러운 상황이었다.

두 황자 중에 한 명이 새로이 황태자가 될 가능성이 높은 상황이 되자 귀족파가 황제에게 항의하는 일이 대폭 줄어들었다.

거기다 굵직한 일들은 그동안 황태자가 대부분 처리해 왔으니 황제 입장에선 마음이 편한 것이다.

예전이었다면 황태자가 황위를 노린다고 불안했을지도 모를 일이지만 지금은 아니었다.

카리엘이 은퇴하고자 하는 마음이 확실하다는 것을 확인했기 때문이다.

그러니 황제 입장에선 지금의 상황이 좀 더 지속되었으면 좋겠다는 생각을 했다.

그리고 그건 귀족들 역시 마찬가지였다.

서로 싸우더라도 제국의 상황이 안정된 후에나 싸우고 싶어 했고, 중립파 역시 제국이 지금 상황에서 분열되기는 바라지 않았기에 카리엘이 황태자 자리에서 물러나는 것을 미루면서 마침 비어 있는 재상의 자리에 앉혀 국정 안정을 도모한 것이다.

거기다 제국민들까지 카리엘을 지지하는 상황.

본인을 제외한 모든 이들이 황태자 자리에서 물러나지 않기를 바라고 있었다.

"최악이네."

카리엘이 투덜거리면서 은퇴 계획을 수정했다.

지금 당장 퇴위서를 들고 찾아가 봐야 반려될 확률이 높았기에 일단 여론을 조성해야 했다.

가장 먼저 할 일은 동생들을 띄워 주는 것이었다.

"이대로 진행해."

"굳이 이렇게까지 하실 필요가……."

잠시 반항했던 타리온이었지만 카리엘이 쨰려보자 곧바로 깨갱 하면서 밖으로 나갔다.

비록 생각지도 못한 함정에 정신 못 차리고 당했지만 아직 끝난 건 아니었다.

"여론전은 자신 있지."

카리엘이 전생을 떠올리면서 씨익 웃었다.

마지막까지 자신의 평가를 바꾸지는 못했지만 그 외의 다른 여론을 만드는 것은 잘했다.

전쟁을 해야 하는 당위성을 설명하는 것.

이들이 왜 적인지 제국민들을 납득시키는 것.

어째서 일시적이나마 세율을 더 올려야 하는지를 납득시켜 가면서 정국을 이끌었다.

반란과 여러 사건들을 통해 귀족들과 반목하면서 그에게 믿을 건 그랜드 마스터라는 제국의 검과 여론뿐이었다.

제국민들과 귀족들을 이간질하며 폭발하지 않는 선을 찾아 아슬아슬하게 국가를 운영했다.

그 경험을 지금 발휘할 때가 온 것이다.

쇠뿔도 단김에 빼랬다고, 당장 다음 날부터 카리엘의 여론전이 시작되었다.

-흑마법사의 잔당을 추적하는 2황자!

-아직 어린 나이임에도 군부를 수월하게 통솔하는 3황자!

-은퇴를 하고 싶다고 밝힌 황태자. 차기 황태자는 2황자와 3황자의 이파전으로?

타리온을 통해 여론전을 시작한 카리엘은 그제야 만족스러운 표정을 지었다.

"그래, 이거지. 제국민들의 눈을 동생들에게 돌리고 황태자의 은퇴를 기정사실로 만들어 버리면 돼."

2황자와 3황자의 공을 치켜세우면서 카리엘의 은퇴가 곧

다가올 것처럼 포석을 깔아 두는 것.

이것으로 카리엘은 제국민들이 황태자의 은퇴를 기정사실로 받아들이게 할 생각이었다.

하지만 타리온이 보기에 카리엘의 여론전은 실패할 것 같았다.

카리엘도 그것을 알고 있었지만 애써 모른 척하고 있었다.

아직 희망은 있다고 스스로를 세뇌하며 열심히 여론전을 펼치는 카리엘.

며칠 후, 그런 그의 희망을 산산이 부수는 일이 발생했다.

"전하……."

타리온이 안타깝다는 듯, 카리엘을 바라보았다.

현실을 외면하며 마지막 발악을 해 보던 카리엘에게 황제의 칙령이 떨어졌다.

-황태자 카리엘 프레드리히 폰 블레이저를 임시 재상에 임
명한다.

황제의 칙령이 내려지고, 이 사실이 제국 수도에 퍼지면서 카리엘이 며칠간 했던 여론전은 쓸모없는 게 되어 버렸다.

2황자와 3황자를 치켜세운 것조차 의미가 없었다.

귀족파 진영의 신문사에서 혼란스러운 정국을 위해 황태자의 은퇴를 좀 더 미루는 게 좋다는 의견을 밀고 나왔기 때

문이다.

그 때문에 2황자와 3황자의 황태자 경쟁을 밀었던 소수의 제국민들 역시 납득해 버렸다.

"전하, 괜찮으시옵니까?"

타리온의 물음에도 카리엘은 대답조차 하지 않고 고개를 푹 숙였다.

-힘내라.

수르트마저 앙증맞은 팔로 카리엘의 머리를 두드려 주었다.

그래서 카리엘은 마지막 희망을 담아 동생들에게 서신을 보내 봤다.

황태자 자리를 놓고 선의의 경쟁을 펼치고 싶다 폐하께 상소를 올려 달라는 요구였다.

해 주기만 하면 카리엘이 직접 황제한테 가서 상소를 올린 황자를 밀어준다고 꼬셔 보았지만 두 동생은 단호했다.

-지금도 뒈질 것 같습니다!

-혼자만 뒈질 생각입니까? 같이 죽읍시다!

2황자와 3황자의 서신.

딱 한 문장씩만 적은, 아주 짧은 답장들이었지만 카리엘의 희망을 박살 내기엔 충분했다.

"……."

황제가 직접 보낸 칙령.

재상을 상징하는 패.

거기다 동생들의 서신까지.

책상에 놓여 있는 물건들은 실시간으로 카리엘을 절망의 구렁텅이로 밀어 넣고 있었다.

정신없이 얻어맞은 카리엘은 한참을 멍하니 있다가 벌떡 자리에서 일어났다.

"폐하께 가야겠다."

"……전하."

타리온이 이미 늦었다며 만류하려 하자 카리엘이 이를 갈며 말했다.

"거래라도 해야겠어."

"예?"

"서북부가 안정화되면 바로 물러날 거다. 그거라도 확답을 받아야겠어."

그러지 않으면 미쳐 버릴 것 같은 표정이었기에 차마 말리지 못한 타리온이 조용히 마차를 준비시켰다.

�֎

최고 속도로 황제궁에 도착한 카리엘이 곧바로 알현을 청했다.

"바쁠 터인데 어찌 왔느냐?"

느긋하게 차를 마시고 있는 황제를 보면서 속으로 이를 간 카리엘.

스트레스로 마약까지 하던 양반이 요즘은 차를 마시고 있었다.

비록 완벽하게 끊지는 못했지만 마약을 하는 양 자체는 많이 줄어든 것 같았다.

반대로 카리엘의 스트레스는 늘어만 갔다.

"폐하, 소자 이번 일이 끝나면 은퇴하겠다 말씀드렸었습니다."

"그건 짐도 알고 있다만 상황이 좋지 못하구나."

"예, 그렇기에 딱 '서북부 사건'만 끝내고 은퇴할까 합니다."

카리엘이 그 이상은 못 하겠다는 듯 말하자 황제가 가만히 카리엘을 눈을 바라보았다.

불처럼 이글거리는 눈을 본 황제는 혀를 찼다.

딱 봐도 이것조차 허락하지 않으면 배 째라는 식으로 나올 것 같았기 때문이다.

"벨푸르스까진 해결하거라. 너를 습격했던 배후일지 모르니 직접 해결하는 게 모양새가 좋을 것이다."

황제의 말에 카리엘이 잠시 침묵했다가 고개를 숙이며 답했다.

"……그리하겠습니다."

"대전 회의도 짐을 대신하여 진행하거라."

"폐하!"

"최근 짐이 몸이 좋지 않아 회의를 이끌기엔 무리가 있었노라."

황제가 그렇게 말하면서 팔을 걷었다.

흑마법사가 조제한 마약 때문인지 팔 이곳저곳에 검은 반점이 올라와 있었다.

"……언제부터 이리되신 것이옵니까?"

"약을 끊으려고 하자 이리되더군."

황제의 말에 카리엘이 입술을 깨물었다.

'약을 끊은 게 독이 되었나?'

카리엘이 그렇게 생각하며 입을 열었다.

"어의는 뭐라 하옵니까?"

"자신의 지식으로는 전부 알기엔 무리가 있다는군. 신관 역시 마찬가지였다."

"흑마법사를 잡아야 하는 것이옵니까?"

카리엘의 물음에 황제가 자조 섞인 웃음을 흘리며 말했다.

"일반 흑마법사로는 안 될 것 같다는구나. 이 마약을 조제한 녀석을 잡지 않는 이상 완벽한 회복은 기대하기 어렵다는군."

황제의 말에 카리엘이 입술을 깨물었다.

'이건 예상하지 못했다.'

마약을 막는 것으로 끝나는 게 아니었다.

혹시나 걸릴 때를 대비해서 이중 삼중으로 미약에 장치를 해 놓은 것이다.

'마약이 생명 유지까지 시켜 주는 것이었나?'

그렇게 생각한 카리엘은 한숨을 쉬며 말했다.

"그래도 대전 회의를 소자가 주관하는 것은 아니 되옵니다. 자칫 대리청정으로 오해할 수 있습니다. 차라리 회의 주기를 늘리시지요."

"황태자인데 무에 문제일까. 태자는 걱정이 너무 많군."

"귀족들이 반발할 것이옵니다."

카리엘의 말에 황제가 그 말이 나올 줄 예상했다는 듯 피식 웃으며 말했다.

"두 공작의 동의를 받아 놓았다. 중립파 역시 모두 동의했으니 문제 될 건 없을 것이다."

황제의 말에 카리엘이 눈을 질끈 감았다.

대전 회의 때부터 지금까지 완벽하게 설계된 함정이었다.

덫에 걸린 토끼가 발버둥 친다 한들 빠져나갈 수 없는 것처럼, 자신이 여론전을 펼치고 동생들을 끌어들이려 한 것은 의미 없는 발버둥에 지나지 않았다.

"……폐하께서 주관하시기 힘들 때만 소자가 대신하겠사

옵니다."

"그리하거라."

마지막까지 발악해 봤지만 의미가 없었다.

황제가 매일 아프다고 하면 결국 대전 회의를 주관하는 건 카리엘이 될 것이기 때문이다.

"피곤하실 텐데 소자가 폐하를 귀찮게 해 드렸군요."

"허허, 괜찮다. 오랜만에 즐거웠느니라."

황제의 웃음에 속으로 이를 간 카리엘은 자리에서 일어났다.

"소자, 이만 물러가겠사옵니다. 부디 복잡한 일은 잊고 옥체를 회복하시는 데만 전념하시옵소서."

"그리하겠다."

카리엘이 웃으면서 대답하는 황제에게 허리를 숙여 인사하고는 곧장 황제궁을 빠져나왔다.

"타리온."

"예, 전하."

"지금 당장 각 부처에 알려서 서북부 관련 자료들 다 긁어와."

분노로 불타는 눈빛으로 명령을 내린 카리엘.

그러자 곧장 시종들을 시켜서 각 부처로 보낸 타리온이 재빨리 마차의 문을 열었다.

"6개월. 그 안에 다 끝내고 은퇴한다."

새로운 은퇴 계획을 설정한 카리엘은 서부의 일까지 마친 후 은퇴 각을 그려 보았다.

"할 수 있어."

애써 불안한 마음을 지워 버리며 다짐한 카리엘.

그 모습을, 옆에서 지켜본 타리온은 자신의 주군을 안쓰럽게 볼 뿐이었다.

즐거운 시간?

황제와 함께 황태자를 엿 먹일 때만 해도 몰랐다.

분노한 황태자가 날뛰면 무슨 일이 일어날지 몰랐던 귀족들은 오랜만에 파티까지 열었었다.

카리엘을 임시로 재상의 자리에 앉히면서 비어 있던 관료들의 자리도 하나둘 채워 나가기로 정했기에 그것을 축하하는 자리였다.

문제는 머리끝까지 분노한 카리엘이 그 소식을 들었다는 것이다.

가뜩이나 빡친 상황에서 이런 소식까지 들었으니 카리엘이 대로하는 건 당연한 일이었다.

"전하, 조금 쉬면서 하시는 것이……."

"밑의 애들을 굴리려면 나도 고생해야 하는 건 당연한 거야. 머릿속에 든 게 있어야 잘 굴릴 수 있지."

카리엘이 그렇게 말하면서 타리온이 긁어 온 자료들을 시종들과 함께 분류하고 머릿속에 집어넣었다.

어떤 사람은 분노가 한계치를 넘어서면 오히려 냉철해진다고 하던가?

카리엘이 딱 그런 부류의 사람이었다.

머리끝까지 분노한 것이 도리어 냉철한 마음으로 귀족들에게 복수할 방법을 찾게 했고, 그 방법으로 택한 것이 자신이 고생하는 것 이상으로 굴려 버리는 것이었다.

카리엘은 목표를 달성하기 위해 한동안 두문불출하면서 주요 자료들을 파악했다.

그리고 얼마 후, 본격적으로 움직이기 시작했다.

"아이론 연맹에 사신을 보냈더니 이런 짓거리를 했더라고?"

카리엘에게 개인적으로 날아온 서신.

거기에는 공식적으로 보낸 사신이 아이론 연맹의 귀족들에게 접근해 밀수업자를 소개해 달라고 했던 정황들이 담겨 있었다.

사신 행렬에는 통관을 잘 하지 않는다는 관례를 이용해 꼼수를 부리려 했던 것이다.

"그, 그것이……."

"이 새끼, 사신이 되기 전에도 평가가 좋지 않던데? 왜 이 녀석을 사신으로 보낸 거지?"

카리엘이 싸늘한 표정으로 묻자 외무대신의 얼굴에 식은 땀이 줄줄 흐르기 시작했다.

"황제파를 박살 내 놨더니 엉뚱한 녀석들이 쓸데없는 짓을 하는군."

"주, 죽여 주시옵소서!"

"그 말 진심인가?"

카리엘은 보란 듯이 타리온이 긁어 온 자료들을 바닥에 던져 버렸다.

"아이론 연맹에 보낸 사신만 문제가 있는 게 아니던데?"

보기만 해도 살벌한 표정을 짓고 있는 카리엘이 외무부의 관료들을 바라보았다.

"인접 국가에서 탱자탱자 놀면서 정보를 파악하라고 준 돈을 마약 사는 데 쓰질 않나!"

"소, 송구합니다!"

"문제가 생긴 제국의 상인들을 도우라고 보내 놨더니 그들에게서 삥을 뜯어?"

대로한 카리엘이 외무부 대신을 바라보았다.

"이런 새끼들을 데리고 서북부 문제에 대응할 수 있겠어?"

"송구합니다. 곧바로 시정 조치에 들어가……."

"됐고, 이 새끼들 황궁으로 불러들이고 새로운 사신들을 보내. 정식으로 사과하고."

"그, 그럼 제국의 위상이……."

외무대신의 말에 카리엘이 헛웃음을 터뜨렸다.

"대륙 최고의 호구에게 더 떨어질 위상이 있던가?"

카리엘의 신랄한 비판에 외무대신이 부들부들 떨었다.

"너무해? 그럼 잘했어야지. 인맥질로 이딴 덜떨어진 놈 뽑지 말고 제대로 하든가. 이래 놓고 국제적 위상 타령을 하면 내가 어떻게 반응해야 하지?"

"……."

맞는 말에 반박하지 못한 채 고개만 떨구는 외무대신.

"다음 대전 회의 때까지 해결 못 하면 이 녀석들 대신 대신의 목이 날아갈 거야. 내 장담하지."

카리엘이 살벌한 눈으로 협박하며 외무부를 나섰다.

감찰부야 포돌스키가 알아서 정리했고, 내무부는 알아서 기었기에 카리엘이 직접 찾아갈 정도로 큰 문제는 없었다.

남은 부처 역시 카리엘의 전문성이 떨어졌기에 큰 비리 문제만 발견되지 않는다면 터치할 게 없었다.

그런데 문제는 의외의 곳에서 터져 나왔다.

"장난하나? 내가 분명 서부의 군대는 건들지 말라고 했을 텐데? 내 말이 우스운가?"

카리엘이 도끼눈을 뜨고 묻자 군부대신 하워드가 무릎을 꿇은 채 황급히 말했다.

이미 대전 회의에서 전부 결정된 사안을 군부대신이 틀어 버린 것이다.

이미 찾아올 줄 알았는지 카리엘이 오자마자 무릎부터 꿇은 하워드가 변명을 시작했다.

"서북부에서 다급하게 지원 요청을 해서 어쩔 수가 없었습니다."

"중앙군이 지원하러 갔잖아."

"그것이…… 아직 도착하기 전이라 일단 서부에 있는 중앙군을 빼서 지원하고 서북부로 가는 군대 일부를 서부로……."

식은땀을 뻘뻘 흘리며 변명하는 하워드.

황제의 함정에 당했을 당시 가장 열변을 토했던 사람이 하워드였기에 카리엘은 다른 자들보다 더 살벌하게 그를 몰아붙였다.

"그래서 벨푸르스의 포위망을 풀자고?"

"그, 그것이……."

"지금 그 새끼들이 폐하의 명도 거부하는 거 안 보여? 몬스터 웨이브에 맞춰서 반란이라도 일으키면 서부는 박살 나는 거야!"

카리엘이 분노하며 의자를 치자 하워드의 목이 움츠러들었다.

"하, 그 새끼들이 지원 요청했다고?"

"……예."

"갖고 와."

카리엘의 명령에 하워드가 재빨리 책상 한구석에 쌓여 있는 서류 더미에서 서북부의 지원 요청서를 빼 가져다주었다.

그것을 천천히 살펴보던 카리엘의 표정이 굳어졌다.

"미친놈들이네."

"예?"

카리엘의 욕설에 하워드가 멍청한 표정으로 되물었다.

"몬스터가 숲을 빠져나오기까지 아직 시간이 남아 있을 텐데?"

"그렇사옵니다."

"화산 폭발까진 더 여유가 있고?"

"예."

카리엘의 물음에 하워드가 고개를 숙이며 대답했다.

"그런데 뭐가 다급하다고 지원 요청을 한 거지?"

의심스럽다는 표정을 짓자 하워드가 뭔가 알고 있는지 입을 달싹였다.

"말해."

말하지 않으면 죽여 버릴 기세라 잠시 망설이던 하워드는 조심스레 말했다.

"서북부를 담당하던 부대 일부가 서부로 부대 이전 요청을 했습니다."

"미친 거야?"

"그것이…… 명분은 있사옵니다."

하워드가 그렇게 말하면서 설명을 시작했다.

처음 벨푸르스에 대한 의심이 떠돌며 서부에 포위망을 형성할 때, 서북부의 부대 중 하나가 지원한다고 나섰던 것이다.

군부에선 그것을 받아들였다.

문제는 여러 사건들이 터지면서 중앙군이 파견되고, 특히 황제파가 축출되다시피 하면서 명령 체계에 문제가 생겨 미뤄 둔 게 문제였다.

"그것뿐만이 아닐 텐데?"

"예, 몇몇 눈치 빠른 자들이 서북부에 문제가 생겼다고 공식 발표가 나기 전에 해당 부대로 이동했습니다."

"대부분 귀족들의 자제들이겠지?"

"……그렇습니다."

카리엘의 말에 말없이 고개를 숙이는 하워드.

여기서 나댔다가는 자신의 목이 날아갈 판국이라 식은땀을 흘리면서 카리엘의 처분을 기다렸다.

"이 새끼들이 이러는 이유가 뭐지?"

카리엘이 갑갑한 표정을 지었다.

아무리 제국의 군대가 썩었다지만 자신들이 살기 위해 해당 지역을 이탈하려고 하는 것을 방관할 리가 없었다.

분명 후에 군사재판에 회부될 것이 자명한 일.

그런데도 이런다는 것은 믿고 있는 것이 있다는 뜻이었다.

"그것이…… 나중에 큰 처벌을 받지 않을지도 모른다고 생각하는 것 같습니다. 그래서 일단 살고 보자는 자들이 많은 듯합니다."

"그것 때문에 충성심에 나섰던 부대를 쓰레기로 만들었다는 건가?"

제국을 위해 위험을 무릅쓰고 벨푸르스의 포위망에 가담하려 했던 부대가 순식간에 서북부에서 도망치기 위한 부대로 전락했다.

온갖 쓰레기들이 그 부대에 지원하며 기존에 있던 부대원들을 다른 곳이 밀어냈고, 결국 나름 이름 좀 날렸던 부대가 쓰레기 처리장으로 변모한 것이다.

"대체 왜? 그걸 감안해도 이해가 안 가는군."

카리엘이 도저히 이해가 안 된다는 듯 고개를 갸웃거리자 하워드가 망설이는 표정으로 어쩔 줄 몰라 했다.

"그것이……."

"말해."

카리엘이 죄를 묻지 않겠다는 듯 명하자 그제야 하워드는 몇 번이나 입술을 달싹이다 겨우 말했다.

"군부 내에 있는 귀족들 중에 벌을 주는 게 보여 주기식일지도 모른다는 소문이 돌고 있습니다."

"보여 주기식?"

카리엘이 이해가 안 간다는 듯 고개를 갸웃거렸다.

자신이 감찰부에 보낸 귀족들이 몇이며, 몇몇은 벌써 형장의 이슬로 사라졌고, 어떤 이들은 험지에 수감되어 광산 노예로 살고 있는데 보여 주기식이라니, 이해할 수가 없었다.

"이유는?"

"황제파의 주요 인사들이 아직 살아 있기 때문입니다. 게다가 잡은 귀족들 중에도 아직까지 재판받고 있는 자들이 있기에……."

"있기에?"

"태자 전하께서 물러나시면 그들 역시 나중에 풀려나는 것은 아닌지……."

귀족들의 희망 사항을 들은 카리엘은 어이가 없어서 피식 웃었다.

"그러면 내가 은퇴할 경우 자신들도 큰 처벌은 받지 않을지도 모른다고 생각한 건가?"

"적어도 목숨은 부지할 것으로 판단한 듯합니다."

하워드의 말에 카리엘이 싸늘한 표정을 지었다.

나중에 괜히 뒷말이 나오지 않도록 정식적인 절차를 밟아서 처리하려고 했더니 카리엘을 호구로 본 것이다.

"재밌네."

미소를 짓고 있는 카리엘.

하지만 하워드가 보기에 저건 악마가 일을 벌이기 전에 웃고 있는 것 같은 느낌이 들었다.

그리고 그런 그의 생각은 철저하게 맞아 들어갔다.

하워드에게도 다음 대전 회의 때까지 처리할 방안을 가져오라고 명한 후, 카리엘이 움직인 곳은 감찰부였다.

"나름 열심히 했다고 생각했는데 아직도 날 호구로 보는 귀족들이 있는 모양이야."

"……송구합니다."

포돌스키가 송구하다는 듯 고개를 숙이자 카리엘이 고개를 저었다.

"아니, 그대가 송구할 일은 아니지. 아무래도 신사적으로 처리하려고 한 게 문제 같아."

"속도를 더 내겠습니다."

포돌스키의 말에 카리엘이 피식 웃었다.

"됐네. 감찰부가 속도를 내 봤자지."

"그럼…….."

"그래, 다음 대전 회의에서 수감된 황제파를 쓸어 버릴 생각이야. 그리고 곧바로 서부로 움직여야겠어."

카리엘의 말에 포돌스키가 눈을 동그랗게 뜨며 놀랐다.

"직접 가실 생각입니까?"

"그래, 아무래도 내가 은퇴한다고 하니 만만하게 보인 모양이야."

중앙은 그래도 자신의 눈치를 보는 편인데, 지방은 아닌 모양이었다.

수도에서는 괜히 걸려서 뒈질지 몰라도 지방은 발각당하기도 쉽지 않고 일 처리를 하는 데 시간이 걸리다 보니 일을 벌여도 황태자가 은퇴할 때까진 버틸 수 있다는 자신감이 있었나 보다.

그런 그들을 위해 카리엘이 직접 나설 생각을 했다.

"너무 위험하옵니다."

"중앙군에 대공가와 함께 움직일 거다. 게다가 데이비어 공작과 3황자도 불러들일 거고."

마스터가 포함된 대규모 군대를 습격한다?

그럼 오히려 고마운 일이었다.

"오히려 잘됐어. 이참에 빠르게 정국을 수습해 버리고 서부에만 집중해야겠어."

"몸을 생각하십시오. 다급하게 움직이실 필요가……."

"다 끝내고 쉬면 돼. 서북부와 벨푸르스가 끝나면 은퇴다."

카리엘의 말에 포돌스키가 걱정스레 말했다.

"예? 하오나…… 흑마법사들도 있고…… 성국의 문제도 있사옵니다."

"그것들은 동생들이 처리해야지. 이미 폐하의 약조를 받았어. 은퇴할 거야."

카리엘이 그렇게 말하면서 포돌스키에게 서부에 갈 감찰

부 인원을 추려 놓으라고 명령했다.

얼마 후, 카리엘이 고대하던 대전 회의 날이 다가왔다.

-즐거운 숙청 시간이군.

"즐겁진 않아."

수르트의 말에 카리엘이 아니라는 듯 말했다.

-그런 것치곤 웃고 있는데?

수르트의 말에 카리엘이 더욱 진한 미소를 지어 보였다.

사실 그의 말처럼 즐겁긴 했다. 전생에서도 그랬지만 정신 못 차리고 자신을 호구로 보는 자들이 간혹 존재했다.

조금만 풀어 줘도 딴생각을 품는 귀족들.

그런 그들에게 단죄의 철퇴를 내려칠 때면 언제나 즐거웠다.

"자, 그럼 미뤄 두었던 숙청을 시작해 볼까?"

카리엘이 그렇게 말하며 가벼운 발걸음으로 대전으로 향하는 마차에 올라탔다.

제국의 역사 속에서 늘 함께해 왔던 대전 안은 지금 기묘

한 침묵 속에 빠져 있었다.

카리엘이 사전에 황제파의 숙청 작업을 마무리 짓겠다고 공지해 왔기 때문이다.

황태자궁에서 출발한 카리엘이 대전에 도착하는 즉시 황제파에 관한 논의가 시작될 것이다.

"결국 미뤄 두던 것들을 매듭을 짓는군."

데이비어 공작의 말에 월크셔 공작이 비웃듯 말했다.

"가만히 있었으면 중간이라도 갔을 것을……. 황태자를 자극해서 사달을 냈군."

월크셔 공작이 미래가 그려지는 듯 귀족들을 보면서 비웃었다.

황태자의 은퇴를 억지로 미룬 이상, 그 분노는 귀족들에게 향하게 되어 있었다.

"당분간은 사려야겠어."

"……본격적으로 피바람이 불겠군."

너스레를 떠는 월크셔 공작의 말에 데이비어 공작 역시 무거운 표정으로 말했다.

두 공작의 말에 대전 회의에 참석한 대공이 빙그레 웃었다.

"재밌군."

은퇴하려는 황태자를 두려워하는 귀족들.

이럴 거라면 '왜 은퇴를 막았는가?'라는 의문을 가질 수 있겠지만 그들 입장에서도 어쩔 수 없었다.

지금 상황에서 귀족파가 둘로 갈라지는 순간 황실의 먹잇감이 될 수도 있다는 불안감이 존재했기 때문이다.

게다가 중립파 역시 정치적 내전을 환영하지 않았기에 카리엘의 은퇴를 미루는 것에 만장일치로 찬성해 버렸다.

사실 중립파는 변경백들이 비밀리에 황태자의 은퇴를 막으라는 의중을 전했다는 말도 돌았다.

어찌 되었건 카리엘의 은퇴는 막혔고, 그 결과 피의 숙청이 시작되었다.

"카리엘 프레드리히 폰 블레이저 전하 납십니다."

시종이 풀네임으로 입장을 알리자 귀족들이 의관을 가다듬었다.

얼마 후 거대한 문이 열리고 카리엘이 귀족들 사이를 당당하게 걸어 나갔다.

모두가 황좌에 앉을 카리엘을 예상했으나 그들의 생각과 달리 카리엘은 황좌 바로 앞 계단에 놓인 의자에 앉았다.

"전하, 황좌에 오르시지요."

데이비어 공작의 말에 카리엘이 고개를 저었다.

"황좌는 폐하의 것. 난 여기로 충분하오."

카리엘의 말에 귀족들이 헛기침했다.

황좌에 앉지 않는 것으로 다음번엔 반드시 은퇴하겠다는 뜻을 은유적으로 드러낸 것이기 때문이다.

"첫 번째 의제는……."

"되었다. 내 직접 말하지."

카리엘이 내관의 말을 막고선 직접 말했다.

"첫 번째 의제는 모두 알고 있다시피 미뤄 두었던 황제파의 재판 결과의 집행을 속행하는 것이오."

그의 말에 대전 안에 침묵이 감돌았다.

"그리고 두 번째 의제는 앞선 의제와 연결된 것인데, 지방 귀족들 중 황제파 귀족들과 함께 범죄를 저질렀음에도 유야무야 넘어간 자들이 있을 것이오. 난 그들 역시 모조리 잡아 법의 심판을 받게 할 생각이오."

카리엘의 말에 귀족들이 헛기침했다.

예정되었던 숙청이 직접 카리엘의 입을 통해 나오자 무거운 공기가 그들을 짓눌렀다.

"마지막으로 서부의 귀족들과 군부에서 불민한 자들이 속출하고 있다고 들었소. 그에 관한 처결 역시 논하면 좋겠소. 남은 안건들은 추후로 미뤄 두고 이 세 가지 의제에 집중하면 좋겠소만."

"뜻대로 하십시오."

데이비어 공작의 말에 귀족들이 고개를 숙이며 일제히 뜻대로 하라고 말했다.

"먼저 황제파의 집행을 속행하는 것인데…… 난 일주일 안으로 모두 끝마쳤으면 좋겠소."

"그리 급하게 처결하실 이유가 있사옵니까?"

월크셔 공작이 얼굴에 의문을 가득 담은 채 카리엘을 바라보았다.

딱히 반대는 하지 않겠지만 이리 급하게 처리해야 할 이유가 있느냐는 의문이 들었다.

재판을 빠르게 진행하는 만큼 집행만큼은 정석대로 하는 게 훗날을 위해 좋았기 때문이다.

그런 공작의 의문을 카리엘은 빠르게 풀어 주었다.

"내가 직접 서부로 갈 생각이오."

"직접 말이옵니까?"

"그렇소."

카리엘의 말에 월크셔 공작이 고개를 갸웃거리며 옆을 바라보았다.

그러자 데이비어 공작은 이미 알고 있다는 듯 작게 고개만 끄덕였다.

"여기서 못 박겠소. 서부의 일이 전부 끝나면 정식으로 황태자 자리에서 퇴위할 것이오. 이미 폐하께서도 윤허하신바, 빠르게 정국을 안정시키고 차기 황태자를 위한 경합에 돌입하는 편이 좋다는 게 내 생각이오."

카리엘의 충격적인 발언에 귀족들이 웅성거리기 시작했다.

"귀족들과 대신들이 걱정하는 바가 무엇인지는 잘 알고 있소. 불안한 정국 속에서 둘로 갈라지는 최악의 상황을 바라지 않을 것을 잘 아오. 그렇기에 내가 은퇴하기 전에 지금 일어나는 문제는 끝내고 가겠소."

그때 타리온이 뒤늦게 자료를 들고 왔다.

그동안 황태자궁에서 잠적하듯 박혀 있었던 것은 단순하게 자료들을 살피기 위함만은 아니었다.

"내가 은퇴한 후를 걱정하는 귀족들을 위해 준비했소."

카리엘이 그렇게 말한 후, 대전 안에 설치된 영상구를 통해 준비한 자료들을 보여 주었다.

1. 차기 황태자 후보에서 미리엘 황녀는 제외한다.

2. 각 후보들은 흑마법사들의 격멸과 제국 내에서 벌어진 범죄자들과 협력한 타국으로부터 배상받는 것. 두 개 중에 선택해 차기 황태자의 경합을 시작한다.

3. 흑마법사를 대륙에서 뿌리 뽑기 위해 대륙 회의를 개최한다.

거대한 영상구에 나오는 것을 빤히 바라보던 몇몇 귀족들이 감탄했다.

첫 번째로 괜히 어린 미리엘을 들이밀어 이득을 취하는 이들이 없도록 두 황자로 확실히 못 박았다는 것.

그것으로 쓸데없이 더 분열되는 것을 막았다.

두 번째로 차기 황태자 경합의 시험을 외부의 적들을 처단하는 것으로 치르게 해 제국 내의 단합을 유도했다.

내전을 방지하고 혹 최악의 상황으로 치닫더라도, 타국을 반쯤 박살 낸 이후에 할 수 있도록 한 것이다.

마지막으로 대륙 회의를 통해 타국들을 불러 모았다.

이 역시 황태자의 자질을 시험하는 것으로, 타국의 사람들과의 협상을 통해 그들에게서 얼마나 많은 배상금을 받아 내고 흑마법사를 잡는 데 얼마나 많은 도움을 받을 수 있는지 시험하는 것이다.

"난 은퇴하기 전까지 제국 내에서 일어난 문제를 최대한 처리할 것이오. 그럼 남은 건 타국과의 문제뿐. 차기 황태자는 더 이상 제국 내의 문제에 얽매이는 것이 아닌 대륙을 호령했던 제국으로 발돋움할 수 있는 사람이어야 할 것이오."

카리엘의 말에 몇몇 중립파 귀족들의 눈에 희열이 돌기 시작했다.

대부분 군부 출신의 귀족들이었다.

귀족파 중에서도 늙은 귀족들은 오래전 대륙을 호령했던 제국을 생각하며 흥분을 감추지 못했다.

"위기 속에 기회가 있다 했소. 현재의 제국에는 많은 위험이 있지만 이것만 극복하면 과거의 영광을 되찾을 수 있을 거라 생각하오. 그렇기에 과거의 잔재이자 무능한 황태자인 나를 마지막으로 분열을 끝내고 차기 황태자를 중심으로 단합하여 부상했으면 좋겠소."

카리엘이 담담한 말투로 연설을 끝내고는 귀족들을 바라보았다.

"……전하의 뜻, 잘 알겠사옵니다."

월크셔 공작이 고개를 숙이며 말하자 데이비어 공작 역시 고개를 숙였다.

그러자 그들을 시작으로 모든 귀족들이 허리를 굽히며 카리엘에게 고개를 숙였다.

그리고 일제히 두 손을 위로 들어 올렸다.

그것은 오직 황제에게만 올리는 예로, 황제조차 쉬이 받을 수 없는 최고의 예우였다.

"……전하."

타리온이 감격스러운 표정으로 카리엘을 바라보았다.

얼마 전까지만 하더라도 목숨을 걱정하던 처지에서 이제는 귀족들에게 진심으로 존경받는 위치에 서게 된 것이다.

카리엘 역시 감회가 새로웠다.

귀족들에게 이런 예우를 받을 줄은 몰랐기 때문이다.

"크흠! 이제 본격적으로 안건을 논의해 봅시다."

쑥스러운지 괜히 헛기침하면서 입을 연 카리엘은 본격적으로 미뤄 두었던 황제파의 처결과 서부를 어떻게 정리할지를 논의하기 시작했다.

일단 황제파 출신의 고위 관료들의 경우 그동안 지은 죄가

워낙 무거웠기에 전원 사형이 결정되었다.

몇몇 이들은 노예로 강등시키거나 작위를 박탈하는 선에서 판결이 난 이들도 있었지만 카리엘이 단호하게 고개를 저었다.

감찰부가 갖고 있던 추가 자료들까지 가져와 귀족들을 설득했다.

황제파만큼은 완전히 끝장내겠다는 카리엘의 의지에 모든 귀족들이 결국 수긍했다.

남은 건 서부였다.

이 역시 확실하게 끝내고자 현재 가용한 모든 전력을 사용하기로 했다.

마스터인 데이비어 공작.

대공가.

월크셔 공작의 마법 병단.

이 셋만으로도 웬만한 소국 몇 개는 끝내 버릴 전력이건만 중앙군까지 움직였다.

거기다 더해서……

"전하, 서부 변경백과 북부 변경백의 서신이옵니다."

중립파의 대표 격인 포돌스키가 변경백들의 서신을 전해주자 카리엘이 고개를 갸웃거렸다.

서부 변경백이야 이해할 수 있지만 북부 변경백은 의외였다.

자신의 어미인 황후가 죽은 후, 황실과 의절한 곳이 바로 현 북부 변경백의 가문이었다.

"까마귀들을 보내 주겠다?"

"서부에 숨어 있을지 모르는 흑마법사를 잡는 데 사용하라 하옵니다."

포돌스키의 말에 귀족들이 놀랐다.

황실의 그림자와 더불어 제국에 몇 없는 최강의 특수 전력이 북부 변경백의 까마귀들이었다.

"……고맙다고 전해 주게."

"예, 전하. 그리고 또 하나 전해 드릴 것이 있사옵니다."

포돌스키의 말에 카리엘이 말해 보라는 듯 고개를 끄덕였다.

"전하의 은퇴식에 모든 변경백들이 참여하고자 하옵니다."

"그건…… 추후 논하도록 합시다."

카리엘이 그렇게 말하면서 헛기침을 몇 번 하더니 서부에 관한 의제로 말을 돌렸다. 그 덕분에 빠르게 서부에 관한 안건을 끝낼 수 있었다.

※

그렇게 카리엘의 주관하에 이루어진 대전 회의가 끝나자

이에 관한 내용들은 곧바로 수도 전역에 퍼져 나갔다.

많은 이들이 흥분하며 앞으로 일어날 일들에 대해 격렬한 토론을 이어 나갈 때, 그 이슈를 만든 당사자는 야밤을 틈타 감옥을 찾았다.

"……오셨습니까."

초췌한 몰골로 일어나 고개를 숙이는 남자.

한때 제국의 재상직에 있었던 무솔리니가 자신을 찾아온 카리엘을 바라보았다.

"저의 처우가 결정되었군요."

"그래. 일주일 뒤, 그대는 처형당할 것이다."

"저의 가족들은……."

"작위는 박탈당할 것이나 지방에 있는 작은 상단 정도는 남겨 주지."

카리엘의 말에 무솔리니가 눈물을 흘리면서 무릎을 꿇었다.

"그대에게 약속한 대로 서부를 쓸어 버릴 것이다. 그대의 가족들에게 뭔가를 할 여유조차 없을 테지. 또한 대륙에서 흑마법사들을 몰아낼 수 있는 기반 정도는 만들 것이다."

"약속을 지켜 주셔서 감사하옵니다."

무솔리니의 말에 카리엘이 담담하게 말했다.

"약속한 것을 지키는 것일 뿐."

볼일은 다 봤다는 듯, 몸을 돌리는 카리엘에게 무솔리니가 다급하게 말했다.

"전하, 드릴 것이 있사옵니다."

"줄 것이 있다?"

이미 탈탈 털린 무솔리니가 줄 것이 있다는 말에 카리엘은 고개를 갸웃거렸다.

"대전 회의 결과를 들었습니다. 도움이 될 것이옵니다."

무솔리니의 말에 카리엘이 다시 몸을 돌렸다.

"전하께서 아직 잡지 못한 첩자들. 그들의 이름이 정리된 명단이 있사옵니다."

"명단?"

"남부 연합 출신의 귀족들, 성국이 몰래 꽂아 넣은 북부 귀족, 마지막으로 로만의 끄나풀로 보이는 동부 귀족이옵니다."

"작은 놈들은 아닐 테지?"

"전부 백작급이옵니다."

무솔리니의 말에 카리엘이 눈을 찌푸리며 물었다.

"살고자 하는가?"

"아니옵니다."

카리엘의 말에 단호하게 고개를 젓는 무솔리니.

"소신을 죽여야만 썩은 부위를 도려낼 수 있음을 잘 아옵니다."

"그럼…… 뭘 바라지? 그대 가문의 복권?"

"그 역시 불가함을 잘 아옵니다."

무솔리니가 그렇게 말하면서 카리엘을 바라보았다.

"그저 약속을 지키신 것에 대한 보답이라 생각해 주십시오."

"으음……."

무솔리니의 말에 카리엘이 불편한 표정을 지었다.

이런 거래는 카리엘 입장에선 상당히 찜찜했기 때문이다.

"정 불편하시다면 제국의 영광을 위해서라고 해 두지요."

빙그레 웃는 무솔리니의 말에 카리엘이 한숨을 쉬었다.

"진즉 그리하지 그랬나."

카리엘의 말에 무솔리니가 고개를 저었다.

자신의 인생에 후회는 없었다.

그 당시 환경에서는 자신이 무슨 짓을 저질러도 이런 상황을 만들어 내는 게 불가능했을 것이다.

"지옥에서나마 제국의 영광을 지켜보겠습니다."

"……당장은 어렵겠지만 시간이 흐른 후에 그대의 명예만큼은 지켜 주지."

카리엘의 말에 무솔리니는 고개를 숙이며 감사를 표했다.

찜찜한 표정으로 나가는 카리엘을 보던 무솔리니는 타리온에게 자신이 숨겨 둔 비밀 금고의 위치를 알려 주었다.

그리고 얼마 후 카리엘에게 무솔리니가 숨겨 두었던 증거들이 손에 들어왔다.

"……마음에 안 드는군."

카리엘이 그렇게 말하며 하늘을 올려다보았다.

구름에 가려져 부옇게 빛이 퍼지는 달빛은 심란한 카리엘의 마음을 보여 주고 있었다.

그렇게 카리엘이 심란해하는 사이 시간은 흘렀고, 마침내 황제파의 처형 날짜가 다가왔다.

제국민들의 분노의 외침 속에서 도리어 웃으면서 '제국의 영광이 다시 피어나기를!'이라고 마지막 말을 내뱉은 무솔리니.

웃으며 목이 베인 그를 시작으로 다른 황제파의 귀족들이 하나둘 죽어 나가기 시작했다.

그러나 무솔리니와는 다르게 오줌까지 지리면서 추하게 죽는 이들.

그런 그들의 죽음을 직접 끝까지 지켜본 카리엘은 몸을 돌렸다.

"웃으면서 갔군요."

환하게 웃으면서 목이 베여 죽은 무솔리니를 생각하며 타리온이 말했다.

추한 귀족들과는 다르게 끝까지 죽음 앞에서 의연했던 무솔리니는 한 파벌의 수장이라 할 만했다.

그러자 공감한다는 듯 작게 고개를 끄덕인 카리엘이 담담한 표정으로 말했다.

"……약속을 지키러 가야겠지. 준비해라."

"예."

카리엘의 말에 타리온은 고개를 숙이면서 답했다.

이제 남은 건 서부를 쓸어 버리는 것뿐.

미래의 자신을 위해서, 그리고 웃으면서 죽은 무솔리니와의 약속을 지키기 위해서, 최종적으로는 벨푸르스와 잔당을 쓸어 버리기 위해서 카리엘은 서부로 움직일 준비를 시작했다.

마무리를 지어 봅시다!

마침내 황제파와 무솔리니가 죽었다.

제국민들은 환호했으며, 혹시나 하고 기대감을 품었던 지방 귀족들은 침울한 표정으로 거리를 거닐었다.

곧 은퇴한다며 힘 빠진 황태자 취급을 하던 신진 귀족들 역시 다시금 숨어들었다.

반면에 중앙 귀족들은 한데 뭉치기 시작했다.

현 황태자인 카리엘이 은퇴한다면 귀족파는 갈라질 것이다.

그렇다면 지금 이 순간만이 제국이 뭉칠 수 있는 마지막 시간이나 다름없었다.

그걸 알고 있기에 중립파 귀족들마저 황태자를 지지하며

뜻대로 움직여 주었다.

"오래 걸렸소."

대전 회의에 참석한 카리엘이 귀족들을 보면서 진중한 음성으로 말했다.

황제파를 쓸어 버리는 데 오래 걸렸다는 의미와 서부로 움직이는 데 너무 오래 걸렸다는 이중적인 의미를 담은 말로 회의를 시작했다.

그동안 카리엘은 처음 자신이 주관했던 회의에서 약속한 바를 지켰다.

각 부처를 닦달해서 능률을 끌어올렸고, 지지부진하던 사안들을 빠르게 처리해 버렸다.

또한 제국의 미래를 위해 필요한 예산안을 빠르게 통과시키기도 했다.

귀족파와 중립파 모두가 카리엘의 뜻에 따라 주겠다고 마음먹은 상황에서 가능했던 기적적인 일이었다.

덕분에 은퇴하기 전 제국의 내실을 다지겠다는 약속을 지킬 수 있게 되었다.

이제 남은 것은 미뤄 두었던 마지막 일인 벨푸르스 정벌을 하러 갈 시간이 된 것이다.

"그동안 부족한 황태자의 의견을 따라 주어서 고맙소."

카리엘이 앉아 있던 계단에서 일어나 고개를 숙였다.

그러자 대전의 공기가 축 늘어졌다.

분명 약속한 대로 황태자는 은퇴하는 것뿐일 텐데 묘하게 아쉬움이 남는 순간이었다.

귀족파 귀족들 입장에선 분명 기뻐해야 할 일이건만 어째 서인지 아쉬움만 들었다.

이런 분위기를 바꿔 보고자 카리엘이 먼저 입을 열었다.

"공작, 서부로 갈 준비는 끝나셨소?"

"예, 소신이 직접 기사단을 이끌고 갈 생각이옵니다."

카리엘의 물음에 데이비어 공작이 고개를 숙이면서 답했다.

"월크셔 공작도 끝나셨소?"

"그렇습니다. 2황자 저하께서 직접 마법 병단을 이끌 것이옵니다."

월크셔 공작이 아쉬움이 담긴 표정으로 카리엘을 보며 말했다.

사실 그도 이번 원정에 참여하고 싶었다.

비록 데이비어 공작처럼 지고한 경지에 닿지는 못했지만 마도사의 경지에 한 발자국 정도만 남겨 놓은 상태였다.

하지만 두 공작 중 한 명은 이곳에 남아야 했다.

무엇보다 제국 전체에 숨어든 흑마법사를 잡기 위해서라도 중앙에 자리를 잡은 고위 귀족이 진두지휘를 해야만 했다.

"감찰부는 어떻소?"

"모든 준비를 끝내 났습니다."

포돌스키의 말에 카리엘은 작게 고개를 끄덕였다.

"모든 준비가 끝났으니 이제 출발하는 일만 남았군. 출발은 3일 뒤에 하는 게 좋을 것 같은데 어떠시오?"

"뜻대로 하시옵소서."

카리엘의 물음에 모든 귀족들이 고개를 숙이며 말했다.

"후, 이제 내가 할 수 있는 모든 안건이 끝났군."

카리엘이 그렇게 말하며 좌중을 둘러보았다.

그러자 모든 귀족들이 카리엘을 바라보며 각기 다른 표정을 지었다.

어떤 이는 아쉬움을, 어떤 이는 후련함을, 어떤 이는 애매한 표정을 지으며 바라보고 있었다. 카리엘은 그런 귀족들에게 마지막이 될지 모르는 대전 회의의 끝을 알렸다.

"이것으로 대전 회의를 파하겠소. 앞으로 대전 회의에서 나를 보는 일은 없을 것이니 표정들 푸시오."

카리엘이 대전에서의 마지막 회의를 웃으면서 끝내고자 했지만 그의 의도와는 다르게 귀족들 중에 웃는 자는 없었다.

그런 그들을 보면서 카리엘이 헛기침하며 말했다.

"흠흠! 다들 부족한 황태자를 이끌어 주느라 고생하시었소. 조심히들 돌아가시오."

카리엘이 그렇게 말하며 계단을 내려와 천천히 대전을 나섰다.

그렇게 대전 회의를 주관하던 황태자가 나갔음에도 귀족들은 한동안 말없이 서 있었다.

그런 고요함을 깬 것은 월크셔 공작이었다.

"앞으로 황태자의 기준점은 카리엘 전하가 되시겠군."

월크셔 공작의 말에 모든 귀족들이 자신들도 모르게 고개를 끄덕였다.

병약했던 황태자였지만 짧은 시간 보여 준 역량은 역대 황태자 중에 손에 꼽을 정도로 위대했다.

자신의 부족함을 인지하고 미래의 황제를 위해 모든 기반을 닦고 물러나는 모습은 귀족들 사이에 새로운 바람을 일으켰다.

그동안 암군들 때문에 부족한 능력에도 탐욕만 가득했던 황족들만 만나다가 이런 황태자를 보니 적응이 잘 되지 않았다.

특히 심한 건 귀족파였다.

2황자와 3황자의 재능 중 누가 더 뛰어나냐고 싸우던 그들이었지만, 이제는 잘 모르겠다는 표정이었다.

"누가 되었든 황태자가 되는 순간 부담감이 크겠어."

데이비어 공작이 그렇게 말하고는 한숨을 쉬며 대전을 빠져나갔다.

그러자 월크셔 공작도 그 말에 공감한다는 듯 피식 웃으면서 나가 버렸다.

　그렇게 공작 둘이 빠져나가자 다른 귀족들도 하나둘 빠져나가기 시작했다.

　어느새 대전 안에는 묘한 아쉬움만 남긴 채 모든 귀족들이 나갔다.

　쿵!

　거대한 대전 문이 닫히면서 현 황태자의 마지막 대전 회의가 끝나는 순간, 황궁 안에 있는 관료들은 바삐 움직이기 시작했다.

···※···

　수도에 있는 모든 기관들이 원정을 위한 준비를 돕기 위해 움직일 때, 카리엘 역시 개인적인 준비를 마무리하기 위해 친위대를 불러 모았다.

　"완성되었다고?"

　"그렇습니다."

　토토가 조심스레 다가와 함께 만든 무서를 테이블에 올려 두었다.

　그것을 가만히 살펴본 카리엘이 작게 고개를 끄덕였다.

　"남은 건 내가 직접 가다듬는 수밖에 없겠네."

　카리엘의 말에 친위대가 일제히 고개를 숙였다.

아무리 높은 무위를 갖고 있다고 하더라도 그 사람에 딱 맞는 무술은 만들 수 없다.

높은 단계에 올라설수록 스스로 자신에 맞는 검술이나 무술로 만들어 나가야 하기에 이들이 한 것은 카리엘의 몸에 맞게 기초를 만들어 주는 것이었다.

만약 카리엘이 4단계나 5단계의 경지에 올라선다면 스스로 강체술을 개조해야 할 것이다.

"전하, 꼭 직접 가셔야 하겠습니까?"

타리온이 걱정스레 바라보자 카리엘은 작게 고개를 끄덕였다.

"적들을 낚으려면 그만한 미끼를 던져 줘야 하는 법."

단호하게 말한 카리엘은 친위대를 돌아보았다.

"이제 너희들에게 했던 의뢰도 끝났다."

카리엘의 말에 친위대의 눈동자가 커졌다.

"다들 나름대로 사연이 있겠지."

그의 말에 모든 친위대의 고개가 숙여졌다.

그들이 괴짜가 된 것에는 나름대로 이유가 있었다.

그것이 무엇인지까지는 자세히 알 수 없었지만 전생에 수많은 사람을 보고 판단한 결과 이들은 그냥 미친놈들이 아니었다. 그저 나름의 사정으로 괴짜가 되며 무언가를 이루기 위해 노력하는 자들일 뿐.

"들었겠지만 난 이번 일을 끝으로 황태자 자리에서 물러난

다. 그러니 더 이상 이런 지원을 해 줄 수가 없다."

"……."

카리엘의 말에 모두가 침묵했다.

"그러니 이제 본래의 삶으로 돌아들 가거라."

"……소신은 전하의 원정에 따라가고 싶사옵니다."

토토의 말에 카리엘이 고개를 갸웃거렸다.

"괜찮겠나?"

자세히는 알지 못했지만 타리온에게 언뜻 듣기로 토토에게는 괴짜 취급을 받으면서도 황궁에 남아 운동에 집착하는 이유가 있었다.

그랬기에 수도 인근 지역도 아닌 먼 서부 지역으로 가는 여정인 데다 얼마나 걸릴지도 모르는데 토토가 따라오겠다고 할 줄은 몰랐다.

"……예."

토토의 말에 다른 친위대의 눈동자가 흔들렸다.

그 모습에 다른 괴짜들도 토토와 비슷한 생각을 하고 있음을 눈치챈 카리엘은 한숨을 쉬며 말했다.

"출정까진 시간이 있으니 당일까지 고민해 봐."

그렇게 말한 카리엘은 친위대와 타리온을 물렸다.

그리고 그들이 사력을 다해 만들어 준 강체술을 천천히 읽어 나갔다.

─제법이네.

"그렇지?"

수르트의 말에 카리엘이 미소를 지으면서 말했다.

그동안 친위대가 놀지 않았다는 것을 증명하듯, 전보다 훨씬 많은 양의 화기를 통제할 수 있게 되었다.

그 덕분인지 밖으로 흘러나오는 화기가 뭉치며 붉은 마력으로 맺혔다.

하지만 그것은 아주 잠시 동안일 뿐, 어느새 흩어져서 다시금 연기처럼 변해 버렸다.

-수련한 지 얼마나 되었다고 3단계냐?

"이게 뭔 3단계야?"

수르트의 말에 카리엘이 투덜거렸다.

진짜 3단계의 마력 방출은 훨씬 안정적이고 견고하기 때문이다.

-배부른 소리 하는군.

수르트가 그렇게 말하면서 코웃음 쳤다.

남들은 마력을 각성하고 체내의 마력을 운용하는 것조차 엄청난 시간이 필요한데, 카리엘은 벌써 그 단계를 뛰어넘었다.

강체술을 수련할 때부터 이미 2단계에 있었으니 말 다 한 것이다.

단지 엄청난 양의 화기 때문에 빛을 못 봤을 뿐.

-어쩌면 이 녀석도 재능이 있을지 모르겠군.

"뭐?"

수련에 정신이 팔려 있어 그 말을 듣지 못한 카리엘이 뒤늦게 돌아보자 불덩이는 고개를 저으며 하던 거나 마저 하라고 말했다.

그러자 투덜거리면서 다시금 수련에 집중하는 카리엘.

3일 동안 밤낮없이 수련했음에도 결국 친위대가 만들어 준 무서는 전부 익히진 못했다.

그래도 고무적인 것은 화기의 통제력이 많이 상승했다는 점이다.

기존에는 가끔가다 화기가 통제력을 잃고 날뛰었으나 이젠 그런 시간이 대부분 사라졌다.

"후, 현재는 이 정도인가?"

카리엘이 살짝 아쉬워하는 표정을 지었지만 상관없었다.

어차피 화기란 녀석과는 평생을 같이 가야 하기에 은퇴 후에 천천히 다듬으면 그만이다.

"천천히 하자. 은퇴 후엔 남는 게 시간일 테니……."

카리엘이 그렇게 중얼거리면서 황태자궁을 나서려고 했다.

대기 중인 마차에 올라타기 위해 밖으로 나오자 친위대 전원이 일렬로 서서 그를 기다리고 있었다.

"……다들 결정은 끝났나?"

"예, 전원 전하와 서부까지 함께하기로 했사옵니다."

토토가 대표로 말하자 카리엘이 미간을 찌푸렸다.

"괜찮겠나?"

"예, 나중에 헤어지더라도 서부까지는 함께하고자 하옵니다."

토토의 말에 다른 친위대들 역시 고개를 끄덕였다.

그러자 카리엘이 한숨을 쉬었다.

"마음대로 해라."

체념한 말투로 말한 카리엘은 마차에 올라탔다.

배려해 줘도 알아먹지 못하는 괴짜들이라며 혀를 차자 밖에서 그것을 듣고 있던 친위대가 슬며시 미소를 지었다.

매일 툴툴대면서 불만이 많은 황태자였지만 은근히 정이 많은 사람이라는 것을 알기에 웃으면서 뒤따랐다.

그렇게 이제는 익숙해져 버린 붉은 제복을 입은 친위대와, 그것이 부럽다는 듯 붉은 휘장을 두른 황태자궁의 기사들이 마차를 호위하며 데이비어 공작과 중앙군이 기다리고 있는 광장으로 향했다.

"전하를 뵙습니다."

모든 군인들이 군례를 올리고 데이비어 공작 역시 검집째 들어 올려 가슴에 붙였다.

사실상 서부 원정을 이끄는 총사령관이나 다름없는 카리엘에게 보인 예였다.

　그런 그들의 예를 익숙하게 받아 준 카리엘이 광장에 모인 병사들을 보며 말했다.

　"위험할지도 모른다."

　"……."

　"어쩌면 목숨을 잃을지도 모르지. 하지만 이것 하나만큼은 약속하지. 그곳에서 목숨을 잃거나 부상을 당하더라도 절대 헛된 희생이 되지 않도록 하겠다는 것."

　카리엘의 말에 병사들의 눈에 의지가 깃들기 시작했다.

　"그러니 믿어라. 비록 곧 은퇴하는 황태자지만 그대들의 희생만큼은 마땅히 보상받을 수 있도록 할 것이니."

　짧은 연설.

　그렇지만 어느 때보다 묵직한 연설에 모든 병사들이 환호성을 내뱉으며 사기를 끌어 올렸다.

　바로 그때, 황궁에서 내관 하나가 황급히 달려오는 것이 보였다.

　"무슨 일이지?"

　"인접 국가들이 수상한 움직임을 보이고 있다 하옵니다. 지방에서도 수상한 움직임이 감지되었습니다."

　내관의 말에 근처에서 듣고 있던 데이비어 공작과 타리온의 표정이 굳어졌다.

"……전하."

데이비어 공작의 부름에 카리엘이 괜찮다는 듯 고개를 끄덕이며 말했다.

"어차피 중심부가 와해되면 끝날 일이오. 속전속결로 끝냅시다."

"전하의 뜻이 그러하시다면……."

카리엘의 뜻이 확고함을 느낀 데이비어 공작이 고개를 끄덕였다.

그리고 그것을 근처에서 바라보던 3황자 세리엘의 눈에 경외심이 담겼다.

어느 순간에서도 흔들리지 않는 완고함.

고작 한 살밖에 차이 나지 않는데도 아직은 미숙한 자신에게선 볼 수 없는 연륜과 완고함이 느껴졌다.

'언젠가는 나도…….'

세리엘이 그렇게 생각하며 주먹을 꽉 쥐고는 말없이 카리엘의 뒤를 따랐다.

⁂

벨푸르스가 자신들에게 향하는 군세를 조금이라도 줄여 보고자 수를 썼다.

인접 국가들 중에 자신들이 끄나풀을 심어 둔 곳을 움직였고, 지방 귀족들 중에서 자신들의 뜻에 따라 움직일 수 있는 자들을 포섭했다.

그 와중에 살길은 만들어 놔야겠다고 생각했는지, 전부 산적이나 마적으로 위장하고 나타났다.

하지만 그들이 든 무기부터 인원수까지 일반적인 범죄자들이 아니라는 것쯤은 단번에 알 수 있었다.

상황이 이렇다 보니 군부는 난리가 났다.

"전하께서는?"

"그대로 가신다 하옵니다."

"후……."

부관의 보고에 군부대신 하워드가 한숨을 푹 쉬었다.

어느 정도 예상했던 결과여서 충격은 크지 않았지만 대응해야 하는 입장에선 골치가 아팠다.

일단 부족한 숫자의 중앙군으로 대응해야 했다.

그나마 다행인 점은 인접 국가들은 변경백들이 대응하고 있다는 것이었다.

내부만 잘 정리하면 되는 상황이었지만, 보고가 들어오는 것을 보면 그것도 쉽지 않아 보였다.

"잘못했다간 목이 날아가게 생겼군."

하워드가 자신의 목을 손으로 한번 쓰다듬으며 식은땀을 흘렸다.

"보고드립니다! 중앙 지역에 흑마법사들이 나타났다고 하옵니다."

"뭐? 이런 미친! 중앙군은!"

"지금 대응하려고 움직이는……."

부관이 대답하려는 순간, 월크셔 공작이 그의 어깨를 잡으며 하워드에게 말했다.

"흑마법사들은 우리가 처리하겠소."

"예? 하지만……."

"전하께서 날 여기에 두신 이유가 바로 저것들 때문이니 일을 해야지."

그렇게 말을 남긴 월크셔 공작은 그길로 그곳을 떠났다.

그것을 본 하워드가 한숨을 쉬었다.

"치안대에 지원 요청해."

"예?"

"수도 방위군 일부를 중앙군에 지원해야겠다."

군부대신 입장에선 치안대에 지원을 요청하는 게 자존심 상하는 일이었다.

그럼에도 불구하고 지금은 고개를 숙일 수밖에 없었다.

"후, 됐다. 내가 직접 가지."

하워드가 그렇게 말하면서 곧바로 군부를 벗어났다.

자존심 강한 월크셔 공작조차 저리 움직이고 있다.

그렇다는 건 이 사태가 끝날 경우 쓸모없었던 자들은 목이 날아갈 가능성이 높다는 뜻이었다.

살기 위해서라도 움직여야 했다.

"밥벌이하기도 쉽지 않군."

어제도 드레스를 사 달라며 조르던 어린 딸아이가 생각난 하워드는 한숨을 쉬었다.

사랑스러운 딸아이를 위해서라면 그깟 자존심쯤은 얼마든 지 내려놓을 수 있다 생각하며 빠르게 움직였다.

＊

그렇게 군부가 카리엘의 결정에 바삐 움직이자 감찰부와 치안대의 대처 역시 빨라졌다.

"위기 상황이군."

외무대신의 표정이 찌푸려졌다.

성국과 남부 연합의 움직임마저 심상치 않았다.

혼란스러운 제국이 내전에 돌입하면 공격하려고 각을 재 는 것이리라.

만약 제국이 이 혼란을 무사히 넘기게 된다면 그다음엔 자 신들에게 칼을 들이밀 것이기에 승리할 가능성이 보인다면 언제든 쳐들어오려고 준비하는 것이었다.

"성국과 남부 연합에 연락해. 경거망동하면 가장 먼저 쳐 들어갈 곳은 그곳이 될 거라고."

"먹히겠습니까?"

"안 되면 성국만 조지는 걸로 남부 연합과 딜을 해야지."

"후, 일단 해 보겠습니다."

외무대신의 명령에 고위 외교관이 한숨을 쉬며 밖으로 나갔다.

"이번 위기만 넘기면 흑마법사와 손잡았다며 명분으로 압박할 수 있을 텐데…… 쉽지 않겠어."

비록 부패한 관료 체제에 있었던 외무대신이지만 그동안 먹은 짬밥이 어디 가는 것은 아니었다.

그렇기에 이번 상황이 어느 정도 안정화되면 곧바로 반격할 방법들이 그려지고 있었다.

"부디 서부에서의 전투가 빠르게 끝나기를……."

✻

외무대신의 바람처럼 카리엘 역시 이번 전쟁을 빠르게 끝내기 위해 다급하게 움직였다. 광장에 모인 병력을 중심으로 빠르게 수도를 나가기 위해 황자들과 함께 움직일 때였다.

"전하!"

"왜?"

타리온의 다급한 부름에 카리엘이 행군을 정지시켰다.

"미리엘 저하의 마차이옵니다."

"뭐?"

카리엘이 전혀 예상하지 못한 말을 들었다는 듯, 눈을 동그랗게 뜨고 황급히 마차의 커튼을 걷었다.

그러자 멀리서 작은 마차 하나가 다가오는 것이 보였다.

"미리엘."

작은 마차의 문이 열리자 황급히 뛰어나와 폭 안기는 여자아이.

미리엘이 울먹이자 카리엘은 다독여 주었다.

"우으……."

차마 말을 못 하고 눈물을 뚝뚝 흘리는 미리엘을 내려다보던 카리엘은 무릎을 꿇고 눈높이를 맞춰 주었다.

"죽지…… 마요."

"안 죽어."

카리엘은 그렇게 말하면서 미리엘의 눈물을 닦아 주었다.

한꺼번에 세 황자 전부가 전장으로 떠나니 아직 뭘 잘 모르는 미리엘이 불안해진 것이다.

어느새 2황자와 3황자도 같이 다가와서 미리엘의 눈물을 닦고는 달래 주었다.

"오라비들 안 죽는다."

"금방 올게."

세 황자들이 울고 있는 미리엘을 다독였다.

한참 동안이나 우는 미리엘을 간신히 진정시킨 후 황궁으로 돌려보냈다.

"빠르게 정리하자."

"예."

"네."

카리엘의 말에 두 황자가 고개를 끄덕이며 대답했다.

동생 때문에 잠시 멈추었던 마차가 다시 움직이기 시작했고, 순식간에 수도의 정문 앞에 도달했다.

그러자 그곳에서 수많은 사람이 병력의 행렬을 향해 고개를 숙이며 부디 무사히 돌아오기를 기원하고 있었다.

수많은 사람들이 병사들이 전부 지나갈 때까지 두 손을 모으고 기도해 주는 경건한 모습에, 멀리서 지켜보던 귀족들조차 감탄하며 고개를 숙이고 함께 기도할 정도였다.

승리하고 돌아오기를 바라는 제국민들의 염원과 함께 모든 병력이 빠르게 수도를 벗어났다.

중앙군에서 정예병력으로 차출되었는지 병력이 고된 행군에도 큰 불만 없이 움직이자 중앙 지역을 벗어나는 데 얼마 걸리지 않았다.

"힘들지 않으십니까?"

"마차를 타고 가는데 힘들 리가."

타리온의 물음에 카리엘이 코웃음 쳤다.

이 정도는 병약한 시절에도 수없이 했던 일이다.

게다가 일반 마차도 아니고 온갖 마법적 장치가 가미된 마차였다.

황궁처럼 편하지는 않겠지만 행군 중에 이 정도 호사를 누릴 수 있다는 것 자체가 사치였다.

"이제 곧 경계선이옵니다."

"그래."

카리엘이 고개를 끄덕이며 창문을 열어 저 멀리 보이는 서부의 경계선으로 시선을 던졌다.

이제부터 시작이었다.

경계선이 다가오자 황궁 기사단 일부가 황자들을 보호하기 위해 대형을 갖추기 시작했고, 무작정 걷기만 했던 병력역시 곧바로 대응할 수 있는 형태를 갖추고 행군했다.

그렇게 만반의 준비를 갖춘 상태로 서부의 경계선을 통과한 순간.

불의 정령왕의 파편들이 반응했습니다.

"뭐?"

자신도 모르게 중얼거린 카리엘이 고개를 갸웃거렸다.

라플라 화산과 카푸르 화산이 무언가에 의해 강제적으로 폭발하려 합니다.

무언가를 저지하세요. 실패할 시 제국에 끔찍한 재앙이 일어납니다. 성공적으로 저지할 시 초대 정령왕의 파편이 영혼에 각인됩니다. (0/2)

※완벽하게 저지할 경우 무언가의 비밀 일부를 알 수 있습니다.

실로 오랜만에 나타난 반투명한 창을 가만히 들여다본 카리엘이 심각한 표정을 지었다.

'무언가?'

무언가가 무엇인지는 모르겠지만 확실한 건 화산 폭발이 정상적인 건 아니라는 것을 알 수 있었다.

'라플라는 서부 지역이고…… 카푸르 화산이라면…….'

"타리온."

"예."

"카푸르 화신이 어디에 있었지?"

"제국 동남부 지역에 있습니다. 거인의 산맥 근방에 있죠."

타리온의 말에 카리엘의 표정이 굳어졌다.

'전생에 몬스터 웨이브가 시작된 지역인가?'

카리엘이 그렇게 생각하며 심각한 표정을 지었다.

"왜 그러시는지……."

"잠깐만 혼자 있을게."

카리엘의 말에 걱정스레 바라보던 타리온은 조용히 밖으로 나갔다.

그러자 '뿅!' 하고 나타난 수르트가 카리엘을 향해 말했다.

"정령왕의 파편이 나타났다."

−화산 폭발의 원인이 그건가?

수르트가 고개를 끄덕이며 단번에 어떻게 돌아가는 것인

지 알아챘다.

"무언가에 의해 강제로 폭발하려는 것 같다."

—아무래도 네가 회귀한 게 단순한 신의 장난은 아닌 것 같
군.

"……그래?"

카리엘의 말에 수르트가 심각한 표정으로 중얼거렸다.

—정령왕의 파편을 폭주시켜 화산을 강제로 폭발시킨다? 정
상적인 방법으로는 불가능에 가깝다.

"그렇다는 건……."

카리엘이 '설마?' 하는 표정으로 수르트를 바라보았다.

—신의 농간. 아니면 현재의 우리로선 알 수 없는 저 위의 사
정이 얽혀 있을 테지.

수르트의 말에 카리엘의 표정이 찡그려졌다.

만약 전생에 몬스터 웨이브 역시 이런 식으로 발생한 거라
면 자신은 굉장히 불리한 상황에서 시작한 것이나 다름없었
다.

"정령왕의 파편들 말고 남은 두 파편 역시 이유가 있겠
지?"

—그럴 가능성이 높지.

수르트의 말에 카리엘이 한숨을 쉬었다.

지옥의 수문장은 몰라도 태양을 삼킨 마수 같은 경우는 대
충 짐작이 갔다.

'성국이 연관되어 있을 가능성이 높다.'

이미 신관들 중 일부가 흑마법사와 관련되어 있는 상황이니 성국이 오랫동안 봉인해 온 마수를 가지고 어떠한 장난을 칠 가능성 역시 높게 보아야 했다.

—신이 너한테 이런 시련을 내린다는 건 너만이 해결할 수 있는 일일 가능성이 높다는 거지.

"안 할 수도 없겠군."

—그렇겠지.

수르트가 고개를 끄덕이며 말했다.

"후, 상황 참 복잡하게 돌아가는군."

—좋게 생각해. 어차피 남은 두 녀석들도 찾아본다고 나랑 약속했잖아.

수르트의 말에 카리엘이 한숨을 쉬며 고개를 끄덕였다.

"그냥은 안 죽겠다는 거지."

카리엘이 그렇게 중얼거리며 벨푸르스를 생각했다.

흑마법사와 연관됐을 가능성이 높은 녀석들이 어떻게든 자신들을 잡으러 오는 병력의 숫자를 분산시키려 했다.

순순히 죽지 않겠다는 의지를 느낀 카리엘은 입술을 깨물었다.

"결국 나보고 오라는 건데……."

—겁먹지 마. 최악의 상황이 와도 너 하나 정도는 살릴 수 있다.

"몇 초 막아 주는 거?"

고작 몇 초 막아 주는 걸로는 어림도 없다고 말하자 수르트가 단호하게 고개를 저었다.

―이젠 큰 거 한 방 날릴 정도는 된다.

"……확실해?"

―그래. 마도사 부럽지 않은 큰 걸로 한 방 날려 주마.

수르트의 말에 카리엘이 피식 웃었다.

"구라면 나 죽어."

―너 죽으면 나도 죽어.

운명 공동체인 수르트가 진짜라고 작은 팔을 휘저었다.

그러자 카리엘이 피식 웃으면서 믿겠다는 듯 고개를 끄덕였다.

―그보다 이제 은퇴는 물 건너간 건가?

"아니, 서부의 일이 끝나면 은퇴는 할 거다."

―……가능할까?

수르트가 고개를 갸웃거리며 묻자 카리엘이 단호하게 말했다.

"남은 두 녀석을 해결하는 것은 은퇴하고 나서도 할 수 있는 일이니까."

카리엘이 반드시 은퇴하고야 말겠다고 의지를 다질 때였다.

타리온이 다급히 창밖에서 입을 열었다.

"전하!"

"서북부에 문제가 생겼나?"

"……예."

타리온의 말에 카리엘은 마침내 선택의 시간이 도래했다는 것을 깨달았다.

"상황은?"

"화산은 폭발 직전에 돌입했으며, 몬스터 웨이브가 곧 시작될 것 같습니다."

"그게 전부가 아니지?"

카리엘의 물음에 타리온이 망설이다 고개를 끄덕였다.

"……예. 그곳에서 흑마법사들이 발견되었다는 보고이옵니다."

"그리고?"

"언데드 군단이 나타났다 하옵니다. 서북부의 전선 뒤편에 나타난 것을 보니……."

"전쟁 중에 뒤를 치려는 계획이군."

병력의 양은 중요하지 않다.

몬스터들을 막는 것만으로도 버거운데 소수라도 뒤를 치게 된다면 전열이 무너질 터.

"병력을 보내 달라 요청했겠지."

"……그렇습니다."

"지휘관들을 불러."

카리엘의 말에 행군을 멈추고 마차 주위로 주요 인사들이 몰려들었다.

"다들 들었다시피 서북부의 상황이 심상치 않소."

"어쩌실 겁니까?"

3황자의 물음에 카리엘이 간단하게 답했다.

"병력을 나눠야지."

"결국……."

카리엘의 말에 3황자가 한숨을 쉬었다.

"주 병력은 그대로 벨푸르스를 친다."

"예? 그러면……?"

"나와 친위대, 그리고 기사단 일부만 서북부로 갈 생각이다."

"너무 위험합니다!"

2황자가 다급하게 말했다.

"흑마법사를 처리하는 데에 저와 월크셔 마법 병단도 같이 하겠습니다."

"벨푸르스에 흑마법사들이 없을 리 없다. 너와 월크셔는 그놈들을 처리해야 해."

이참에 뿌리를 뽑아 버려야 했다.

"미끼 역은 내가 한다."

카리엘의 말에 모두가 침묵했다.

희생하려고 하는 카리엘을 보며 모두가 미간을 찌푸렸으나 카리엘은 믿는 구석이 있었다.

'수르트의 말이 사실이라면 큰 위험은 없다.'

카리엘이 그렇게 생각할 때, 대공이 조심스레 말했다.

"전하, 그렇다면 대공가의 기사단 일부와 이 녀석이라도 데려가시지요."

"소가주를 말이오?"

"예, 아직 어리지만 쓸 만할 것이옵니다."

듀칼의 제안에 글렌이 한 발자국 앞으로 나섰다.

은은하게 뿜어내는 기세를 느낀 이들이 흠칫했다.

마스터인 데이비어 공작조차 입가를 말아 올릴 정도로 묵직한 기세였다.

"제법이오."

"마스터 앞에서 무례를 범했습니다."

데이비어의 칭찬에 글렌이 고개를 숙이며 말했다.

"전하를 호위하고 싶사옵니다. 받아 주시겠습니까?"

글렌의 말에 카리엘이 잠시 눈을 동그랗게 뜨더니 피식 웃었다.

'이것도 운명인가?'

전생에서도 자신을 호위했던 글렌이 이번 생에서도 자신을 호위하고자 한다.

마치 짜기라도 한 것 같은 지금 상황에 잠시 미소 짓던 카리엘이 작게 고개를 끄덕였다.

카리엘의 비장의 수

글렌과 대공가의 기사단 일부가 합류하면서 카리엘과 친위대, 황궁 기사단, 대공가의 기사단으로 이루어진 정예부대가 만들어졌다.

그것으로도 모자라 중앙군의 정예병력 일부도 카리엘에게 넘겨주었다.

많은 숫자는 아니지만 전원 말을 탄 기마병으로 배치해 주었다. 정예병력 중에서도 최상위 병력을 추려서 카리엘에게 넘겨준 것이다.

"괜찮겠소?"

카리엘이 걱정스러운 표정으로 물었다.

이렇게 정예병력을 많이 넘겨주면 벨푸르스와의 전투에서

문제가 될 수도 있었다.

자신이야 믿는 바가 있기에 상관없었지만 이들은 아니었다.

특히 두 황자는 제국의 미래였다.

"이 전력으로도 벨푸르스 정도는 쓸어 버리고도 남을 것입니다."

데이비어 공작의 말에 카리엘이 대공과 두 황자를 바라보았다.

"걱정 마십쇼."

"저희도 비장의 한 수쯤은 준비해 두었습니다."

두 황자의 말에 카리엘이 한숨을 쉬며 작게 고개를 끄덕였다. 둘이 숨겨 놓은 한 수는 둘째치더라도, 확실히 벨푸르스하나를 처리하기에는 과할 정도로 많은 전력이기는 했다.

이미 중앙군과 서부군이 포위망을 펼치고 있으니 그 전력까지 합하면 벨푸르스는 무조건 멸문이라 봐야 했다.

"믿겠소."

데이비어에게 그렇게 말을 남긴 카리엘은 두 황자와도 작별을 고했다.

❉

서부에 들어선 이후 갈라지는 토벌군.

서북부로 향하는 황태자군과 벨푸르스로 향하는 토벌군이 서서히 갈라지면서 각자의 목표를 향해 움직이기 시작했다.

긴 행렬이 두 개로 쪼개지면서 각자의 목표를 향해 나아가자 멀리서 그 장면을 지켜보던 검은 로브를 쓴 남자가 수정구를 들고 말했다.

"예상대로 갈라졌습니다."

로브를 쓴 남자의 보고에도 검은 수정구에서는 답변이 들려오지는 않았다.

남자도 애초에 답변은 기대하지 않았는지 품속에 수정구를 넣고 빠르게 이동했다.

그런데 그렇게 검은 로브의 남자가 사라지자 멀리서 은신을 풀고 또 하나의 무리가 모습을 드러냈다.

그들 역시 검은 로브를 입고 있었지만 다른 점이 있다면 로브 안이 온갖 무기들로 가득하다는 점이었다.

"기척이 사라졌습니다."

"마법이군."

"그런 것 같습니다."

검은 로브를 쓴 마법사가 있던 자리를 세심하게 살핀 남자가 고개를 끄덕이고는 부하에게 말했다.

"전하께 보고드려라."

"예."

남자의 명령에 한 마리의 까마귀를 꺼낸 부하는 급히 뭔가를 적더니 하늘로 날려 보냈다.

그것을 가만히 지켜보던 남자는 부하와 함께 조용히 기척을 죽이며 사라졌다.

푸드득!

하늘 높이 날아올랐던 까마귀가 마차에 다가오자 검을 뽑으려던 황궁 기사들을 타리온이 제지했다.

그러자 까마귀가 마차 창문을 콕콕 찍었다.

"걸렸군."

마차 문을 열고 까마귀에게 먹이를 주며 서신을 확인한 카리엘은 미소를 지으며 중얼거렸다.

북부에서 파견된 까마귀들이 적의 목덜미를 잡았다.

이제 남은 것은 미끼를 물도록 먹음직스럽게 행동하는 것만 남았다.

"슬슬 몸을 풀어 두시라고 전해라."

카리엘이 창문을 열고 타리온에게 명하자 그가 조용히 고개를 끄덕였다.

황궁에 있으면서 서부 원정을 꾸준히 준비해 온 카리엘이지만, 만약의 상황을 대비하지 않을 수 없었다.

제국도 중요하지만 자신의 욜로 라이프가 더 중요하기에

안전을 최대한 챙겼다.

당연하게도 준비한 것들은 흑마법사들에게 비수로 다가올 것이다.

우선 황궁 기사단 일부와 카리엘을 보필하는 그림자 출신 시종들, 그리고 친위대가 준비되어 있었다.

그리고 거기에 글렌과 대공가의 기사단이 합류했다.

하지만 이건 어디까지나 드러난 전력에 불과했고, 흑마법 사들이라면 이 정도 전력을 상대할 준비는 해 두었을 가능성 이 높았다.

그렇기에 적들에게 한 방 먹이기 위해서는 숨겨진 칼이 필 요했다.

"까마귀는 반쯤은 드러난 검이니 의미 없고, 남은 수는 두 개."

카리엘은 수르트와 황궁 기사로 위장한 남자를 떠올렸다.

자신의 목숨을 지켜 줄 비장의 수.

하나도 쓰지 않으면 좋겠다 싶지만, 상황이 흘러가는 것을 보면 적어도 둘 중 하나는 반드시 쓸 것 같았다.

"얼마나 큰 놈이 물려나."

무는 놈이 클수록 비장의 수는 더 큰 힘을 발휘할 것이다.

긴장감과 기대감이 공존하는 묘한 기분을 느끼면서 마차 는 빠르게 서북부로 향했다.

'어떤 놈이 나를 공격하려는지 궁금하네.'

속으로 그렇게 생각한 카리엘은 전생을 회상했다.

자신이 황제가 되고 일어났던 흐름들.

반란-인접 국가 침공-몬스터 웨이브-인마 전쟁-동대륙 침공.

이 모든 흐름이 어쩌면 이어져 있을지도 모르겠다는 생각이 들었다.

그저 재앙이라고 여겨졌던 몬스터 웨이브가 흑마법사들에 의해 일어난 것이고, 인접 국가와 지방의 반란까지 벨푸르스와 연관되어 있다면 커다란 암중 세력이 제국을 노리고 있다는 뜻이 되었다.

'전생에선 워낙 박살 난 상황이라 자세히 알 수 없었던 게 커.'

암중 세력을 들춰낼 여력은커녕 제국을 공격해 오는 침입자들을 막는 데 급급했다. 서부에 생긴 해적들과 암상인 연합이 벨푸르스와 연관되어 있다면, 대륙에 있는 암중 세력은 전부 흑마법사와 연관되었을 가능성도 검토해 봐야 했다.

그래도 흑마법사들에 대해 전혀 모르는 것은 아니었다.

인마 전쟁을 하면서 알게 된 몇 가지 비밀들이 있었기 때문이다.

현시점에서 그 비밀들은 카리엘에게 큰 무기가 되어 줄 것이다.

"서북부 상황은?"

"몬스터들이 움직이기 시작했습니다. 전투까지 초읽기입니다."

서북부로 움직이는 동안에도 실시간으로 보고하러 오는 타리온.

그는 고개를 끄덕이는 카리엘에게 물었다.

"서신에 전하께서 따로 명령하실 것이 있는지 묻고 있사옵니다."

"알아서 지휘하라고 해. 전쟁에 관해선 나한테 보고할 필요도 없다고 전하고."

"그래도 되겠습니까?"

"전쟁도 모르는 자들이 괜히 끼어들면 지휘 체계만 늘어지고 신속 대응이 힘들어. 각자 알아서 하라고 해."

전생에서도 숱하게 했던 말들.

바로 그 분야의 전문가들을 존중해 주어야 한다는 말이었다.

위정자는 그 자리에 맡는 자를 앉히고 감시할 뿐, 쓸데없이 간섭해서는 안 된다는 게 카리엘의 지론이었다.

"흑마법사에 관한 것만 보고해. 이것도 각자 판단해서 조치하고."

카리엘이 그렇게 말하면서 전생의 흑마법사들을 생각했다.

영악한 놈들은 꼭 사전 작업을 하고 움직였다.

가장 먼저 혼란을 조장하고 정신을 못 차릴 때, 혼란을 가중시킬 수 있는 인물을 암살하려 했다.

지금 상황에서 자신이 죽는다면 어떻게 될까?

카리엘의 자질은 둘째로 놓더라도 황태자의 죽음만으로도 제국은 혼란에 빠질 것이다.

그것만으로 흑마법사들의 일차적인 목표는 완수한 셈이다.

'날 죽이고 동생들까지 죽인다면 '그 녀석'이 모습을 드러낼지도 모르겠네.'

카리엘이 그렇게 생각하면서 얌전히 화기를 컨트롤하는 데 집중했다.

통제할 수 있는 화기의 양이 늘어나면 수르트도 성장할 수 있기에 서북부로 움직이는 동안 화기의 통제력을 늘려 갔다.

그러는 동안 서북부와 점점 가까워졌고, 마침내 방어군과 몬스터들이 첫 번째 격돌을 시작했다는 보고가 들어왔다.

그때부터 황태자의 행렬 역시 상황이 급박해지기 시작했다.

"전하, 이제부터 신속하게 이동해야 할 것 같사옵니다."

"흑마법사들이 움직였나?"

"언데드 군단은 그대로 있는 듯 보입니다. 다만 검은 안개가 생기면서 일부 흑마법사들이 외부로 빠져나간 듯한 흔적을 발견했다는 까마귀들의 보고가 있었사옵니다."

사전에 서부로 가서 정찰 중인 까마귀들의 보고가 사실이라면 흑마법사들이 카리엘을 노리기 위해 움직이고 있다고 봐야 했다.

"역시 언데드군은 미끼였나?"

마치 서북부 방어선의 뒤를 칠 것처럼 해 놓고 진짜는 카리엘을 노리는 것이다.

전형적인 흑마법사들의 수법이었다.

"뒤따라온 감찰부원들 전부 마차 안으로 태워."

"전하."

"천천히 이동하면서 얌전히 적들의 의도대로 놀아날 생각이야?"

카리엘의 말에 타리온이 망설이는 표정으로 말했다.

"짐마차에 태우면 되옵니다."

"저기에 다 태울 수 있을 거라 생각해?"

"그건……."

"비전투원들은 밖에 있어 봤자 혼란만 생긴다. 가능한 한 내 마차에 태우고 남은 녀석들은 짐마차에 태워서 이동한다."

카리엘의 결정에 타리온은 잠시 마차를 멈추고 감찰부와 같이 따라온 비전투원들을 넓은 카리엘의 마차와 짐마차에 모조리 태웠다.

"소, 송구하옵니다."

"괜찮다."

카리엘이 미안해하는 감찰부원들보고 편히 있으라고 한 후 창가 쪽에 앉아서 명령을 내렸다.

"지금부터 최고 속도로 이동해."

"예."

카리엘이 출발하라고 명하자 병력은 전보다 훨씬 빠르게 움직이면서 순식간에 서북부의 접경 지역에 돌입했다.

말에 익숙하지 않은 이들을 짐마차와 카리엘의 마차에 태운 덕에 속도가 훨씬 빨라져, 예상보다 더 빠르게 서북부에 도착할 수 있었던 것이다.

흑마법사들의 예상보다 더 빠르게 움직이는 것으로 큰 혼란을 줄 순 없었지만, 적들이 편하게 노릴 수 없도록 했다.

"흑마력이다!"

황태자군의 이동 경로에 펼쳐져 있는 검은 안개를 본 기사들은 일제히 검을 뽑아 들었다.

정예병력 역시 특수 처리된 창들을 세웠다.

전원 제한적이지만 마력 각성까지 이룬 병력으로 이루어졌기에 선두에 선 기사단과 바로 뒤쪽의 마차를 보호하는 형태로 대형을 짠 황궁 기사들, 그리고 병력까지 쐐기 형태로 돌파 대형을 이루고 일제히 검은 안개로 돌진했다.

선두에 선 중앙군의 기사단이 마력을 응집시키면서 돌파하자, 뒤이어 대공가의 기사들이 그들을 받쳐 주었다.

마지막으로 황궁 기사들이 마차를 보호하는 형태로 흑마

력이 마차에 들어올 수 없도록 완벽하게 차단했다.

두두두두!

말발굽 소리와 함께 검은 안개 지역을 빠르게 돌파할 때였다.

"마법이다!"

선두에 선 기사의 고함과 함께 검은 빛줄기가 황궁 기사들이 만든 마력 결계를 두드렸다.

"멈추지 마라!"

"뚫고 가!"

기사들의 고함과 함께 잠시 멈칫했던 병력이 다시금 달리기 시작했다.

그러자 이번엔 사방에서 마법들이 날아들기 시작했다.

검은 화염부터 하늘에서 떨어지는 뇌전까지.

어떻게든 잠시라도 멈추게 하겠다는 의지가 느껴질 정도로 다양한 마법들이 기사들의 돌진을 막으려 했다.

중앙 지역에서 있었던 습격 사건은 장난이었다는 듯, 엄청난 양의 마법들이 마력 결계를 두드리자 견고한 황궁 기사들의 결계에도 균열이 가기 시작했다.

그럼에도 불구하고 멈추지 않고 돌파하려는 황태자군의 앞에 한 검은 로브의 인영이 나타났다.

동시에 알 수 없는 음성이 들려오더니 기사들의 앞에 거대한 뼈들이 솟아나 벽을 이루었다.

쿠우웅!

거대한 크기를 자랑하는 것치고는 기사단이 자랑하는 돌진 한 번에 박살 나기는 했지만 잠시나마 돌진을 멈춘 것만으로도 효용을 다한 것이라 할 수 있었다.

황태자군이 잠시 멈칫하는 순간, 기다리고 있었다는 듯 저 멀리서 엄청난 양의 마력이 뭉치더니 빛줄기가 되어 황태자가 탄 마차로 날아들었다.

"마력포다!"

기사의 외침과 함께 황궁 기사가 만든 결계를 직격으로 때리는 마력포의 빛줄기.

흑마법사들이 카리엘을 잡기 위해 만든 한 수에 황궁 기사들의 마력 결계가 깨져 나갔다.

"전하를 보호해라!"

황궁 기사의 외침을 시작으로 사방에서 검은 로브를 쓴 자들이 모습을 드러냈다.

마치 방금 전까진 장난이었다는 듯, 엄청난 숫자의 흑마법사들이 카리엘을 죽이기 위해 마법을 발현했다.

그리고 바로 그때, 카리엘을 지키기 위해 북부에서 온 까마귀들이 움직였다.

숲속에서 모습을 드러낸 까마귀들은 모습을 드러낸 흑마법사들의 뒤를 쳤다.

"까마귀들이다! 대응해라!"

까마귀들이 나타날 줄 알았다는 듯, 흑마법사들이 일제히 마법을 발현했다.

몸에 두르고 있는 마도구를 통해 방어 마법을 시전해 까마귀들의 기습을 막아 냈다.

비록 기습은 실패로 돌아갔지만, 까마귀들의 작전이 실패한 건 아니었다.

그들이 기습한 주목적은 기사단이 전열을 재정비하게끔 시간을 버는 것이었기 때문이다.

"흑마법사가 시간을 끄는 것 같다. 빠르게 뚫어야 해! 전열을 정비해라!"

중앙 기사단을 이끄는 선임 기사를 중심으로 기사들이 뭉치기 시작했다.

"돌진 준비!"

까마귀들이 시간을 버는 동안 전열을 정비한 중앙군의 기사들이 일제히 돌진을 준비했다.

중앙에 서서 가로막고 있는 흑마법사를 뚫고 가기 위해 기사들이 돌진을 시작하자 또다시 먼 거리에서 마력포가 빛을 뿜기 시작했다.

그러자 그 모습을 지켜보던 카리엘이 황급히 황궁 기사들에게 명령을 내렸다.

"황궁 기사들은 중앙군 기사들을 도와라!"

"하오나 전하!"

"빠져나가려면 적을 뚫어야 해!"

카리엘의 명령에 황궁 기사들이 황급히 마력을 끌어 올렸다.

불완전하지만 돌진하는 중앙군 기사들의 주변에 마력 결계를 둘러 주는 순간, 중앙군 기사단의 돌격이 시작되었다.

쐐기 형태의 마력 파장이 흑마법사들의 마법들을 박살 내며 돌진했다.

그런 그들을 향해 마력포의 거대한 빛줄기가 날아들었으나 황궁 기사의 마력 결계가 기사들을 향하는 빛을 막아 주었다.

하지만 완벽하게 구축되지 않은 마력 결계는 마력포의 빛줄기를 제대로 버텨 내지 못하고 깨져 나갔다.

"쿨럭!"

황궁 기사 중 몇몇이 피를 토하면서 한쪽 무릎을 꿇었다.

무리하게 마력을 끌어 올려 만든 결계가 깨지면서 내상을 입은 것이다.

그런 황궁 기사들의 희생을 뒤로하고 중앙군 기사단이 빠르게 앞을 가로막은 흑마법사를 향해 돌진했다.

"뚫어라!"

황궁 기사들이 내상을 감수하고 시간을 벌어 준 기회를 헛되이 날릴 수는 없는 법.

중앙군 기사단이 사력을 다해 전방에 있는 흑마법사들의

마법을 모조리 파훼하고 선두에선 선임 기사의 검이 앞을 가로막은 흑마법사에 닿으려는 순간, 흑마법사의 주위로 검은 안개가 생겨나더니 엄청난 숫자의 뼈의 칼날들이 솟아올랐다.

"고유 마법이다!"

선임 기사가 그렇게 외치는 순간 엄청난 숫자의 언데드들이 어둠 속에서 튀어나오는 것과 동시에 뼈로 이루어진 공간이 만들어져 기사단을 압박했다.

마도사의 반열에 들어가기 바로 직전 단계에 있는 자들만이 사용할 수 있는 고유 마법.

그것이 흑마법사의 손에서 발현된 것이다.

"데스 나이트다! 저들을 먼저 막아라!"

장로급 흑마법사의 고유 마법을 시작으로 언데드 군단의 핵심이라 불리는 죽음의 기사단이 모습을 드러냈다.

그러자 흑마법사들을 견제하던 까마귀들을 데스 나이트 쪽으로 몸을 돌렸다.

"전하를 지켜야 한다! 전원 수비 대형으로!"

이미 멈춰 버린 이상 돌진 대형은 필요가 없었다.

정예병력답게 명령이 내려지는 그 순간, 방패병들이 앞으로 나서면서 수비 대형을 구축했다.

동시에 몇몇 기사들이 사이사이 자리하면서 흑마법사들을 견제했다.

이대로라면 균형을 유지한 채 기사단이 장로급 흑마법사를 뚫길 기다리면 되었다.

하지만 흑마법사들이 준비한 건 이걸로 끝이 아니었다.

"다크 나이트다!"

흑마력으로 강화된 기사들.

악마들과 계약한 대가로 흑마력을 주입받아 기사가 된 이들.

다크 나이트라 불리는 어둠의 기사단이 흑마법사를 견제하느라 정신없는 틈을 타서 빠르게 카리엘의 마차를 노렸다.

그러자 황궁 기사들이 나섰지만 내상을 입은 터라, 많은 숫자들의 다크 나이트를 감당하기엔 무리가 있었다.

"움직여라."

마지막까지 마차 주변에 대기하고 있던 타리온이 명을 내리자 황태자의 시종들이 움직였다.

은퇴했던 그림자들이 오랜만에 제대로 실력 발휘를 하기 위해 각자의 무기를 들고 다크 나이트를 향해 달려들었다.

"고유 마법이라……. 장로급인가? 뼈 마법 계열은 처음 보는데…….."

카리엘이 마차 안에서 중얼거리면서 고유 마법을 발현하고 있는 장로급 흑마법사를 바라보았다.

기억 속에 없는 걸 보면 인마 전쟁까지 살아남은 핵심 인물은 아닌 듯싶었다.

하지만 그걸 감안해도 생각보다 월척이 걸려들었다.

전생에서도 장로급은 인마 전쟁이 시작할 때까지 모습을 잘 드러내지 않았다.

그런데 자신을 잡기 위해 이렇게 빨리 모습을 드러냈다는 것은 지금 돌아가는 상황이 다급하다는 것을 의미했다.

비록 1장로나 2장로 같은 핵심 인물은 아니라고 하더라도 장로는 장로였다.

전생의 경험상 장로급이 나타났다면 이 정도로 끝날 리가 없었다.

'이게 끝은 아닐 테지. 얼른 꺼내라.'

속으로 그렇게 생각한 카리엘이 돌아가는 상황을 창문으로 세밀하게 살폈다.

흑마법사가 숨긴 패를 전부 드러내는 순간 타리온이 직접 움직일 것이다.

아무리 장로라고 하더라도 기사단을 상대하느라 힘 빠진 상황에서 타리온을 상대할 수는 없었다.

-둘 중 뭐부터 드러낼 거냐?

'상황을 봐야지.'

수르트의 말에 카리엘이 그렇게 마음속으로 말하고는 마차 밖을 주시했다.

치열한 격전 속에서 눈치를 보던 카리엘과 흑마법사.

먼저 움직인 쪽은 흑마법사였다.

"……그걸 시작해라."

장로의 말에 흑마법사들이 망설임 없이 무언가를 입에 털어 넣었다.

그러자 흑마법사들의 마력이 폭주하면서 상공에 거대한 마법진이 만들어지기 시작했다.

"모든 것은 대계를 위하여!"

"대계를 위하여!"

모두가 대계를 위하여 폭주하는 흑마력과 함께 산화하는 흑마법사들.

그것을 보는 카리엘의 미간이 찌푸려졌다.

아무리 봐도 미치광이 집단으로밖에 보이지 않는 또라이 짓이었다.

"악마 소환이다!"

"막아!"

지휘관들이 악을 쓰면서 스스로를 제물 삼아 악마를 소환하는 흑마법사들을 막으려 했다.

하지만 동시다발적으로 희생하는 흑마법사들을 전부 막을 수는 없었다.

"숨긴 패가 고작 저거였나?"

카리엘이 그렇게 중얼거리면서 창문을 열었다.

"타리온, 장로를 잡아."

"전하."

타리온은 고개를 저었지만 카리엘이 힐끔 뒤를 보자 결국 고개를 숙였다.

"마차 안에만 계셔야 하옵니다."

타리온의 당부에 카리엘이 고개를 끄덕이자 그제야 움직였다.

마법사에게 고유 마법이 있다면 무인에겐 고유 기술이 있다.

특성을 개화하는 것을 넘어 그 특성으로 고유한 기술을 만들어 낸 자들.

제국에도 몇 없는 6단계 무인이 장로급 흑마법사를 잡기 위해 나섰다.

캉!

"감이 좋군."

다급하게 뼈 방패를 만들어 치명상을 피한 장로가 타리온의 말에 이를 갈며 말했다.

"……황태자의 개인가?"

장로의 말에 타리온은 자신의 주변에 가득 찬 뼈로 만들어진 창을 보면서 심드렁한 표정을 지었다.

"고유 영역이라……. 귀찮군."

준비된 마법사는 한 단계 위의 존재도 상대할 수 있다고 말할 정도로 까다로웠다.

고유 마법으로 자신의 영역을 만들어 낸 장로는 타리온조차 까다롭다고 생각할 만큼 강했다.

하지만 기사단에 마력을 너무 많이 소비한 것이 장로의 발목을 잡았다.

"제압하려면 팔 한 짝 정도는 날려야겠어."

타리온이 그렇게 중얼거리면서 움직였다.

평소 카리엘의 옆에서 멍청한 표정으로 웃거나 어벙한 짓을 하던 것과 다르게 전투에 돌입한 타리온은 누구보다 매서웠다.

카가가각!

"크으……."

눈에 보이지도 않는 검속에 할 수 있는 것은 뼈 방패로 막으며 가까스로 버티는 것뿐인 장로.

뼈 마법으로 대응하려 했지만 타리온의 이동속도는 마도사에 근접한 장로도 따라갈 수 없는 속도였다.

그나마 마법사의 영역 안에서의 싸움이라 버티는 것이지, 그것이 아니었다면 벌써 장로의 목은 떨어졌을 것이다.

"얕았나?"

장로의 마법을 뚫고 팔을 베어 낸 타리온이 아쉽다는 듯 혀를 찼다.

그러자 장로가 조금씩 한쪽 팔을 부여잡으면서 시간을 벌기 위해 타리온에게 말을 걸었다.

"친위대를 믿고 나를 잡으러 왔는가?"

"대화는 팔부터 날리고 하지."

웃음기를 머금은 장로에게 그렇게 말한 타리온은 다시금 움직이려 했다.

그러자 장로가 비웃듯 말했다.

"그대가 여기로 온 것은 크나큰 실책이다. 그로 인해 황태자는 목숨을 잃을 것이니……."

"고작 저것 때문이라면 별문제 없을 것 같군."

장로의 말에 타리온이 코웃음 치면서 말했다.

흑마법사들의 희생으로 소환된 악마들.

하지만 그들은 카리엘의 마차에 닿지 못했다. 전력을 드러낸 친위대에 의해 가로막혔기 때문이다.

전원 5단계에 이른 황태자의 친위대가 가진 힘은 흑마법사들도 익히 알고 있었다.

바로 그때 지축이 울리는 소리가 들려왔다.

그 소리를 들은 장로의 입가에 진한 미소가 걸렸다.

"우리가 준비한 게 과연 이걸로 끝일까?"

장로가 빙그레 웃으며 말하는 순간, 까마귀 하나가 다급히 외쳤다.

"몬스터들이다!"

"……뭐?"

까마귀의 외침에 타리온이 눈을 커다랗게 떴다.

"이게 무슨……."

타리온의 반응을 본 장로가 비웃듯 웃음을 터뜨렸다.

"서부군에 우리가 심어 둔 첩자 하나 없을 것 같았나?"

"뭐?"

순간 이해하지 못했던 타리온이 이를 악물었다.

"이런 미친 새끼들……."

흑마법사와 손잡은 군부를 생각하며 타리온이 주체할 수
없을 정도로 강한 살기를 뿜어냈다.

하지만 그럴수록 장로는 더욱더 큰 웃음을 터뜨렸다.

"네놈……."

"그러게 말했잖나, 후회할 거라고."

자신의 선택을 비웃으며 마법을 사용하는 장로를 보면서
타리온은 이를 악물었다.

이번엔 반대로 장로가 타리온을 가로막았다.

시간이 자신의 편이라는 것을 아는 장로는 이대로 타리온
을 붙들어 두면서 목표했던 카리엘이 죽기를 기다렸다.

﹡

그렇게 타리온이 장로에게 붙들려 있는 동안 어느새 카리
엘의 주변으로는 언데드들이 몰려들고 있었고, 정면으로는
엄청난 숫자의 몬스터들이 달려오고 있었다.

그런 상황에서 악마를 소환하는 마법진에서 거대한 무언

가가 튀어나오고 있었다.

그것을 가만히 지켜보던 카리엘에게 한 남자가 다가와 말했다.

"이제 나서야 될 것 같습니다."

"부탁하오."

남자의 말에 카리엘이 고개를 끄덕이며 말했다.

그 순간, 주변에 접근하던 다크 나이트들이 그대로 쪼개져 버렸다.

갑자기 일어난 일에 상황을 목격한 다크 나이트들이 고개를 갸웃거렸다.

순간적으로 대체 무슨 일이 일어난 것인지 이해할 수 없었던 것이다.

하지만 그들의 의문은 곧이어 경악으로 바뀌었다.

"마……스터라고?"

흑마법사들이 스스로의 목숨을 희생해서 소환한 거대한 악마.

소처럼 두 개의 뿔을 가진 거대한 악마의 돌진을 막아선 거대한 검을 보면서 다크 나이트들의 붉은 눈에 두려움이 서리기 시작했다.

멀리서 여유롭게 거대 악마의 돌진을 지켜보던 장로 역시 경악했다.

"마스터라고! 북부의 마스터가 아니라면…… 황궁 기사단장?"

장로의 말에 타리온이 빙그레 웃었다.

"이런 미친! 황제를 지켜야 할 자가 왜 여기에!"

제국을 떠받치는 세 개의 기둥 중 하나인 황궁 기사단장 아켈리오 제스테리언.

그가 이곳에 모습을 드러낸 것이다.

장로는 황제를 지켜야 할 황궁 기사단장이 어째서 이곳에 있는지 이해할 수 없다는 표정을 지었으나 언제까지 경악하고 있을 수는 없었다.

타리온이 전심전력으로 그의 목을 노리고 검을 휘둘렀기 때문이다.

그의 고유 기술인 어둠 속으로 사라지는 듯 모습을 감춘 뒤 사각으로 베어 들어오는 공격에 장로는 두 겹 세 겹으로 뼈 방패를 두르며 방어해야 했다.

그렇게 장로를 타리온이 묶어 두는 동안 황궁 기사단장이 외쳤다.

"나 아켈리오 제스테리언의 이름으로 명한다! 지금 당장 전하의 마차를 중심으로 모여라!"

마스터의 명령에 흩어져서 싸우던 모든 병력이 일제히 카리엘의 마차를 향해 모여들기 시작했다.

중앙군 기사단과 병력, 숲에서 싸우던 까마귀들, 다크 나이트를 밀어내던 그림자들, 악마들을 몰아내던 친위대까지 모두 모이자 아켈리오가 거대한 검을 만들어 냈다.

"길을 뚫겠다. 모두 전하를 지켜라."

"예!"

아켈리오의 말에 모든 병력이 일제히 대답했다.

그러자 작게 고개를 끄덕인 아켈리오가 자신의 거대한 검을 휘둘렀다.

"고위 악마를 일격에……."

살아남은 몇몇 흑마법사들이 아켈리오가 일격에 거대한 악마를 두 쪽 내는 것을 보고 다리를 휘청이며 주저앉았다.

압도적인 마스터의 위용과 함께 절망적이었던 전황은 급격하게 변해 갔다.

정면에서 몰려드는 몬스터들이 눈이 벌게져 달려들었으나 아켈리오는 숨 쉬듯 가벼운 움직임으로 몬스터들을 베어 내며 전진하기 시작했다.

　　　　　　　　＊＊＊

일인 군단이라는 별명을 갖고 있는 자들.

그들이 바로 마스터라 불리는 자들이었다.

그리고 오늘, 황태자 병력은 그 말이 맞았음을 확인할 수 있었다.

"괴물이군."

마스터라는 괴물이 보이는 힘을 다시 한번 목격한 카리엘은 피식 웃었다.

전생에 그랜드 마스터의 위용을 직접 보았던 카리엘이지만 오랜만에 느껴 보는 압도적인 힘에 감탄사가 절로 나왔다.

홀로 무쌍을 찍는 마스터를 보며 새삼 전생에 아켈리오를 잃은 것이 제국에 얼마나 큰 손해였는지 알 수 있었다.

전생엔 데이비어와 아켈리오가 양패구상을 했기에 적들에게만 좋은 꼴을 만들어 주었다.

그 때문에 홀로 제국을 지탱하던 북부의 마스터마저 적들 손에 잃었다.

글렌이 각성해서 홀로 무쌍을 찍으며 적들을 쓸어 버렸기에 망정이지, 그러지 않았다면 진즉 제국은 멸망했을 것이다.

'이번 생에서마저 그럴 수는 없지.'

모든 마스터들이 온전한 상황에서 암중에 숨어 있는 흑마법사들을 들춰냈다.

전생엔 서로 적대하며 검을 겨눴던 데이비어와 아켈리오가 같은 편이 되어 서부에 숨어 있는 적들을 박살 내고 있었다.

지금 이 순간이 적들을 섬멸할 적기였다.

"이대로 뚫는다!"

아켈리오가 고함치면서 단신으로 치고 나가자 카리엘을 태운 마차가 기사들과 함께 빠르게 뒤따랐다.

그것을 본 흑마법사 장로가 인상을 찡그렸다.

"상황이 역전되었군."

타리온이 장로를 보면서 비웃듯 말했다.

어느새 베어 낸 팔 한쪽을 멀리 던져 버린 타리온은 검을 빙글 돌리면서 말했다.

"항복해라."

잡아 오라는 카리엘의 명을 지키기 위해 항복을 권유하자 장로의 표정이 굳어졌다.

마스터가 나온 시점에서 이 작전은 실패한 것이나 다름없었다.

바로 그때, 상공에서 만들어진 소환진이 붉게 빛나기 시작했다.

그것을 알아챈 장로가 입가에 호선을 그리며 말했다.

"끝난 것 같나?"

그러자 타리온이 여유로운 표정으로 가만히 장로를 바라보았다.

그런 타리온을 향해 장로가 마력을 끌어 올렸다.

"쓸데없는 짓을……."

타리온이 빠르게 검을 휘둘렀다.

심상치 않은 마력의 흐름에 잡아 오라는 카리엘의 명을 어길 각오로 베어 냈다.

그럼에도 불구하고 장로의 마력 흐름은 멈추지 않았다.

그러자 다급하게 장로의 심장에 검을 박아 넣는 타리온.

"……늦……었다."

피를 토하면서도 웃음을 터뜨린 장로가 '대계를 위하여!'라고 외치자 남은 흑마법사와 다크 나이트의 흑마력도 폭주하기 시작했다.

동시에 주변을 포위하던 언데드들이 잿빛 가루를 휘날리며 소멸되어 갔다.

카리엘을 습격했던 모든 자들의 희생한 힘이 허공으로 치솟자 허공에 그려진 소환진에서 검은 회오리가 생성되기 시작했다.

"소환 마법!"

타리온이 다급하게 외치며 황급히 카리엘이 있는 곳으로 복귀했다.

그러자 검은 회오리 속에서 튀어나오는 엄청난 숫자의 악마들.

그들이 인간들이 몰려 있는 곳을 향해 사나운 이빨을 들이밀며 달려들었다.

"악마들이다!"

"막아라!"

악마들의 공격에 병력이 황급히 대형을 유지하며 무기를

휘둘렀다.

모두가 지쳐 있음에도 불구하고 사력을 다해 무기를 휘두르자 카리엘이 굳은 표정으로 아켈리오를 바라보았다.

'아무리 마스터라도 몬스터와 악마 둘 다 막을 수는 없어.'

일인 군단이라 불리는 마스터지만 무적은 아니었다.

몰려오는 몬스터를 홀로 막는 것만으로도 충분히 무리하고 있는 것이기에 악마는 자신들이 처리해야 했다.

그나마 다행인 점은 소환진에 만들어진 검은 모래시계의 크기가 그리 크지 않다는 점이다.

'쏟아지는 양과 크기를 생각하면 30분 정도인가?'

짧다고 볼 수 있는 시간이지만, 이미 지칠 대로 지친 카리엘의 군대에게는 긴 시간이었다.

'버티기 힘들겠군.'

카리엘이 그렇게 생각하며 주변을 둘러보았다.

마차를 지키기 위해서 사력을 다했던 황궁 기사들은 대부분 내상을 입은 상태였고, 중앙군과 병력 역시 크고 작은 부상을 입었다.

거기다 가장 큰 문제는 모두 지쳐 있다는 점이었다.

까마귀와 그림자 들조차 지친 것이 표정에서 드러날 정도이니 말을 다 한 셈이다.

그나마 쌩쌩한 대공가의 기사단과 친위대가 앞으로 나섰지만 이들만으로는 악마들을 막기에 역부족이었다.

'그나마 사망자는 많지 않다는 점인데…….'

다행스럽게도 사망자는 많지 않았지만 너무 지쳐 있었다.

최소한의 숨을 돌릴 시간이 필요했다.

─이제 내가 나설 차례인가?

수르트의 말에 카리엘이 작게 고개를 끄덕였다.

큰 거 한 방이란 게 정확히 뭔지는 알 수 없지만 병력이 잠깐이라도 숨을 돌릴 시간을 벌 수 있다면 그걸로 족했다.

"전하!"

"위험하옵니다!"

마차 문을 열고 내리는 카리엘을, 같이 타고 있던 감찰관들이 황급히 만류하려 했다.

하지만 카리엘은 그런 그들의 만류를 뿌리치고 마차에서 내려 앞으로 걸어 나갔다.

"전하, 위험하옵니다!"

근방에서 악마들을 죽여 나가던 타리온이 카리엘을 보며 외쳤다.

그런 그에게 카리엘이 물었다.

"1분이라도 쉴 수 있다면 의미가 있을까?"

일부러 모두가 들을 수 있도록 말하며 주변을 둘러보자 황궁 기사들과 타리온이 하늘에서 날아드는 악마와 싸우면서도 고개를 끄덕였다.

숨 좀 돌릴 시간이 있다면 회복 포션을 마시면서 컨디션을 회복할 수 있다.

일반 병력은 몰라도 기사급 이상이라면 충분히 도움이 되는 일이었다.

모두의 확인을 받은 카리엘이 옆에 떠 있는 수르트에게 말했다.

"보여 줘."

-그래.

카리엘의 말에 수르트가 빙그레 웃으면서 말했다.

-위험하니까 앞에 있는 놈들 물러나라고 해.

수르트의 말에 카리엘이 앞에서 막고 있는 기사단에게 뒤로 물러나라고 명령했다.

그러자 의문에 찬 표정을 지으면서도 이번에도 카리엘이 숨겨 둔 한 수가 있으리라 판단하며 뒤로 물러났다.

바로 그 순간 수르트가 말했다.

-버텨라.

수르트의 경고와 함께 카리엘의 몸에서 화기가 솟구치기 시작했다.

그 순간 화염으로 이루어진 팔이 앞으로 뻗어 나가면서 몰려오는 악마들을 태워 버렸다.

허공에서 만들어진 화염 덩어리에서 뻗어 나온 불로 이루어진 팔이 빗자루 쓸듯 쓸어 버리자 불에 닿은 모든 악마들이 재가 되어 흩어졌다.

그러자 작은 악마들론 안 되겠는지 검은 회오리를 뚫고 처음에 모습을 보였던 거대한 악마들이 튀어나왔다.

그 순간 기다렸다는 듯, 또 하나의 팔이 튀어나오면서 양손으로 거대한 악마들을 막아 냈다.

거대한 두 개의 팔에 가로막혀 전진하지 못하는 거대한 악마들.

그 악마들 역시 신체 일부가 녹아내리기 시작하면서 완벽하게 소멸되어 버렸다.

고작 1분.

하지만 마치 마스터처럼 압도적인 위용을 보인 거대한 두 개의 팔은 몰려드는 악마들을 모조리 불태웠다.

마치 이 뒤로 가는 것은 조금도 허용하지 않겠다는 듯 단단하게 막고 있는 거대한 두 팔.

그것을 보며 기사들은 황급히 회복을 위해 마력을 운용하고 포션을 마셨다.

카리엘이 벌어 준 소중한 시간을 헛되이 보낼 수는 없었기 때문이다.

아주 잠깐이지만 숨을 가다듬고 내상을 치유할 시간을 번 기사들은 다시금 전열을 가다듬었다.

"큽!"

귀중한 휴식 시간을 준 카리엘은 몸 안을 활개 치는 화기를 더 이상 견디지 못하고 주저앉았다.

그러자 악마들을 불태웠던 두 개의 팔과 화염 덩어리도 동시에 사라져 버렸다.

－수고했다.

카리엘의 귓가에 수르트의 음성이 흘러가듯 들려왔고, 그와 동시에 온몸이 뜨겁게 달아올랐다.

"전하!"

"호……들갑 떨……지…… 마."

타리온의 품에 안긴 카리엘이 숨을 헐떡이면서 말했다.

"가서 막……아."

카리엘의 말에 타리온은 고개를 한 번 숙이고는 황급히 마차로 데려갔다.

"전하를 부탁하오."

타리온의 말에 마차 안에 있던 자들이 고개를 끄덕이고는 황급히 포션을 꺼내 카리엘의 입안에 부어 주었다.

그것을 확인한 타리온은 검을 쥐고선 몰려드는 악마들을 향해 달려들었다.

미친 듯이 몰려들던 악마들을 한순간에 태워 버렸기 때문일까?

처음보다는 많지 않은 숫자의 악마들이 검은 회오리를 통해 나타났고, 아주 잠깐의 휴식을 취한 기사들은 굳건히 악마들의 공세를 막아 낼 수 있었다.

그런데 신기하게도 악마들을 막아서는 데 선두에 선 것은 분노에 찬 타리온도, 친위대도 아니었다.

"천재군."

타리온이 선두에서 악마들을 찢어발기는 글렌을 바라보았다.

가장 어린 대공가의 소가주.

그가 검을 휘두르며 악마들을 찢어발기고 있었다.

목숨을 건 실전 때문일까?

아니면 처음 겪는 대규모 전투여서 그런 것일까?

무엇이 되었든, 글렌은 전투 중에도 성장하면서 초대 대공의 무서를 통해 적립한 검술의 정수를 보여 주고 있었다.

"모두 전하의 희생을 헛되이 하지 마라!"

타리온의 외침에 기사들을 비롯한 병력이 무기를 꽉 쥐고 몰려오는 악마들을 맞이했다.

사력을 다해 막은 덕분일까?

검은 회오리가 점차 약해지면서 소환진에서 나오는 악마들의 숫자가 줄어들었다.

악마들의 숫자가 줄어들수록 수월하게 막아 냈고, 마침내 검은 모래시계가 사라지며 소환진 역시 소멸되어 버렸다.

"전하!"

"전……투는?"

카리엘이 숨을 헐떡이면서 묻자 타리온이 다급히 말했다.

"전투는 끝났습니다. 그보다 몸은……."

"버틸 만해."

카리엘은 그렇게 말했지만 타리온은 믿지 않고 친위대를 불렀다.

브리온이 황급히 마차 안으로 들어가 카리엘의 몸을 살폈다.

"화기만 가라앉히면 될 것 같습니다."

브리온의 말에 아르슈나가 안으로 들어가 화기를 가라앉힐 수 있도록 도왔다.

그렇게 친위대가 카리엘의 몸을 살피는 동안 홀로 몬스터를 막아 냈던 아켈리오가 겁에 질려 물러나는 몬스터들을 쫓지 않고 카리엘이 있는 마차로 달려왔다.

"전하께선 괜찮으시오?"

아켈리오의 물음에 타리온은 고개를 저었다.

"심각하오?"

"잘 모르겠습니다."

타리온의 대답에 아켈리오가 한숨을 쉬며 마차를 바라보았다.

모두가 걱정 어린 표정으로 마차를 초조하게 바라볼 때, 브리온이 밖으로 나와서 아켈리오와 타리온을 불렀다.

"전하, 몸은 괜찮으시옵니까?"

"……버틸 만해. 그보다 지금 당장 서북부 방어선으로 움직여."

"그 몸으론 위험하시옵니다."

타리온의 말에 카리엘이 그의 눈을 응시하며 바라보았다.

"서북부에 반역자들이 있다."

카리엘의 말에 타리온의 입이 다물렸다.

"그것이 아니고선 몬스터들이 여기에 나타난 게 설명이 안 돼."

"……."

카리엘의 말에 입을 다물고 침묵하는 타리온.

"출발해."

"전하께서 가시지 않아도……."

"내가 가야 수월하게 풀린다. 폐하께 전권을 받은 내가 직접 반역자들을 처리해야 잡음이 없어."

카리엘이 그렇게 말하며 아켈리오를 바라보았다.

"방어선의 방어를 부탁드리오."

"맡겨 주십시오."

아켈리오의 대답에 카리엘이 그제야 마음이 놓인다는 듯 웃으면서 타리온을 바라보았다.

"……믿는다."

그 말을 끝으로 결국 정신을 잃은 카리엘.

타리온이 황급히 브리온을 바라보자 그가 걱정하지 말라는 듯 말했다.

"기절하셨을 뿐입니다."

"후……."

다행이라는 듯 안도의 한숨을 내쉬는 타리온.

그런 그를 향해 아켈리오가 말했다.

"전하의 뜻에 따라야 하지 않겠소?"

아켈리오의 말에 잠시 카리엘을 바라보던 타리온은 어쩔 수 없다는 듯 말했다.

"전하의 명을 어찌 거역하겠습니까?"

타리온이 자조 섞인 미소로 말하자 아켈리오가 타리온의 어깨를 두드려 주고는 서북부의 방어선을 향해 움직일 준비를 하라고 명했다.

모두가 크고 작은 부상을 입었으며, 가장 중요한 카리엘이 큰 부상을 입고 말았다.

황태자군 모두가 카리엘의 희생을 바로 뒤에서 지켜보았다.

그렇기에 사태를 여기까지 오게 만든 배신자들에 대한 분노가 머리끝까지 차올랐다.

"배신자들을 처단하러 가자."

아켈리오의 말에 모두가 고개를 숙이며 서북부 방어선을 향해 행군을 시작했다.

배신자를 처단하라!

방어선을 구축해야 함에도 불구하고 일부러 몬스터들에게 길을 터 준 군부.

물론 서북부의 모든 군부가 해당되는 것은 아니었다.

만약 그랬다면 서북부의 군대 전체가 카리엘을 죽이는 데에 동원되었어야 했다.

즉, 배신자는 군부 중 일부였고, 카리엘이 움직이는 길목에 있던 배신자가 방어선을 연 것이다.

-아직 그들에게선 연락이 없소?

-그렇소.

-아직은 없는 듯싶소.

제국을 배신한 자들이 초조한 표정으로 흑마법사들에게서 연락이 오기만을 기다렸다.

　하지만 약속 시간이 지났음에도 불구하고 그들에게서 연락은 오지 않았다.

　-지금까지도 연락이 없다면…….

　-이젠 실패할 것을 염두에 둬야 할 것 같소.

　-후, 각자 살길을 찾아야겠군.

　결국 실패를 걱정해야 하는 상황이 다가오자 모두의 입에서 한숨이 흘러나왔다.

　흑마법사가 실패한 것을 대비해서 각자 살길을 터놓았기에 지금부터는 사력을 다해 황태자를 맞이할 준비를 해야 했다.

　각자 흩어져 살길을 도모해야 했다.

　애초부터 이 모임은 흑마법사에 의해 급조된 빈약하기 그지없는 것에 불과했으니 도와줄 의리 따윈 없었다.

　-모두 살아서 봅시다.

　그 말을 끝으로 배신자들이 검은 수정구에서 하나둘 모습을 감췄다.

흑마법사가 비밀리에 건네준 연락용 수정구에서 모두의 모습이 사라지자 가만히 수정구를 보고 있던 남자는 한숨을 쉬며 자리에서 일어났다.

황태자가 살아 돌아올 가능성이 높은 이상 스스로 살길을 찾아야 했지만 남자는 그럴 생각조차 할 수 없었다.

"……나만 죽겠군."

실질적으로 몬스터에게 길을 열어 준 이는 마지막까지 남은 남자 하나였기에 자신만 독박 쓰고 죽을 가능성이 높았다.

마지막까지 흑마법사가 성공하기를 희망했지만 스스로가 생각하기에도 그럴 가능성은 크지 않아 보였다.

"무조건 죽을 것이라 생각했건만……."

자신을 포함해 배신자들이 흑마법사와 손잡은 이유가 뭐였던가?

그들이 준비한 것이 그만큼 치밀했고, 성공했을 시에 얻을 수 있는 보상이 컸기 때문이다.

처음엔 쥐꼬리만큼 남아 있던 제국에 대한 충성심 때문에 거절했지만 달콤한 말로 속삭이는 그들에게 결국 넘어가 버렸고, 여기까지 와 버렸다.

'그래도 살길을 찾아봐야지.'

죽을 가능성이 높았지만 바늘구멍만큼 작은 살길이라도 찾기 위해 방도를 물색하기 시작했다.

살아야 다음 기회도 있기 때문이다.

그렇게 생각하며 비밀 거점에서 나와 몰래 자신의 방으로 돌아온 남자는 옷을 갈아입었다.

바로 그때, 자신의 문을 두드리는 소리가 들렸다.

"누구냐!"

"급보입니다."

부하의 다급한 목소리에 방금 일어난 것처럼 연기하며 문을 열었다.

"몬스터의 습격이냐?"

"아닙니다."

"그럼?"

"황태자 전하께서 흑마법사에게 습격받았다 하옵니다."

부하의 보고에 놀란 표정으로 황급히 지휘부로 향했다.

'결국 실패했군.'

흑마법사들이 실패했음에 미간을 찌푸렸다.

그래도 아직 기회가 없는 것은 아니었다.

이번 위기만 넘기면 황태자를 죽이고 다시금 기존의 계획을 진행시킬 방법이 있었기 때문이다.

'이번만 넘기면 살 수 있다.'

살 수 있다고 속으로 되뇌면서 지휘부로 향했다.

"왔나?"

중앙에 앉은 한 어린 청년.

그리고 그 옆에는 방어선을 총지휘하고 있는 군단장이 옆에 서 있었다.

그 모습을 보자마자 앉아 있는 자가 누군지 단번에 짐작할 수 있었다.

"전하를 뵙습니다!"

황급히 무릎을 꿇으며 고개를 숙인 남자에게 카리엘이 빙그레 웃으며 말했다.

"늦었군."

"소, 송구하옵니다."

카리엘의 말에 고개를 숙인 남자가 식은땀을 흘리며 답했다.

그런 그에게 군단장이 싸늘한 음성으로 말했다.

"자네가 마지막일세."

"예?"

딱딱해도 언제나 자신에겐 따뜻한 말을 해 주었던 군단장이 냉기가 철철 넘치는 음성으로 말하자 남자는 침을 꿀꺽 삼켰다.

직감적으로 뭔가 잘못되었음을 느낀 순간 황태자 카리엘이 입을 열었다.

"어딜 그렇게 갔다 왔지? 매우 바빠 보이던데?"

"그, 그건……."

"내가 죽었다는 소식을 듣기 위함이었나?"

빙그레 웃으면서 말하는 카리엘을 보면서 남자는 이 자리가 사지라는 것을 단번에 깨달았다.

'끝났군.'

눈을 질끈 감으며 그렇게 생각한 남자에게 군단장이 말했다.

"메르헨 부대장."

"……예."

"능력이 있음에도 진급에서 밀려났던 그대를 안타까워했다. 그래도 이건 아니지 않나?"

군단장의 말에 메르헨 부대장이 고개를 숙였다.

아카데미를 상위권으로 수료하고 나름 엘리트 코스를 밟았음에도 불구하고 결국 인맥에 밀려 부대장에서 더 올라가지 못한 남자.

그가 바로 메르헨이었다.

이 자리도 다른 장교들과 다르게 밑바닥에서 겨우 기어 올라온 것이었다.

"제국을 배신하다니……."

"……송구합니다."

메르헨을 향해 고함치는 군단장을 제지한 카리엘.

얼굴을 제대로 들지 못한 채 고개를 숙인 메르헨을 보며 카리엘이 자리에서 일어났다.

"내가 수도에서 겪어 본 바에 의하면 제국을 배신한 쓰레기들이 상당히 많더군."

카리엘의 말에 메르헨의 표정이 굳어졌다.

"억울하지 않나?"

"······."

"그대만 독박 쓰고 죽기는 억울할 것 같은데······."

카리엘의 말에 메르헨의 표정이 떨리기 시작했다.

사실 지금도 마음 한구석에는 그런 생각이 들고 있었다.

마치 독심술이라도 쓰는 것같이 정확히 메르헨의 속마음을 대신 말해 주는 카리엘.

그럼에도 불구하고 메르헨의 입은 쉽게 열리지 않았다.

제국을 배신한 것도 모자라서 카리엘을 죽이려 했다는 사실은 어떤 일이 있어도 죽을 수밖에 없다는 뜻이었다.

거기다 다른 배신자들과 달리 자신은 가족도 없었다.

그렇기에 잠시 고민했던 메르헨이지만 다시금 입술을 깨물며 카리엘의 달콤한 유혹을 이겨 냈다.

'······가족도 없는 홀몸이다. 나 혼자 죽는 게 맞아. 후회는 없다.'

메르헨이 이렇게 생각할 때, 카리엘이 말했다.

"귀족의 숨겨진 사생아 출신이라 능력이 있어도 출셋길에는 한계가 있었지. 그런 현실에 괴로워하며 가족조차 만들지 않았어."

"······."

"자식을 너처럼 고생시키지 않기 위해서 결혼조차 하지 않은 것이지."

카리엘의 말에 메르헨의 눈이 떨리기 시작했다.

중년이 다 되었음에도 결혼조차 하지 않고 버틴 정확한 이유를 카리엘의 입에서 듣자 단단했던 결심에 다시금 균열이 가기 시작했다.

"그래, 후회는 없을 거다. 너 혼자 죽으면 그만이라고 생각할 테니까. 그런데 말이야……."

카리엘이 말끝을 흐리면서 손을 들어 고개를 숙인 메르헨의 머리를 들어 올렸다.

눈을 마주하면서 카리엘이 말했다.

"너를 이렇게 만든 이들에게 복수하고 싶지는 않나?"

카리엘의 물음에 메르헨의 눈이 사정없이 떨리기 시작했다.

"알아보니 너의 본가는 상당히 쓰레기더군. 너와 같은 사생아도 많고, 그들을 이용해 권력을 유지하는 것도……. 무엇보다 더 역겨운 것은 온갖 더러운 짓을 하면서도 직계가 저지른 범죄를 전부 사생아들에게 떠넘겨 왔다는 것."

"……."

"너도 그것을 알기에 일찍부터 연을 끊고 혼자 힘으로 지내 왔겠지. 하지만 사생아라도 혈연은 쉽게 끊을 수 있는 게 아니었고, 결국 그들에게 알게 모르게 이용당하고 출셋길이

제한됐지."

카리엘은 메르헨에게 다시 물었다.

"복수하고 싶지 않나?"

"……가능하옵니까?"

"네 목숨을 살려 주는 건 어렵지. 하지만 그들을 멸문시키는 건 가능하다."

카리엘의 말에 떨렸던 메르헨의 눈이 조금씩 진정되기 시작했다.

자신이 가장 원했던 것.

그것은 흑마법사들이 속삭였던 것처럼 출세가 아니었다.

출세는 자신의 진짜 목적을 위한 무기가 되어 줄 뿐.

"정말 복수해 주실 수 있사옵니까?"

믿지 못하겠다는 듯 다시 묻는 메르헨.

그런 메르헨을 이해한다는 듯 카리엘은 고개를 끄덕였다.

그도 그럴 것이 사생아로 살며 수없이 휘둘려 왔을 그의 입장에선 지금도 자신을 이용만 하고 버릴 것이라는 의심이 남아 있는 게 당연했다.

그런 그에게 카리엘이 말했다.

"그대처럼 의심하는 재상에게 약속했다. 그대는 죽고 가문도 망하겠지만, 그대의 가족에게만큼은 살길을 열어 주겠다고. 그리고 난 실제로 그리했다."

카리엘의 말에 메르헨의 눈에 서렸던 의심이 조금씩 사라져 갔다.

"그대의 목숨을 살리는 것은 약속할 수 없다. 하지만 그대가 복수하고자 하는 가문만큼은 확실히 멸문시켜 주지."

카리엘의 말에 메르헨은 눈에 깃든 한 줌의 의심마저 사라지면서 고개를 숙였다.

"하문하십시오. 제가 아는 모든 것은 지금부터 전하의 것이옵니다."

메르헨의 말에 카리엘이 빙그레 미소를 지으며 메르헨을 일으켜 세웠다.

"배고프군. 일단 뭐라도 좀 먹으면서 천천히 이야기를 나눠 볼까?"

다정한 표정으로 운을 뗀 카리엘은 메르헨과 이야기를 나누기 시작했다.

새벽부터 시작했던 이야기는 아침을 지나 정오가 되었을 때까지 계속되었다.

가장 먼저 흑마법사에 관한 정보였다.

이 부분은 메르헨도 아는 게 많지는 않았다.

흑마법사들이 일방적으로 다가와서 손잡자고 한 것이기에 많은 부분을 아는 것은 아니었다.

그래도 쓸 만한 정보는 있었다.

"재밌군. 화산에 수작질을 부렸다라……."

카리엘이 그렇게 말하면서 메르헨의 다음 이야기를 들었

다.

두 번째는 메르헨의 가문에 관한 이야기였다.

안타깝게도 그의 본가는 벨푸르스와 직접적인 연관은 없었다.

서부에서도 악명이 높을 정도로 쓰레기 짓을 많이 하는 가문이라 벨푸르스조차 그들과 손잡는 것을 꺼렸기 때문이다.

거기다 메르헨 자체가 오래전에 연을 끊다시피 했던 터라 많은 정보를 아는 것도 아니었다.

하지만 벨푸르스를 잡는 데 도움이 될 수는 있었다.

암상인, 범죄 조직과 연관되었기에 서부의 어둠 속에 숨어든 벨푸르스의 자금줄을 추적하는 데 도움을 줄 수 있었기 때문이다.

마지막으로 배신자들에 관한 이야기였다.

"……후. 이 부분은 자네에게 사과해야겠군. 미안하다."

카리엘은 메르헨에게 살짝 고개를 숙였다.

그러자 옆에 있던 타리온과 군단장, 아켈리오가 놀란 표정을 지었다.

당사자인 메르헨 역시 당혹스러운 표정을 지었다.

"저, 전하……."

"제국을 배신하기는 했지만 이 부분만큼은 사과해야지. 이 모든 게 제국의 중앙이 썩었기에 벌어진 일이니까."

카리엘은 그렇게 말하며 메르헨을 바라보았다.

"그동안 중심을 잡지 못하고 문제를 방치한 황실의 잘못이 크다. 그로 인해 너와 같은 이들이 만들어져 이 사달이 났군."

"……."

카리엘의 사과에 메르헨의 눈에서 눈물이 떨어졌다.

"그래도 앞으로는 다를 거다. 아직 미진하지만 중앙의 썩은 부분은 상당히 도려낸 상태고, 지방 역시 천천히 바뀌어 나갈 테니까."

두 황자 중 누가 차기 황태자가 된다고 하더라도 이 부분만큼은 이뤄질 것이라 장담할 수 있었다.

이미 제국 내의 흐름이 그렇게 흘러가고 있었기 때문이다.

타국과의 전쟁을 앞두고 가장 먼저 할 일은 내실을 다지는 것이 될 테니.

마침 흑마법사라는 명분도 있으니 카리엘의 예상보다도 훨씬 빠르게 진행될 것이다.

"서부 정도는 은퇴하기 전에 내가 직접 청소해 주지."

"……저승에서나마 전하를 응원하겠습니다."

메르헨의 말에 카리엘이 그를 보며 웃으며 말했다.

"그대가 처형당하기 전에 이뤄질 것이니 죽기 전에 보고 먼 길을 떠나도록."

카리엘의 말에 메르헨이 고개를 숙였다.

"감사…… 감사합니다."

눈물을 흘리며 연신 감사 인사를 전하는 메르헨의 어깨를 두드려 준 카리엘은 자리에서 일어났다.

그리고 얼마 후, 서북부의 지휘관급 인사들에 대한 대대적인 숙청 작업이 시작되었다.

꿈

카리엘이 서북부로 올라온다고 했을 때부터 어느 정도 예견되었던 일이 펼쳐졌다.

"증거를 찾았다!"

카리엘을 따라 올라온 병력이 메르헨이 말해 준 곳을 뒤져서 증거를 확보했다.

그러자 본격적으로 범죄자들을 잡아들이기 위한 사전 작업을 시작했다.

몬스터들이 한차례 습격한 이후 쉬는 타이밍을 이용해서 대대적인 청소 작업에 들어가기 위해 주요 인물들의 저택을 포위한 것이다.

북부의 까마귀들이 포위망을 형성하고 같이 따라온 그림자들이 주요 증거들을 확보하기 위해 잠입했다.

그러는 동안 감찰부원들은 공식적인 수사를 위한 준비를 시작했다.

마침내 모든 준비가 끝나자 카리엘이 직접 움직이기 시작했다.

"우선 이놈들부터 잡아 와."

"저항할 수도 있습니다."

타리온의 말에 카리엘이 피식 웃으면서 말했다.

"중앙군을 투입해."

저항한다면 반역자로 취급하면 그만이다.

정예들로 구성된 병력을 투입해서 기존의 병력을 쫓아내고 서부로 부대를 이전하려 했던 쓰레기 부대를 포위했다.

그렇게 모든 작업이 끝나자 마침내 감찰부가 범죄자들을 하나하나 방문했다.

가장 먼저, 다른 곳으로 도망치기 위해 기존의 부대를 나락으로 떨어뜨렸던 장교들이 대거 잡혀들어 갔다.

그와 동시에 감히 황태자를 습격하는 걸 도왔던 배신자들에게도 감찰부가 방문했다.

"나, 난 아니오!"

"전하의 명이오."

"아무리 전하의 명이라 하더라도 이리 막무가내로 데려가는 건……!"

한 장교가 너무한다고 소리쳤지만 감찰부원 중 하나가 조용히 증거물을 꺼내 눈앞에 떡하니 들이대자 그의 입은 다물릴 수밖에 없었다.

"막무가내?"

중앙에서 파견된 고위 감찰관이 싸늘한 표정을 지었다.

"곱게 죽을 생각은 마시오."

"그……."

이미 죽는 건 확정이었다.

남은 것은 어떻게 죽느냐였는데, 고위 감찰관에게 찍힌 그는 곱게 죽긴 글러 버렸다.

잡혀가는 장교의 뒤를 따라가는 감찰부원은 조용히 그의 명복을 빌어 주었다.

"현재 40% 정도 잡혔습니다."

"느리군."

보고하는 타리온에게 혀를 찬 카리엘이 마음에 안 든다는 듯 미간을 찌푸렸다.

"몇몇 저항하는 이들이 있습니다만……."

"법대로 하라고 해."

카리엘이 사법권을 들먹이면서 저항하는 이들을 비웃었다.

그럴 줄 알고 차근차근 절차를 밟아 놨다.

단번에 죽이고 싶은 것을 꾹 참고 메르헨을 설득했으며, 증거를 확보하고 나서도 감찰부를 통해 절차를 밟게 했다.

다 이런 일이 일어날 것은 예상했기에 귀찮지만 하나하나 절차를 밟아 진행한 것이다.

"저항하는 놈들은 가중처벌 한다고 해라."

"이미 죽을 놈들입니다만……."

"심하게 저항하는 놈들은 저쪽으로 보내야지."

카리엘은 그렇게 말하면서 손가락으로 창밖을 가리켰다.

그곳엔 당장에라도 폭발할 것같이 요동치는 화산이 보였다.

몬스터들이 득실거리는 숲에 범죄자들을 떨궈 놓으면 어떤 일이 발생할까?

적어도 곱게 목이 베여 죽는 것보단 끔찍한 일이 발생할 것이 분명했다.

"음……."

타리온이 침음을 흘리면서 입을 닫았다.

온몸이 물어뜯기고 찢겨 나갈 것을 생각하니 절로 고개가 저어졌다.

"얌전히 자수하는 놈들은 선처한다고 해. 동시에 저항한 놈들은 저기로 보낸다고 넌지시 흘리고."

"예."

카리엘의 명령에 타리온이 고개를 숙이고 밖으로 나갔다.

─────※─────

그렇게 며칠이 지나고, 카리엘이 처음 잡고자 했던 자들은 전부 잡아들였다.

처음 말을 흘렸을 때는 아무도 자수하지 않았다.

그런데 마지막까지 저항한 놈들 중에 몇몇을 중앙군이 직접 숲 근방에 던져두고 오자 그때부터 분위기가 바뀌기 시작했다.

너도나도 허겁지겁 카리엘에게 달려와 선처를 부탁했다.

그 덕분에 손쉽게 수사를 진행하게 된 감찰부는 한시름 놓은 표정으로 수사를 확대해 나갔다.

자수한 자들을 통해 추가적인 범죄 조직과 벨푸르스, 흑마법사에 대한 연관성을 조사해 나갔다.

그로 인해 적어도 서북부 방어선에 한해서라면 배신자들은 거의 잡아들인 듯싶었다.

물론 지금의 상황이 좋기만 한 것은 아니었다.

중앙에서 황태자를 따라온 감찰부를 중심으로 전방위적인 수사가 시작되자 방어선의 분위기가 급격하게 떨어졌다.

전시에 이런 사태를 만드는 것은 지휘관으로서 반드시 지양해야 될 일이었다. 전쟁에서 사기가 떨어지면 패배할 확률이 높아지기 때문이다.

그런데 그 법칙이 적어도 지금만큼은 상관없었다.

"마스터라니……."

"미쳤군."

성벽 위에서 홀로 밖으로 나가 몬스터들을 쓸어 버리고 있는 황궁 기사단장을 바라본 병사들이 경악했다.

거대한 검이 휘둘릴 때마다 지상의 몬스터들이 쓸려 나갔고, 공중에서 날아오는 몬스터들 역시 거대한 검을 피해 가지 못했다.

홀로 가장 위험한 곳을 막아 내고 있었고, 같이 올라온 중앙군 기사단이 투입되어 방어했다.

"황궁 기사단도 투입해."

"소신들은 전하의 안위만을 생각해야 하옵니다."

"그럼 너희들이 가라."

"전하, 죽여 주시옵소서."

황궁 기사단을 보내려고 하자 기사단원들이 안 된다며 단호하게 고개를 가로저었고, 타리온과 그림자들을 보내려 하니 그들은 차라리 죽여 달라고 무릎 꿇고 있었다.

"그런고로 너희들밖에 없다. 그간 심심했지?"

"……전하."

토토가 한숨을 쉬면서 말했지만 카리엘은 빙그레 웃으면서 뒤를 보라고 눈짓했다.

돌아보니 아르슈나와 이리스가 벌써부터 몸을 풀고 있었다.

이리스는 몬스터와 전투할 생각에, 아르슈나는 화산의 영향인지 화기를 묘하게 많이 품고 있는 몬스터들과 싸워 볼 수 있다는 생각에 신난 것이다.

물론 몬스터 외과 의사인 브리온은 몬스터를 만난다는 사실만으로도 들떠서 괴상하게 생긴 무기들을 점검하고 있었다.

"저 또라이들……."

"자네가 할 말인가?"

"소신은 운동을 좋아할 뿐 정상이옵니다."

토토가 표정 하나 바꾸지 않고 말하자 근방에 있는 모든
이들이 어이없는 표정으로 그를 바라보았다.

그럼에도 불구하고 꿋꿋하게 자신은 정상이라고 주장하는
토토. 카리엘은 그런 그가 귀찮다는 듯 빨리 꺼지라고 손짓
했다.

전원 기사단장급인 친위대가 나서자 상황은 점차 안정화
되었다.

"따라와."

"예? 전하, 몸도 안 좋으신데 어디를 가시옵니까!"

타리온이 호들갑을 떨면서 황급히 뒤를 따랐다.

"너희들이 내 안전을 지키기 위해 움직이지 않는다면 내가
직접 움직일 수밖에."

"전하!"

카리엘이 직접 성벽 위로 올라갔다.

무리하게 거인의 팔을 소환한 대가로 격한 동작을 하는 것
은 아직 불편했지만, 이들을 움직이게 하기 위해선 직접 뛰
는 수밖에 없었다.

몬스터가 몰려오는 한복판에 올라가자 결국 타리온과 황

궁 기사들도 움직일 수밖에 없었다.

"잘하네."

올라오는 족족 베어 넘기는 황궁 기사들을 보면서 카리엘이 만족스러운 표정을 지었다.

"저기가 위험하네."

성벽을 걸어가면서 위험하다 싶은 곳으로 이동하자 이제는 황궁 기사들과 시종들이 먼저 움직여서 카리엘이 가는 길을 터놓았다.

가끔 가다 강해 보이는 몬스터들이 올라왔지만 타리온이 고유 기술까지 써 가며 손쉽게 죽여 버렸다.

그렇게 몇 번을 위험해 보이는 곳으로 직접 가서 처리해 주자 서북부에 소문나기 시작했다.

✻

"전하께서 위험하다 싶은 곳은 직접 행차하신다며?"

다들 소문을 들었는지 고개를 끄덕였다.

이미 몇 차례나 가장 위험한 곳을 찾아다니며 막아 준 덕분에 어느새 카리엘의 별명은 '서북부의 수호신'으로 변해 있었다.

"우리에게도 왔으면 좋겠다."

"그거 좋은 거 아니야."

한 병사가 힘들다며 칭얼대자 옆에 있던 병사가 고개를 가로저으면서 말했다.

"여기로 온다는 것은 우리가 뚫리기 직전까지 몰린다는 뜻이잖아."

"그런 곳만 가신다고? 전하신데?"

"그러니까 대단하신 거지."

황태자의 몸으로 가장 위험한 곳을 찾아다닌다.

여태껏 황족들 중에 그런 자는 없었기에 모두들 신기해하는 표정을 지었다.

그러나 표정과는 달리 그들의 눈에는 이미 황태자에 대한 존경심이 가득 들어찼다.

"그런데 전하께서 여기서의 일이 끝나면 황태자 자리에서 내려오신다는데."

"그렇다고 하더라고. 동생분들이 더 뛰어나다며 대의를 위해 물러나신다나."

"아쉽다."

한 병사가 아쉬운 표정을 짓자 모두들 고개를 끄덕였다.

"그런데 저분보다 더 뛰어나다면 얼마나 뛰어나다는 거야?"

"그러게."

"나도 궁금하네. 전하보다 뛰어나다라……. 역사에 길이 남을 성군이 탄생하시려나?"

다들 그렇게 생각하며 기대감에 하늘을 올려다보았다.

"······그래도 난 전하가 제일 좋을 것 같아."

밤하늘을 올려다보는 한 병사의 말에 다들 고개를 끄덕였다.

적어도 서북부 내에서 카리엘에 대한 충성심은 점점 절대적인 것으로 변해 가고 있었다.

***

"점점 전하를 좋아하는군요."

"그 표정 뭐냐?"

히죽거리는 타리온의 얼굴을 보고 인상을 찡그린 카리엘은 한숨을 푹 쉬었다.

자신의 안전을 이유로 반항하는 황궁 기사들과 타리온 때문에 직접 움직인 것뿐인데 소문은 점점 과대 포장 되어 갔다.

"좋은 것 아닙니까?"

"좋겠냐? 이런 식으로 소문나면 좋을 게 없어."

가뜩이나 공작들이나 황제가 카리엘을 잡아 두고 부려 먹으려고 하는 판국이다.

거기다 지금은 좀 달라졌다지만 황제의 의심병 역시 문제였다.

언제 또다시 의심병이 재발하여 발작할지 모르기 때문에 문제가 생기기 전에 깔끔하게 은퇴해야 했다.

"그래도 안정화는 많이 진행되었네."

"예, 이제 전선 전체가 안정되어 가고, 중앙에서 물자와 병력도 차차 보급되고 있습니다."

"다음 보급일에 맞춰서 토벌 준비를 해야겠어."

"너무 이르지 않겠습니까?"

타리온의 말에 카리엘이 가만히 창밖을 바라보았다.

자신도 그렇게 생각했지만 어쩔 수가 없었다.

"흑마법사들이 저곳에서 뭔 일을 벌일지 알 수 없어. 그들이 하려는 일이 마무리되기 전에 쳐야지."

"그렇긴 합니다만……."

타리온이 그렇게 말하며 품속에서 무언가를 꺼냈다.

"두 황자 저하께서 벨푸르스와 전쟁을 시작하셨습니다."

"결과는?"

"압승입니다. 다만…… 그들의 영지에 예상보다 훨씬 적은 병력이 있었다 하옵니다."

타리온의 말에 카리엘은 그럴 줄 알았다는 표정을 지었다.

"바다로 나가는 길목은?"

"서부 변경백이 틀어막고 있습니다."

타리온의 말에 카리엘은 만족스럽게 고개를 끄덕였다.

이곳으로 오기 전에 서부 변경백에게 연락해서 바다로 통하는 모든 길목을 틀어막았다.

이제 저들은 독 안에 든 쥐였다.

"잘 막고 있으라고 해. 그쪽으로 튀었을 가능성이 높으니까."

"그리 전하겠습니다."

예상이 맞다면 분명 해적들과 내통하고 있을 가능성이 높았다.

저들도 바보가 아닌 이상 제국의 정예군과 정면에서 싸우는 멍청한 생각을 할 리가 없었다.

'분명 우리의 뒤통수를 후려갈길 계책을 준비하고 있을 텐데…….'

그렇게 생각한 카리엘은 고민했다.

하지만 지금 당장 자신이 할 수 있는 건 없었다.

분명 쉽게 죽을 놈들은 아니었다.

전생에 그랜드 마스터를 대동하면서 보이는 족족 쓸어 버렸어도 살아남은 놈들이 암상인과 흑마법사란 놈들이었다.

그렇기에 어딘가 살길을 만들어 놓았을 것이란 생각이 들었다.

"어디로 튈 생각이냐…….."

카리엘이 그렇게 중얼거리며 생각에 잠겼다.

서북부에서 할 일은 대부분 끝났으므로 흑마법사와 벨푸르스에 대한 고민에 빠져 있었으나, 이내 그 생각은 접어 둘 수밖에 없었다.

"화산에 엄청난 양의 마나 흐름이 관측되었습니다!"

타리온이 문을 벌컥 열고 들어와 다급하게 보고하자 카리엘이 벌떡 일어났다.

"보급품은?"

"자정까진 당도한다 하옵니다."

"먼저 움직인다. 모두 출진 준비를 하라고 해."

"예!"

카리엘의 명령에 고개를 숙이고 밖으로 나가는 타리온.

바로 그때, 카리엘의 눈앞에 반투명한 창이 나타났다.

두 번째 계약이 코앞으로 다가왔습니다. 지도에 표시된 곳으로 움직이세요!

"뭐?"

카리엘이 그렇게 말하는 순간 반투명한 창에 지도가 떠올랐다.

서북부의 군대와 숲, 그리고 화산 지역이 표시되어 있었는데 이곳에 있는 어떤 지도보다 상세했다.

마치 전생에 지구에 있었던 위성사진을 보는 것 같았다.

그리고 그 지도에서 표시된 화산 꼭대기에 붉은 점이 박혀 있었다.

"정령왕의 파편인가?"

–새로운 놈을 만날 때인가?

카리엘의 중얼거림에 작은 불덩이가 '뽕!' 하고 나타났다.

"수르트!"

화산에서의 혈전 (1)

화산이 본격적으로 폭발하려는 조짐을 보이자 서북부의 모든 병력이 움직이기 시작했다.

마스터를 중심으로 방어선 대부분의 병력이 중앙으로 모였다.

그리고 그 뒤에는 카리엘이 있었다.

"전하, 꼭 가셔야 하겠습니까?"

타리온의 말에 다들 걱정스러운 표정으로 카리엘을 바라보았다.

그도 그럴 것이 '빈약한 카리엘이 숲속에서 버틸 수 있을까?'라는 의문이 있었기 때문이다.

사실 겉으로 보기에는 충분히 그럴 만했다.

강체술을 훈련해도 신기하게도 근육이 잘 붙지 않았다.

그래서 겉으로는 마른 체형처럼 보였지만, 실제로는 은근히 꽉 찬 근육이 자리하고 있었다.

적어도 카리엘이 생각하기에는 그러했다.

그것을 보여 주기 위해서 그는 마차도 아닌 말에 직접 올라탔다.

숲속으로 가는데 마차를 끌고 갈 수는 없기 때문이다.

"전하, 다 끝나고 오시지요."

황궁 기사단장 아켈리오조차 그리 말하자 카리엘이 작게 한숨을 쉬었다.

"수르트."

카리엘의 부름에 모두의 눈에 보일 만한 불덩이 하나가 나타났다.

그러자 그것을 본 아켈리오가 흥미로운 표정으로 물었다.

"그때의 그것이옵니까?"

"그렇소."

"혹시 이번 화산 폭발에도……."

"그럴 거라 짐작하고 있소. 내가 직접 가서 확인하는 게 좋을 것 같소."

카리엘의 말에 잠시 입을 다문 채 고민에 빠진 아켈리오.

옆에서 타리온이 화산까지 직접 오르는 건 절대 안 된다고 칭얼거렸지만 카리엘의 눈은 아켈리오에게만 향해 있었다.

"후, 전하의 뜻이 이리 강경하시니 소신이 어찌 막겠습니까. 화산까지 모시겠습니다."

"고맙소."

아켈리오가 고개를 숙이며 말하자 타리온은 눈을 질끈 감았다.

"전하……."

"나도 가기 싫어."

카리엘의 말에 타리온은 '그럼 안 가면 되는 거 아닙니까?'라고 묻고 싶었으나 그럴 수 없었다.

타리온을 바라보는 두 눈동자가 어느 때보다 진지했기 때문이다.

처음엔 황궁 기사와 자신을 이용하기 위해 직접 움직이는 것이라 생각했지만 타리온이 모르는 비밀이 있는 게 분명했다.

'갑자기 몸이 회복되시기 시작한 것과 연관이 있는 걸까?'

타리온은 그렇게 고민하며 미간을 찌푸렸다.

은퇴하겠다는 것도, 몸이 회복되는 것도 누군가와의 계약 때문인 건 아닐지. 어쩌면 악마와 계약했을지도 모르겠다는 생각을 하며 타리온은 걱정스러운 표정을 지었다.

하지만 그가 더 할 수 있는 건 없었다.

자신이 아는 어떤 이보다도 똑똑한 카리엘이 위험을 감수하고 움직였다면 이유가 있을 터.

그의 시종장으로서 뒤따르는 수밖에 없었다.

"전하!"

성문 앞에 집결한 병력 앞에서 말에 올라탄 카리엘에게 까마귀가 황급히 한 장의 서신을 가져왔다.

"황궁에서 왔나?"

"아닙니다. 북부에서 왔습니다."

"북부?"

까마귀의 말에 카리엘이 놀란 눈으로 검은 서신을 황급히 꺼냈다.

> 전하의 원정에 북부군도 합류하겠습니다.
>
> -베르시오 델 시키라오 변경백-

짧게 적힌 서신은 무례해 보일 수 있었으나 다급하게 느껴질 정도로 빠르게 적은 것이 느껴졌기에 탓할 수 없었다.

"……북부군이 온다고?"

카리엘의 중얼거림을 들은 아켈리오가 황급히 다가와 물었다.

"변경백이 오는 것입니까?"

"그렇소."

아켈리오의 말에 카리엘이 이해하기 어렵다는 듯 고개를 갸웃거렸다.

"잠시 출정을 미뤄도 되겠소?"

"전하의 뜻대로 하시옵소서."

아켈리오의 말에 옆에 있던 군단장과 다른 지휘관들 역시 고개를 숙이며 그러라고 답했다.

그러자 카리엘이 황급히 통신장교에게 중앙으로 연락하라고 했다.

북부 변경백이 이곳으로 합류한다?

그것이 단순히 흑마법사를 처단하기 위함은 아닐 것이라는 걸 잘 알았다.

홀로 영악한 교황이 이끄는 성국군을 막아 냈던 북부 변경백이다.

그런 그가 이곳으로 지원군을 이끌고 올 정도라면 분명 북부에 무슨 일이 일어난 것이다.

"나 황태자다."

-헉! 저, 전하!

카리엘의 말에 통신구에서 잡음이 들리더니 누군가가 황급히 달려오는 소리가 들렸다. 바로 외무대신이었다.

-전하, 안 그래도 서신을 작성하고……!

"마법 통신부터 했어야지!"

-사안이 엄중해 서신으로……!

감청당할 수 있어서 서신으로 작성하는 중이라고 외무대신은 나름대로 변명해 봤지만 카리엘의 화만 돋울 뿐이었다.

"그보다 왜 외무대신이 받지? 군부나 정보부는 뭐 하고?"

–그것이…… 성국과 관련된 일이옵니다.

"성국이?"

–그렇습니다. 서북부의 일은 대륙 모두의 일이라며 제국의 지원 요청을 받아들이겠다고 했습니다. 그런데 그 숫자가 심상치 않사옵니다.

외무대신의 말에 카리엘의 표정이 굳어졌다.

"성국의 마스터가 포함된 전력인가?"

–……그렇습니다.

카리엘의 물음에 외무대신이 무거운 음성으로 답했다.

"제국을 치려고 한다라……. 그럼 더 이상하군. 군부대신이 받아야 하는 거 아닌가?"

–그것이 애매하옵니다.

"애매하다?"

카리엘의 물음에 외무대신이 목을 가다듬고 차분하게 설명하기 시작했다.

맨 처음 북부 변경백을 통해 중앙으로 연락된 성국은 서북부에 지원해 달라는 요청을 받아들이겠다고 했다.

물론 그것을 듣자마자 북부 변경백은 수상하다며 곧바로 전 병력을 전투 대비 태세로 전환했다.

그런데 그다음이 더 수상했다.

성국의 1차 지원 병력이 출발하고 얼마 지나지 않아 대규모 2차 병력이 움직인 것이다.

-2차 병력이 움직일 때도 공식적으로 통신했습니다.

"2차 병력이라……."

외무대신의 자세한 설명을 들으며 카리엘의 고심은 깊어졌다.

"여우가 제국의 빈틈을 노리려는 수작질이거나, 성국에 변고가 생겼다는 것인데……."

전생에 숱하게 당해 온 경험을 바탕으로 볼 때, 성국의 늙은 여우가 수를 썼을 수도 있다고 생각했으나 흘러가는 정황을 보면 성국에 변고가 생겼을 확률이 높았다.

1차로 보낸 지원 병력 숫자도 심상치 않았지만, 진짜는 2차 지원 병력이다.

마치 1차로 보낸 병력을 따라잡으려는 듯 맹렬한 속도로 추격하고 있었고, 무엇보다 성국의 핵심 전력 대부분이 2차 지원 병력에 포함되어 있었다.

"2차 지원 병력에 이단 심문관이 포함되어 있었나?"

-……그것까진 알 수 없었사옵니다. 북부 변경백도 그걸 의심하며 알아보려 했으나, 알 수 있는 방법이 없어 북부군을 움직이는 듯합니다.

"정보부는?"

-현재 성국에 잠입한 첩자들을 통해 알아보는 중이라 하옵니다. 하오나 시간이 좀 걸릴 듯싶습니다.

외무대신의 말에 카리엘은 고개를 끄덕였다.

급변한 사태에도 나름 일 처리가 깔끔했다.

'역시 한번 청소하길 잘했군.'

카리엘은 그렇게 생각하며 북부 변경백에 대해 물었다.

"북부 변경백의 지원군 규모는 알고 있나?"

−군부대신 말로는 최소한의 방어 병력을 제외한 전 병력을 직접 끌고 올 것이라 하옵니다.

"직접? 그보다 군부대신?"

−방금 전까지 대전 회의 중이었사옵니다, 전하.

급변한 사태 때문에 황제가 직접 주관하는 대전 회의가 열린 듯싶었다.

'북부 변경백은 여전히 망설임 없이 칼같이 결정하는군.'

카리엘이 그렇게 생각하며 고개를 주억거렸다.

북부 변경백의 강점은 바로 이러한 것이었다.

망설일 만한 상황에서도 결정을 칼같이 내리고 움직였다.

그로 인해 피해를 입은 적도 있건만, 상관없다는 듯 빠르게 결정을 내리고 최대한 좋은 성과를 내기 위해 노력하는 변경백.

그것이 바로 북부 변경백이었다.

"후, 시간 없으니 짧게 말한다."

−예, 전하.

"대신들도 눈치챘겠지만 성국의 상황이 좀 이상해."

카리엘이 그렇게 말하면서 짧게 생각을 정리했다.

"일단 성국까지는 북부군과 함께하면 어떻게든 처리될 거야. 그런데 아이론은 아니야."

―……아이론 말씀입니까?

카리엘의 말에 외무대신의 음성이 무거워졌다.

지금 카리엘이 무슨 말을 하는지 단번에 알아들은 듯싶었
다.

성국의 지금 상황이 흑마법사에 의해 일어난 일이라면 아
이론이라고 그러지 말라는 법이 없기 때문이다.

"서부 변경백 혼자 아이론을 막기는 어려울 거야."

―벨푸르스 토벌군에게 연락하겠습니다.

단번에 알아들은 외무대신이 황급히 뭔가를 적는 소리가
들려왔다.

"그러고 나서 할 일은?"

―아이론 연맹에 공식적으로 서북부에 지원해 달라고 서한을 보내겠
습니다.

"그걸로 부족해."

―예? 그럼…….

"협박해야지."

카리엘의 말에 외무대신이 기함을 토했다.

외무부의 특성상 같은 말을 해도 돌려서 말하거나 외교적
수사로 부드럽게 말하고는 했다.

하지만 이번 사안은 좀 과격하게 나갈 필요가 있었다.

"이제 선택할 때가 되었다고 해."

-과격한 언어로 말이옵니까?

"그래, 자네가 할 수 있는 한 최대한 과격한 언어로 협박해."

-……그리하겠습니다.

외무대신의 힘없는 말에 카리엘이 한숨을 푹 쉬었으나 어쩔 수 없었다.

"협박할 근거는 충분하지?"

-예. 성국에서 의심되는 정황을 통해 아이론 역시 흑마법사와 엮어 보겠습니다.

"좋아. 다음 계획도 있나?"

-예. 남부와 동부 공국에도 서신을 전해 두겠습니다.

외무대신의 말에 카리엘이 만족스러운 표정으로 고개를 끄덕였다.

성국을 흑마법사에 휘둘리는 쓰레기로 만드는 것이지만 상관없었다.

공식적인 루트로 말한 것도 아니기에 그들이 항의할 명분이 없었고, 무엇보다 성국에게 제국의 정보력이 이 정도는 된다고 경고하는 의미도 있었다.

"후……."

"일은 끝나신 것이옵니까?"

아켈리오의 물음에 카리엘이 한숨을 쉬면서 설명했다.

"그렇소. 북부군이 서북부에 오기로 한 것은 사실인 듯하오. 문제는…… 일이 좀 복잡해졌소."

"복잡하다 하오시면……?"

"성국이 오고 있소."

카리엘의 말에 아켈리오와 주변에 있는 지휘관들의 표정이 굳어졌다.

흑마법사들을 잡기 위해 나선 것처럼 보이지만 카리엘의 표정을 보면 그게 아닌 듯싶었기 때문이다.

그런 그들을 향해 카리엘은 자신의 생각을 들려주었다.

근거가 될 정보가 턱없이 부족해서 전부 카리엘의 추론에 불과했지만 그럴듯했다.

전생의 경험을 바탕으로 현재의 정보들을 잘 섞어 설명해 주자 모두의 표정이 심각해졌다.

"북부군이 올 때까지 기다리시는 게 좋을 것 같습니다."

"……아니오."

카리엘이 보기에 성국의 지원군이 오는 것은 눈속임일 가능성이 높았다.

아직 이들은 흑마법사들을 많이 겪어 보지 않아 모르지만, 카리엘은 잘 알았다.

여우 같은 놈들이 '진짜'를 숨기기 위해 황당한 방법으로 현혹시키는 것을 몇 번이나 겪었던 카리엘이기에 반쯤 확신하고 있었다.

'이놈들은 지금 시간을 벌기 위해 수를 쓰고 있는 거다.'

그렇게 생각을 마친 카리엘이 아켈리오에게 말했다.

"숲 앞쪽까지 움직여 봅시다. 그때도 반응이 없으면 그곳에 전선을 만들고 기다려도 늦지 않을 것 같소."

카리엘의 말에 잠시 고민하던 아켈리오는 한숨을 쉬며 고개를 끄덕였다.

"군단장, 숲 앞쪽에 전선을 구축해도 몬스터들을 막을 수 있겠나?"

"예, 이 전력이라면 불가능도 가능하게 할 수 있습니다."

"좋다. 믿어 보지."

카리엘이 그렇게 말하면서 서북부 군단장에게 말했다.

"지금부터 모든 군 지휘권을 그대에게 주지. 몬스터들을 뚫고 숲까지 우리를 안내하도록."

"명을 받듭니다!"

카리엘의 명령에 군단장이 한쪽 무릎을 꿇고 명을 받았다.

그런 그에게 카리엘이 다시 입을 열었다.

"시간이 생명이야."

"예!"

카리엘의 명을 받은 군단장이 황급히 말에 올라탔고, 모든 이들이 출정을 위한 전열을 가다듬었다.

그러자 성문이 열리면서 저 멀리 몬스터들이 득시글거리는 숲이 보였다.

뿌우우우!

"몬스터들입니다!"

"소신이 뚫겠습니다."

성벽 위에서 외치는 병사의 말에 아켈리오가 단기로 먼저 성문 밖으로 나섰다.

※※※

마스터를 필두로 서북부의 전 병력이 밀고 들어가자 숲 밖으로 튀어나오려던 몬스터들이 황급히 안쪽으로 숨어 버렸다.

만만하게 보았던 인간들이 생각보다 강력했기 때문이다.

단 한 번의 전투로 자신들이 알던 인간이 아님을 파악한 몬스터들은 숲 안쪽에 들어가 나오지 않았다.

그러자 군단장이 전투태세를 갖추던 병력을 불러 모았다.

"밀고 올라가라."

"예!"

한차례 전투가 끝났음에도 불구하고 쉬지도 않고 곧바로 행군을 위해 준비를 시작했다.

불만이 있을 법도 하건만 병사들 중에 불만을 입 밖으로 내는 자는 없었다.

"전하."

입술을 깨무는 카리엘을, 타리온이 걱정스레 바라보았다.

그러거나 말거나 카리엘은 누가 봐도 초조해 보이는 모습으로 잠시 생각에 잠겼다.

말 위에서 멍하니 생각에 잠겨 있는 그 모습에, 타리온은 가까이 붙어서 그의 몸을 지탱했다.

마침내 깊은 생각에서 빠져나온 카리엘이 타리온을 돌아보았다.

"아켈리오 경 좀 불러와."

"예."

한 번 고개를 숙인 다음 카리엘의 곁을 떠난 타리온은, 이윽고 아켈리오를 데리고 돌아왔다.

"부르셨습니까?"

"혹시 뭔가 느껴지는 거 없소?"

"느껴지는 것이라 하오시면?"

아켈리오가 의문에 찬 표정으로 묻자 카리엘이 숲을 가리키며 말했다.

"흑마력 같은 것 말이오."

"음, 아직까진 느껴지는 것이 없습니다."

아켈리오가 기감을 펼쳐 보았지만 아직까진 뭔가가 느껴지지 않았다.

"그래도 저 마나 폭풍은 심상치 않군요."

마스터인 그의 마음속에서도 두려움이 일 정도로 엄청난 양의 마나로 이루어진 회오리.

그것이 화산 꼭대기에서 형성되고 있었다.

"저것이 터져 나온다면 어떻게 될 것 같소?"

"저 마나 폭풍 말이옵니까?"

"그렇소."

카리엘의 물음에 하늘을 올려다보던 아켈리오가 조심히 말했다.

"적어도 이 일대는 날아갈 것입니다."

"만약 거기에 화산 폭발까지 겹쳐진다면?"

"제국 서부와 중부 지역 일대가 박살 날 것입니다. 여파는 제국 전역에 미치겠지요."

아켈리오의 답변에 카리엘의 표정이 굳어졌다.

하나의 화산 폭발이 이 정도라면, 남은 하나의 화산까지 이런 식으로 폭발할 경우 제국에 남은 미래는 멸망뿐이었다.

'후, 이 미친놈들.'

흑마법사란 놈들이 하는 짓들이 악마보다 더 끔찍했다.

인간을 장난감처럼 여기는 악마들보다 더 많은 인간을 죽인 자들이 흑마법사였다.

"뭔가 걸리시는 게 있사옵니까?"

아켈리오의 물음에 카리엘이 작게 고개를 저었다.

분명 흑마법사들이 원하는 건 화산 폭발을 이용해 제국에 혼란을 주는 것이다.

문제는 뭔가가 자꾸 걸린다는 점이었다.

'뭐지?'

분명 놓치고 있는 게 있었다.

뭔가가 생각날 듯 말 듯 간질거리는 느낌에 카리엘은 한껏 미간을 찌푸렸지만 지금 당장은 생각나는 게 없었다.

결국 찜찜함을 남기며 숲 부근까지 도달했다.

"확실히 가까이서 보니까 더 위험한 느낌이 듭니다."

아켈리오는 심각한 표정으로 화산을 바라보았다.

화산까지는 거리가 꽤 멀었음에도 마나 폭풍으로 인해 주변의 마나가 요동치고 있었다.

마법사들은 힘쓰기 힘들 정도로 요동치는 마나 때문에 기사들만으로 나서야 할 판이었다.

물론 기사들 역시 마나를 운용하는 게 상당히 까다로웠다.

"지금부터 화산까지 돌파를 시작한다."

"예!"

군단장의 명령에 모든 병력이 일제히 고개를 숙이며 대답했다.

그의 계획은 간단했다.

1. 병력으로 숲을 뚫는다.

2. 화산을 등반하는 것은 기사들만 한다.

3. 화산 아래에 대기하는 병력은 지원군을 기다리며 적의 습격을 대비한다.

병사들은 화산 근방에서 몰아치는 마나 폭풍을 뚫고 갈 수가 없기에 기사들로만 이루어진 공략대를 만들 수밖에 없었다.

그렇기에 군단장은 적어도 기사들이 숲에서 힘을 빼는 일이 없도록 일반 병력만으로 몬스터들을 뚫고 갈 생각을 한 것이다.

계획은 그럴듯했다.

어떤 지휘관이 왔어도 고개가 끄덕여질 만큼 무난한 작전.

하지만 상황은 무난하게 흘러가게끔 두지 않았다.

숲으로 진입한 지 얼마 지나지 않아 까마귀 특유의 괴상한 피리 소리가 들려왔다.

"적들인가?"

"그렇습니다. 성국의 지원군으로 추정됩니다."

카리엘의 물음에 까마귀가 고개를 숙이며 대답했다.

"1차 지원군?"

"예."

"전부?"

"그건 아닌 듯싶습니다. 성기사들과 고위 사제로 보이는 자들만 오고 있습니다."

적일 가능성이 높은 놈들이 카리엘의 병력을 향해 달려오고 있었다.

성국에서 이곳까지 왔다면 자신들이 어디에 있는지 알기

힘들었을 텐데, 절묘하게도 정확히 이쪽을 향해 달려오고 있었다.

대놓고 오는 것을 보아 자신들을 막기 위함이 거의 확실했다.

"북부군은?"

"까마귀들과 변경백께선 그들의 바로 뒤에서 오고 계십니다. 남은 병력은 성국의 2차 지원군을 견제하면서 올 것입니다."

까마귀의 보고를 들은 카리엘은 생각에 잠겼다.

"군단장이 보기엔 어쩌면 좋을 것 같나?"

"본래라면 멈추는 게 맞사오나……."

군단장이 말끝을 흐리면서 하늘을 바라보았다.

심상치 않은 마나의 폭풍.

어떤 방법을 사용했는지 알 수는 없으나 확실한 건 이대로 화산이 폭발하게끔 놔둬선 안 된다는 것이다.

한시라도 빨리 화산에 올라 폭발을 막아야 했다.

"경."

"예."

"기사단을 데리고 올라가시오."

카리엘의 명령에 아켈리오의 표정이 굳어졌다.

"전하, 소신도 황궁 기사이옵니다."

황태자의 안위가 먼저라는 것을 돌려 말하는 아켈리오.

하지만 카리엘은 단호했다.

"저게 터지면 제국은 멸망이오."

"전하, 하오나······."

"적들에게 놀아나 줄 생각이시오?"

카리엘의 말에 아켈리오가 잠시 입을 다물었다가 하는 수 없다는 듯 고개를 끄덕였다.

"중앙군 기사단만 데려가겠습니다."

"경."

"황궁 기사는 절대 아니 됩니다."

아켈리오의 말에 옆에서 타리온이 격하게 고개를 끄덕였다.

그러자 카리엘도 하는 수 없다는 듯 한발 물러섰다.

일단 아켈리오가 화산 꼭대기에 도착하는 게 중요했다.

"군단장은 방어하기 좋은 지형을 알아보게."

"그리하겠습니다."

카리엘의 명령에 전 병력이 몬스터를 뚫고 황급히 화산 지역 근방까지 이동했다.

이미 한차례 몬스터 웨이브로 밖으로 빠져나간 몬스터가 많았기에 가뜩이나 숫자가 적었는데 마스터까지 대동하니, 몬스터들의 입장에서 인간의 군대는 재앙이나 다름없었다.

그 덕분에 손쉽게 안으로 진입한 군대는 황급히 방어 준비를 했다.

"올라가시오."

"예, 임무를 완수하고 내려오겠습니다."

그렇게 말한 아켈리오는 중앙군의 기사단을 데리고 화산을 오르기 시작했다.

황궁 기사단장이 주변에 휘몰아치는 마나들을 일검에 가르며 내부로 진입하자 기사들이 황급히 뒤를 따랐다.

그렇게 기사단과 마스터를 위로 올려 보내자 얼마 지나지 않아, 성국을 상징하는 깃발과 함께 성기사들이 모습을 드러냈다.

"멈추시오!"

"우린 성국군이오! 그대들을 돕기 위해 왔소!"

한 성기사의 외침에도 불구하고 제국은 경계 태세를 풀지 않았다.

그러자 고위 사제가 직접 나섰다.

"성국의 지원군이오! 길을 여시오!"

"이미 마스터가 화산을 오르고 있다."

카리엘이 앞으로 나서며 말하자 앞으로 나선 고위 사제의 눈빛이 바뀌었다.

"마스터가 화산을 오르고 있다는 게 정말이오?"

카리엘이 고개를 끄덕이자 고위 사제가 다시금 확인하듯 물었다.

"마스터가 간 것이 확실하오?"

"그렇다니까?"

"그래도 위험하오. 흑마법사들을 잡아들이는 데 사제들의 도움이 필요할 터."

"필요 없다. 제국의 정예들이 저곳으로 향했으니까."

카리엘의 말에 고위 사제의 눈빛이 날카롭게 변했다.

마스터도 없고, 제국의 정예병력마저 화산을 향해 올라갔다는 말에 고위 사제의 몸에서 마력이 흘러나왔다.

동시에 기습적으로 고위 사제가 몰래 발현한 마법이 카리엘을 향해 터져 나왔다.

쿠웅!

"그럴 줄 알았지."

카리엘이 빙그레 웃으면서 고위 사제를 바라보았다.

갑작스러운 카리엘을 향한 공격에 타리온이 앞으로 나서며 막아 내자 고위 사제가 혀를 찼다.

"황궁 기사들과 시종장은 남아 있었나?"

고위 사제가 아쉬운 표정을 지으면서 중얼거리는 순간 어느새 성기사들이 검을 뽑아 들었다.

전부 제국의 정예 기사 부럽지 않은 실력을 가진 성기사들.

거기다가 고위 사제까지 포함된 전력이라면 현재의 전력으로 어려운 싸움이 예정되었다.

그럼에도 카리엘의 입가엔 미소가 걸려 있었다.

"쳐라."

고위 사제의 명이 떨어지는 순간, 성기사들의 몸에서 흘러나오던 빛이 탁한 색깔로 변해 갔다.

신을 배신한 자들만이 가지는 회색빛의 혼탁한 힘.

동시에 고위 사제의 마력 역시 탁한 색깔로 변하면서 공중에 엄청난 양의 마력의 창이 생성되었다.

그 순간 타리온이 앞으로 나섰다.

고위 사제를 제압하기 위함이었다.

"황태자만 노려라!"

모두 죽어도 황태자만 죽일 수 있다면 남는 장사라는 듯, 고위 사제와 성기사 들은 지독하게 카리엘을 노렸다.

전부 정예로 이루어진 성기사단에 고위 사제들이 포함된 전력이라서 그런 것인지, 기사단장급으로 이루어진 친위대조차 방어하기 쉽지 않았다.

그러자 마치 두려움에 떠는 것처럼 부들부들 떨면서도 뒤로 물러나지 않고 그 자리에 서 있는 카리엘.

그 모습을 보면서 고위 사제들과 성기사들은 눈이 벌게져서 카리엘을 노렸다.

'친위대만 뚫으면!'

'거의 다 왔다!'

'황태자만 죽이면 된다!'

'모든 것은 대계를 위하여!'

황궁 기사들과 그림자, 그리고 근방에 정찰 중이던 까마귀들까지 합류해 적이 카리엘을 노리는 것을 막아 보았지만 역부족이었다.

군단장이 황급히 명령을 내려 보았지만 일반 병력으로 성기사의 돌진을 막기는 어려웠다.

"죽어!"

전원 기사단장급으로 이루어진 카리엘의 친위대에 동료들이 죽어 나가면서 억지로 벌린 틈.

그곳을 향해 성기사 하나가 검을 찔러 넣었다.

심각한 내상을 입어 미약한 마력만 흐르는 검.

2황자나 3황자였다면 어림도 없는 공격이었지만 카리엘은 달랐기에 희망을 걸어 보았다.

바로 그 순간, 고개를 숙이고 있던 카리엘의 입가에 미소가 걸렸다.

"잘 왔어."

카리엘이 그렇게 말하는 순간, 거대한 불덩이에 의해 녹아내리는 성기사의 검.

단 한 번에 불과했지만 수르트는 성기사의 공격을 완벽하게 막아 주었고, 그것으로 끝이었다.

"황……태……자."

카리엘을 잡기 위해 온몸에 칼이 꽂히면서도 돌진해 왔던 성기사가 피를 토하면서 고개를 떨구었다.

그 모습을 보면서 카리엘은 빙그레 웃었다.

"미끼가 제법 훌륭했지?"

카리엘의 말에 친위대에 가로막혀 있던 성기사들이 분한 표정을 지었다.

황태자 하나 잡겠다고 무식하게 돌진해 왔음에도 불구하고 결국 실패하고 말았다.

그 대가는 참혹했다. 어느새 군단장이 만든 포위망에 갇혀서 하나둘 죽어 나갔기 때문이다.

동시에 그림자들이 사제들을 공격했다.

대응하기 힘들게끔 빠른 속도로 이동하며 공격하자, 결국 하나둘 죽어 나갔다.

그리고 마침내 타리온에 의해 심장에 검이 박혀 죽은 고위 사제.

그런데 그 모습을 본 카리엘은 의아한 표정을 지었다.

"웃으면서 죽는다고?"

입가에 미소를 그리며 죽는 고위 사제의 모습이, 카리엘은 의문스러워 견딜 수 없었다.

자신을 죽이는 것에도 실패했고, 화산 폭발을 막기 위해 올라가는 공략대의 저지도 실패했다.

그럼에도 저들은 웃으면서 죽었다.

'화산 폭발이 다가 아니었나?'

그렇게 생각한 순간 카리엘의 머릿속에 뭔가가 스쳐 지나갔다.

벨푸르스와 화산 폭발로 관심을 끌어 서부에 제국군의 주력군이 몰려들었다.

거기다 더해서 성국마저 주력군을 이끌고 서부로 몰려오고 있는 상황이었다. 당연히 북부군 역시 그에 발맞춰서 서부로 올 수밖에 없었다.

'북동부가 비었다.'

카리엘이 거기까지 생각한 순간 표정이 굳어졌다.

만약 자신들의 이목을 이곳으로 집중시키고, 다른 곳에서 일을 벌인다면?

지금 생각할 수 있는 것은 크게 두 가지였다.

1. 카루프 화산을 터뜨리기 위해 라플라 화산으로 이목을 집중시킨 것.

만약 이런 계획이라면 진짜는 그곳에서 준비하고 있을 것이라는 점이다. 하지만 이건 북동부가 비어 버린 상황에서 확률이 낮아진다.

2. 대륙의 이목을 서부로 집중시키고, 흑마법사들의 주요 전력은 제국에서 빠져나간다.

현재 성국과 제국 북부의 주요 전력이 서부로 넘어왔으니 동북부의 경계가 약해졌을 게 분명했다.

그렇다면 흑마법사들이 제국을 빠져나가기가 한결 수월할 것이다.

'단순히 제국을 빠져나가는 것을 넘어 동대륙으로 넘어갈 수도 있지.'

전생에서도 그랜드 마스터에 오른 글렌에게 썰려 나가는 마계의 군대를 보고 동대륙으로 튄 전적이 있는 놈들이었다.

문제는 현재의 제국은 그곳까지 신경 쓸 여력이 없다는 점이었다.

현 시점에서 서대륙에서 동대륙으로 넘어갈 수 있는 곳은 딱 두 군데였다.

바로 거인의 길과 혹한의 협곡.

공국이 틀어막고 있는 협곡과 성국 옆에 있는 협곡인 이 두 곳은 신화 시대에 생겼다고 전해지는 동대륙과 연결된 유일한 길이다.

그리고 그중 혹한의 협곡은 이름처럼 춥고 산세가 험해서 상인들이 잘 이용하지 않았다.

하지만 흑마법사들이라면 이야기가 달라진다. 이 미친놈들은 동료가 죽어도 기어코 넘어갈 놈들이었다.

'지금 상황에 흑마법사가 도망가는 것까지 신경 쓸 수는 없다.'

웬만하면 흑마법사들을 완전히 소탕하고 싶지만 현실적으로는 그럴 수 없다는 걸 잘 알았다.

그렇다면 최대한 적의 주력을 이곳에서 깎아 내는 것이 지금 할 수 있는 최선이었다.

그들이 동대륙으로 넘어간다면 그곳에서 문제 일으킬 것이 자명했으나, 카리엘의 입장에선 그렇게 해 주면 더 좋았다.

'이참에 동대륙 놈들도 흑마법사들의 매운맛 좀 봐야지.'

그렇게 마음을 정한 카리엘은 맹렬히 머리를 굴렸다.

갑자기 머릿속에서 아이디어가 샘솟기 시작했다.

'잘만 이용하면……'

이걸 잘만 이용하면 제국 입장에서도 굉장히 이득이 될 것 같자 카리엘의 입가에 음흉한 미소가 지어졌다.

거기다 명분을 잘만 쌓는다면 자신의 은퇴를 막는 수작질까지 확실하게 차단할 수 있을 듯했다.

카리엘이 음흉한 미소와 함께 생각에 잠겨 있을 때, 타리온이 황급히 다가왔다.

"전하."

"적들이야?"

"그렇습니다."

카리엘의 물음에 또 다른 적이 나타났다.

"성국군인가?"

"예."

"얼마나 남았지?"

"1시간 이내로 도착할 것 같습니다."

타리온의 보고에 카리엘이 고민하고 있을 때, 까마귀가 나타나 그의 앞에 부복했다.

"전하, 보고드립니다. 동쪽 지역 7천 보가량 떨어진 곳에 흑마법사로 추정되는 무리가 나타났습니다."

까마귀의 보고에 카리엘은 고개를 절레절레 흔들었다.

그놈의 대계를 위해서라면 동료를 사지로 보내는 것에도 주저함이 없는 흑마법사들의 지독함에 치가 떨렸다.

분명 지금도 이곳이 사지가 될 것임을 알고 있음에도 시간을 벌기 위해 주저 없이 병력을 보낸 것이었다.

바로 그때 카리엘의 앞에 반투명한 창이 나타났다.

정령왕의 파편이 깨어나려 하고 있습니다. 아직 완벽히 깨어나지 않은 지금이 기회입니다. 어서 가서 계약을 시도하세요.

3시간이 지날 때마다 계약할 확률이 하락합니다.
시간이 지날 때마다 화산 폭발의 위력이 강해집니다.

반투명한 창이 나타나자 카리엘은 가만히 하늘을 올려다보았다.

당장이라도 폭발할 것처럼 지축이 흔들리는 것을 느낀 그는 타리온에게 말했다.

"아무래도 저곳으로 직접 가야겠다."

"전하."

"차라리 저기가 안전할 거야. 해야 할 일도 있고."

카리엘의 말에 타리온은 고개를 끄덕이면서 황궁 기사들에게 임무를 전달하려 했다.

바로 그때, 그림자 하나가 황급히 소식을 전하러 왔다.

전서구가 전달한 쪽지를 넘겨받은 카리엘은 그것을 읽다가 표정을 굳혔다.

"역시 이 새끼들은 뭐든 진심이라니까."

카리엘이 그렇게 중얼거리면서 쪽지를 바라보았다.

> 벨푸르스 잔당 일부가 서북부로 향하고 있습니다.
>
> 일부는 전하의 예상대로 바다로 빠져나가려는 움직임이 있었으나, 서부 변경백에게 가로막혔습니다.
>
> 소신과 서부 주력군 일부가 서북부에 합류할 예정이니 조금만 버텨 주십시오.
>
>   -에비드 디 데이비어 글로든-

"……서부군까지 오는 겁니까?"

타리온이 쪽지를 읽으며 심각한 표정을 짓자 카리엘은 웃으면서 고개를 끄덕였다.

"나쁜 상황은 아니야."

카리엘은 서부로 모이는 제국의 기둥들을 생각했다.

제국을 지탱하고 있다고 여겨지는 세 개의 기둥.

데이비어 공작.

베르시오 후작.

아켈리오 후작.

세 명의 마스터가 서부에 전부 모였다.

그렇다는 건 이곳 서북부에 제국의 중심 전력이 죄다 모여 있다는 것을 의미했다.

이는 즉, 서북부에 흑마법사들이 어떤 함정을 파 놨어도 힘으로 박살 낼 수 있다는 뜻이었다.

흑마법들의 주 계획이 동대륙으로 튀는 것이라 할지라도 화산 폭발을 일으켜 제국의 전력을 깎아먹는 것도 주요 계획 중 하나였을 것이다.

하지만 이 계획은 카리엘이 직접 박살 낼 생각이다.

동시에 흑마법사들의 주 계획 역시 훼방을 놓을 생각을 했다.

"이 서신을 서부로 보내. 이건 중앙으로 보내고."

"예."

카리엘의 명령에 고개를 숙이고 사라지는 그림자.

"타리온."

"예, 전하."

"너와 친위대만 이끌고 화산을 오를 생각이다. 남은 이들은 이곳에서 흑마법사들이 못 올라오도록 막아."

"전하, 아니 되옵니다!"

황궁 기사들이 황급히 부복하면서 아니 된다 했지만 이번 만큼은 카리엘도 단호하게 말했다.

"적들이 못 올라오도록 막는 것, 그것이 곧 나를 지키는 길이다. 황궁 기사들은 나의 명령을 따라 적들이 나에게 접근하지 못하도록 차단하라."

"명을 받듭니다!"

단호한 카리엘의 명령에 황궁 기사들이 일제히 고개를 숙이며 대답했다.

"가자."

"예, 전하."

카리엘의 명령에 타리온은 황급히 그를 업고 화산을 오르기 시작했다.

그 뒤를 친위대가 뒤따라 움직였다.

"하온데 전하, 서신은 무슨 내용입니까?"

"동대륙으로 튀려는 흑마법사들을 그냥 보내면 아쉽잖아. 그래서 수를 좀 썼지."

카리엘이 그렇게 말하면서 빙그레 웃었다.

뻥 뚫린 북동부를 통해 도망치려는 놈들을, 성국을 압박해 귀찮게 한다.

동시에 동부군을 움직여서 녀석들을 압박한다.

하지만 그것만으로 흑마법사들을 귀찮게 할 수 없었다.

결국 거인의 산맥에 자리를 잡은 공국의 도움이 필요했다.

그들로 하여금 흑마법사들이 거인의 산맥을 쉬이 넘을 수 없도록 방해하는 것이다.

성국-제국-공국으로 이어지는 연합.

흑마법사들을 막으려면 바로 이런 다국적 연합이 필요했다.

본래라면 서북부의 일이 끝나고 천천히 진행되었을 대륙 회의를 앞당겼다.

흑마법사가 예상보다 큰 혼란을 가져왔고, 이제는 아이론 연맹과 성국, 그리고 공국마저도 무관한 일이 아니게 되었으니 명분은 충분했다.

"대륙 회의가 빠르게 진행될 거야. 그러면 주관할 실무자가 필요할 터. 폐하께서 직접 하실 수도 없는 노릇이고 난 여기에 묶여 있지."

"설마 두 황자 저하들을?"

"그래, 황태자를 위한 마지막 시험. 그게 대륙 회의가 될 거야."

카리엘의 입가에 드리워진 미소가 더욱 진해졌다.

"회의를 주관할 두 황자에게 힘이 실리려면 내가 은퇴해야 해."

"흑……."

"그래, 정식으로 나의 은퇴를 윤허하고 두 황자에게 대륙 회의를 주관하게끔 해 달라고 적었다."

카리엘은 그렇게 말하며 웃음을 터뜨렸다.

이런 게 바로 위기를 기회로 만드는 것이라는 생각이 들었다.

흑마법사는 카리엘을 괴롭혔다고 생각할지 모르지만, 카리엘은 지금 이 상황이 오히려 좋았다.

'은퇴가 앞당겨졌군.'

황제와 대신들도 더는 미루지 못할 터.

동생들을 위해서라도 카리엘의 황태자 퇴위를 확정 짓고 대륙 회의를 주관할 것이다.

"화산 폭발만 잘 막아 내면 자유인가?"

카리엘의 말에 타리온은 작게 한숨을 쉬었다.

마음 같아선 말리고 싶었다.

제국의 많은 이들이 카리엘을 인정하고 있기에 황태자 자리에 남아 주었으면 했지만, 은퇴할 생각에 신난 카리엘을 보니 차마 입이 떨어지지 않았다.

"얼른 가자."

"……예."

타리온이 카리엘과 잡담을 나누면서 올라가는 동안에도 화산 꼭대기에서 일어나는 진동이 심상치 않았다.

심상치 않음을 느꼈는지 카리엘을 업고 있는 타리온이 속도를 높였다.

카리엘은 마치 지구에서 기차를 타고 가는 것처럼 휙휙 지나가는 풍경을 바라보았다.

아켈리오를 막기 위해 나타났던 모든 이들이 피 떡이 되어 흩어져 있는 모습이 살벌하다고 느껴질 정도였다.

마스터가 카리엘을 위해 만들어 둔 피의 길.

그 길을 타리온이 빠르게 올라갔다.

"더 빨리 가야겠다."

"괜찮으시겠습니까?"

타리온이 걱정스레 물었다.

자신이 힘든 것보다 몸이 약한 카리엘이 빠른 속도에 무리할까 걱정된 것이다.

그러자 카리엘이 고개를 끄덕였다.

"더 빨리."

"예. 최고 속도로 간다. 잘 따라와."

타리온은 뒤에서 따라오는 친위대에게 짤막하게 말을 남기고 속도를 높였다.

그러자 토토가 다급한 표정으로 마력을 끌어 올렸다.

"이런!"

6단계에 이른 무인, 그것도 속도에 특화된 자가 전력으로 산을 오르기 시작하자 전원 5단계 무인인 친위대가 다급하게 따라붙었다.

카리엘을 업고 있음에도 불구하고 친위대가 따라가기 버거울 정도의 속도로 화산에 오르자 순식간에 산 정상 부근에 도착해 버렸다.

"전하."

"화산은 어떻소?"

자신을 마중 나온 아켈리오에게 묻자 그가 뒤를 돌아보았다.

그곳에는 검은 로브를 쓴 남자가 죽어 있었다.

"장로급이었소?"

"그렇습니다. 무슨 수를 쓴 건지 몰라도 제가 올라오는 순간 마법을 끝마쳤는지……."

아켈리오가 말끝을 흐리면서 고개를 숙였다.

"송구합니다. 막지 못했습니다."

아켈리오의 말에 카리엘이 고개를 저었다.

그가 만든 피의 길만 바라보아도 최선을 다했음을 알 수 있었다.

남은 건 자신이 할 일뿐.

그워어어어어!

용암 아래서 들려오는 괴상한 소리.

"저것인가?"

카리엘이 화산 중심부에 가서 아래를 바라보았다.

"드래곤이라도 잠든 것 같습니다."

타리온의 말에 아켈리오와 기사들 역시 고개를 끄덕였다.

그런데 카리엘이 고개를 갸웃거렸다.

"아닌 것 같은데?"

"예?"

"저 소리가 무슨 드래곤이야?"

카리엘의 말에 아켈리오가 고개를 갸웃거렸다.

"괴성에 실린 마력을 볼 때 드래곤 피어와도 흡사합니다. 적어도 그에 준하는 존재가 아닐는지요?"

"아니……."

아켈리오의 말에 카리엘이 어이가 없는 표정을 지었다.

그러자 어느새 나타난 수르트가 웃으면서 나타났다.

─애새낀가 본데?

"너도 그렇게 들리지?"

카리엘의 물음에 수르트가 작게 고개를 끄덕였다.

다른 이들에겐 괴성처럼 들리는 울음소리.

하지만 카리엘과 수르트에겐 괴성이 아닌 전혀 다른 소리로 들려왔다.

─으아아아앙!

마치 아기 울음소리와도 같은 거대한 울음소리.

다른 이들과는 상반된 소리에 카리엘이 혼란스러워할 때, 갑자기 반투명한 창이 다시금 나타났다.

"이런 미친……."

카리엘이 자신도 모르게 욕설을 내뱉는 순간, 용암이 요동치면서 그 안에서 거대한 불의 거인이 몸을 일으키기 시작했다.

"전하, 위험하옵니다!"

타리온이 황급히 카리엘을 붙잡고 뒤로 물러나려 했다.

아켈리오 역시 거대한 오러 블레이드를 만들어 대응하려했다.

그런데 카리엘은 오히려 태연하게 불의 거인을 바라보았다. 그러자 불의 거인 역시 그런 카리엘을 내려다보았다.

"음?"

-우으?

서로를 바라보며 고개를 갸웃거리는 카리엘과 불의 거인.

어느새 둘 사이는 붉은 기운이 공명을 일으키고 있었다.

그리고 그 사이에서 작은 불덩이 모습을 한 수르트가 들어가 공명을 조율하기 시작했다.

처음 보는 기이한 현상에 아켈리오를 비롯한 모든 이들이 가만히 물러나서 그것을 지켜보았다.

"마치…… 역사책에 기록된 초대 황제 폐하를 뵙는 것 같군."

아켈리오의 중얼거림에 모든 이들이 자신도 모르게 고개를 끄덕였다.

불의 주인이라 불렸던 초대 황제가 생각날 정도로 경이로운 모습에 모두가 숨죽이고 그 모습을 바라보았다.

혹여 방해가 될까 숨 쉬는 것조차 조심하며 카리엘과 불의 거인 간에 공명이 무사히 끝나기를 기다리는 이들.

그런 그들의 바람을 들어준 것일까?

흔들렸던 붉은 마력 간의 공명이 서서히 안정화되기 시작했다.

다음 권으로 이어집니다

만렙닥터 리턴즈

13월생 현대 판타지 장편소설

인생 2회 차 경력직 신입
칼솜씨도, 인성도 '만렙'인 의사가 돌아왔다!

만성 인력난에 시달리는 흉부외과에 들어온 인턴
메스도 잡아 본 적 없는 주제에
죽을 생명을 여럿 살려 내기 시작한다?

"이 새끼, 꼴통 맞네."
"죄송합니다."
"잘했어!"
"네?"

출세만을 좇으며 살았던 전생
이렇게 된 이상 인생도 재수술 한번 가자!

무대뽀(?) 정신으로 무장한 회귀 의사
이제부터 모든 상황은 내가 집도한다!

魔帝 南宮帝 남궁마제

문운도 신무협 장편소설

회귀한 뇌왕, 가족을 지키기 위해
정파의 중심에서 제대로 흑화하다!

세상을 뒤집으려는 귀천성에 맞서 싸우다
가족을 모두 잃고 제물로 바쳐진 뇌왕 남궁진화
마지막 순간 원수의 뒤통수를 치고 죽으려 했으나
제물을 바치는 진법이 뒤틀리며 과거로 회귀하다!?

남궁세가의 양자가 된 어린 시절로 돌아온 후
귀천성이 노리는 자신의 체질을 연구하다 기연을 얻고
회귀 전과 다른 엄청난 미모와 함께
뇌진의 비밀마저 알아내 경지를 뛰어넘는데……

가족들에게는 꽃처럼 사랑스러운 막내지만
적이라면 일단 패고 보는 패악질의 끝판왕!
귀천성 때려잡기에 나서다!